影男

江戸川乱歩

春陽堂

目次

影男

断末魔《だんまつま》の牡獅子《おじし》

三十二、三歳に見える痩《や》せ型の男が、張《ちょう》ホテルの玄関をはいって、カウンターのうしろの支配人室へ踏みこんで行った。
ズングリと背が低くて丸々と肥ったチョビ髭《ひげ》の支配人がデスクに向かって帳簿をいじくっていた。そばの灰皿にのせた半分ほどになった葉巻から、細い紫色の煙が殆どまっ直ぐに立ちのぼっていた。ハバナの薫《かお》りが何か猥褻《わいせつ》な感じで漂っていた。

「来ているね？」

痩せ型の男がニヤッと笑ってたずねた。

「ウン、来ている。もうはじまっている頃だよ」

「じゃあ、あの部屋へ行くよ」

「いいとも、めっかりっこはないが、せいぜい用心してね」

痩せ型の男は鼠《ねずみ》色の背広を着て、鼠色のワイシャツ、鼠色のネクタイ、靴まで鼠色のものをはいていた。どんな背景の前でも最も目立たない服装であった。彼はまったく足音を立てないで階段をかけあがり、二階のずっと奥まった一室のドアをソッとひらいて、中にすべりこむと、電燈もつけず、一方の壁にある押入れの戸を用意の鍵でひらき、その中へ身を隠した。

まっ暗だけれど、彼はその部屋の構造を手にとるように知っていた。そこは普通のホテルの客間で、寝室と居間とを兼ねた五坪ほどの狭い部屋であった。一方の壁に押入れのように造りつけた洋服戸棚があって、彼が忍びこんだのはその空っぽの洋服戸棚であった。

戸棚の中はパッと目も眩《くら》むほど明るく、ギラギラした異様の光線に溢《あふ》れていた。そこの正面の壁に三尺四方もある一枚ガラスのショーウィンドーみたいな窓がひらいていたからである。

なんとも不思議千万な押入れだが、これは痩せ型の男が、太っちょうの支配人に十万円のわいろを与えた上、経費二十万円を支出して、ひそかに工事をさせたショーウィンドーであった。警察で被疑者の言動を覗《のぞ》き見《み》するために工夫された、表面は鏡で、裏側から見れば普通のガラスのように透き通っているという、あの仕掛けなのである。

この工事の壁をくり抜く仕事は、幾人もの別々の職人に、一部分ずつやらせて、ガラスの取り替えは、ガラス工場から届けられた仕掛けガラスを、深夜ひそかに支配人自らはめこみ、慣れぬ鏝《こて》を使って、周囲にモルタルを塗ったのである。覗き見の必要がない時は、元通りちゃんと板をはめて、それと見分けられぬように出来ていた。

　この秘密は支配人と痩せ型の男のほかは、誰も知らなかった。主人はホテルに住んでいないし、雇人たちはまだ真相を看破《かんぱ》していなかった。ここは表向きは温泉マークなんかではなく、もっと高級な静かなホテルなのだが、内密は、特定の富裕な顧客に秘密の部屋を提供して、不当の利益をむさぼっていた。そういうホテルのことだから、雇人たちも、たとえ秘密めいた工事が行われても、別に怪しむこともなかったのである。このふしぎな仕掛けの押入れの戸には、痩せ型の男と支配人だけが持っている鍵でなければ、決してひらかないような精巧な隠し錠がついていた。

　そこから覗くガラス窓の向こう側の光景は、狂人の幻想めいて、異様をきわめていた。それは十畳ぐらいの鏡の部屋で、四方の壁と天井とがすっかり鏡張りになり、床にはまっ赤なジュータンが敷きつめられ、そのまん中に派手な模様の日本の蒲団《ふとん》が敷いてあった。そして、その蒲団の上でギョッとするような異様な動作が演じられていたのである。

　恰幅《かっぷく》のよい頑丈なからだの五十男が、まっぱだかで、その蒲団の上に海老のようにからだを曲げてうずくまっていた。薄くなった頭の皿のような禿《は》げが、こちらからまっ正面に眺められた。へいぜいは、まだ禿げていない左側の毛を長くのばして、それをすだれのようになでつけて、禿げを隠しているのだが、その長い左側の毛が額に垂れさがって、お化けのように不気味であった。うつむいた額の下にあぶら汗にまみれた、赤ら顔のたるんだ頬が見えていた。

この奇怪な五十男のうしろに、一人の美しい女が、股をひろげて、仁王《におう》立ちになっていた。三葉三四郎《みつばさんしろう》が編纂《へんさん》した「世界映画史」の口絵写真にある、今から四十年前に大人気を博した女賊《じょぞく》映画の主人公プロテアのような姿の美女であった。

ピッタリ身についたメリヤス風のシャツとズボンだけになっていたが、それが実に派手な色彩で、五寸ほどの太さの赤と黄色のだんだら染めなのである。シャツもズボンも同じ染めだから、この美人はまっ赤な縞馬のように見えた。

すべての曲線をあらわにした彼女のからだは、ギリシア彫刻のように均整がとれていた。脚は長くて、お尻は見事にふくらんでいて、腹は蜂のようにくびれ、もり上がった胸が烈しい身動きをするたびに、ゼリーのように震えた。その胸の上に、恰好のよい長い頸《くび》と、プロテアの顔がついていた。といっても、彼女は西洋人ではない。西洋人のようなからだをした日本人なのだ。年は二十五、六歳であろうか。

それだけでも充分妖《あや》しい光景なのに、その二人の姿が、天井と四方の壁に張りつめた鏡に、幾重にも重なり合って反射し、無数のだんだら染めの女と、無数の裸体の五十男とが、或《ある》いは上から、或いは横から、うしろから、あらゆる角度の映像となって、眼界一ぱいにウジャウジャとうごめいていた。むろん、男と女も、彼ら自身のあらゆる角度からの映像を見ることが出来る。実はこの鏡の部屋のあやかしの企《たく》らみがそこにあったのである。

ピシリッと裂帛《れっぱく》の音がした。だんだら染めの美女が、獅子使いの鞭で宙を打ったのだ。

この二つの部屋の音響は、完全に遮断《しゃだん》されていた。こちらの押入れの中で少々音をたてても、相手に気づかれる心配はなかった。ではどうしてガラスの向こうの鞭の音が聞こえるのか。そこには痩せ型の男と、太っちょうの支配人との行き届いた工夫がこらされていた。隣室の天井の隅に、それと見わけられぬマイクロフォンが取りつけられ、押入れの中にはその受話装置が出来ていたのである。

「ジャンゴー。もうまいったのか。チンチンだ。ホラ、チンチンだ！」

美女の赤い唇から獅子使いの烈しい声がほとばしった。鏡面の百千の赤い唇が同時に動いた。そして、ピシリッと、こんどは男の背中に鞭が鳴って、見る見る彼の太った背中に赤い毛糸のような痕がついた。鏡面の百千の背中に百千の赤い毛糸が這った。

ジャンゴとはこの牡獅子の愛称なのであろう。彼は不思議な恰好で中腰に立ち上がると、両手を猫の手にして、胸の辺でモガモガやりはじめた。上から、横から、うしろから、前から、無数の奇怪なチンチンモガモガが、鏡面に目まぐるしく交錯した。

「よろしい。今度はお馬だ！」そして鞭が宙にはためく。

獅子男は四つん這いになった。鏡の中の百千のはだか男が四つん這いになった。そして、ポカンとひらいた厚いドス黒い唇から涎《よだれ》をたらして、けだもののような卑屈な、狡猾《こうかつ》な横目で、女獅子使いの颯爽《さっそう》たる立ち姿を盗み見た。百千の狡猾な目が、百千の女を、あらゆる角度から嘗《な》め廻した。

空中曲芸師のようにしなやかで敏捷《びんしょう》なだんだら染めの美しいからだが、ヒラリと牡獅子ジャンゴの背中にまたがった。どこから取り出したのか手綱代わりの同じだんだら染めの紐が、男の口にくわえさせられ、その両端を持って、ハイシイドウドウと、お馬の曲乗《きょくの》りがはじまった。百千のはだか馬と、赤い縞の女騎手とが縦横にはせ廻った。刹那刹那《せつな》に、例の鞭が、時に空を、時に男の毛むくじゃらの大きなお尻を、ピシリ、ピシリと打ち、お尻にはまっ赤な毛糸の網模様が出来て行った。天井と四方の鏡は、この醜いけだものと、美しい騎手とを、あらゆる角度から、狂気のまぼろしのように、目もくらむ無数の映像として、写し出した。

五十男の牡獅子ジャンゴは、全身にタラタラ汗を流しながら、十畳の部屋の中を、グルグル這い廻った。

「もっと早く、もっと早く！」

そして、ピューッと鞭が……。だんだら染めの騎手のかかとが、男のダブダブの太鼓腹に角《かく》を入れ、絞めつけた。

男はゼイゼイ息をはずませながら、まっ赤に充血した顔からポトポト汗を垂らして、全力をふりしぼって、死にもの狂いに這い廻った。恐ろしい早さで、膝をすりむきながら、その血がジュータンを濡らすほども走り廻った。

奇怪な馬が魔法鏡の前を通るたびに、ギョッとする大写しになって、覗き見する男を眩惑《げんわく》させた。縦横に鞭の血の河を描いた巨大なお尻と、その上に重なっているだんだら染めの大きな桃のようなお尻とが、弾力ではずみ、ゆらぎ震えて、眼前一尺の近さを通りすぎた。

やがて、男の力がだんだん尽きて行った。しかし獅子使いは許さなかった。ヘトヘトになって、ぶっ倒れるまで曲乗りをやめなかった。

男は乗りつぶされて、グッタリと蒲団の上に横たわったまま動かなくなった。

大きなからだは汗とほこりと血にまみれ、泥のように汚れて、烈しい息使いに、肩と胸と腹が大波のようにゆれていた。

「ウ、ウウウウウ、もっと……、もっと……、ふんづけて、ふんづけてくれ。……ふみ殺してくれい！」

言葉ともうめきともわからぬ音が、男の口から漏れて来た。プロテアの美女は、横倒しになった醜悪なけだものを見おろして、嫣然《えんぜん》と笑った。牡丹《ぼたん》の花が開くように笑った。

彼女はその笑いをやめないで、右足をあげると、男の肩先を、グッと踏みつけた。獅子退治の女勇士が誇らかに見えを切った。それから、彼女の足は、ダブダブと肥え太った男のからだじゅうを、まるで臼の中の餅《もち》を踏むように、踏みつづける。そのたびに、男の口から、けだものの咆哮《ほうこう》に似た恐ろしいうめき声がほとばしった。

その足は、男のあおむきになった息も絶え絶えの紫色の顔の上さえも、目も鼻も口も、ところきらわず踏みつづけた。いや、足ばかりではない。その顔の上へ、二つの丸いだんだら染めのお尻が、はずみをつけて落ちて行き、そのまま顔を蓋してしまった。男は鼻と口との呼吸をとめられて、苦しさに手足をのたうち、断末魔のようにもだえるのであった。

そして、ついには、まったく息絶えたかのように、グッタリと伸びて、牡獅子は静止してしまった。

そこで美女はやっと呵責《かしゃく》を許し、静かに男からはなれて、美しい形で立ち上がった。顔には汗一つ見えず、呼吸もおだやかに、例の牡丹の嫣笑《えんしょう》をつづけながら、傲然《ごうぜん》として、魘《たお》れたけだものを見おろしていた。

隠形術者《おんぎょう》

押入れの中の痩せ型の男は、この壮大な曲芸を見終わって、手にした小型写真器をポケットに納めると、ニヤリと異様な笑いをもらした。

彼は牡獅子ジャンゴが何者であるかを、よく知っていた。知っていればこそ、支配人買収の手数をかけ、多額の費用を使ってこの覗き見を目論《もくろ》んだのである。

牡獅子は此村大膳《このむらだいぜん》という古風な名前の、S県随一の大富豪であった。工場を幾つも持っていたし、戦後起こした金融会社で巨利をむさぼっていた。その余力で代議士に当選し、不良政治家の見本のような世渡りをしていた。

痩せ型の男がニヤリとしたのは、これでまた相当の資金が手にはいるわいと考えたからである。この覗き見のために、彼は三十万円を使ったが、少なくともその十倍近くにはなる勘定であった。

では、この痩せ型の男は、憎むべきゆすり常習犯であったのか。ある意味ではそうであった。しかし、彼の立場は世の常の犯罪者とは少しく異なっていた。

この痩せ男は速水荘吉《はやみそうきち》、或いは綿貫清二《わたぬきせいじ》、或いは鮎沢賢一郎《あゆさわけんいちろう》、或いは殿村啓介《とのむらけいすけ》、或いは宮野緑郎《みやのろくろう》、或いは、或いは……と無数の名前を持っていた。そのうちの一つの名では小説家でさえもあった。佐川春泥《さがわしゅんでい》という犯罪小説家は、その世の常ならぬ奇怪な題材によって、二、三年前から、読物界《よみものかい》引っぱりだこの流行児になっていた。このような怪奇異風《かいきいふう》の小説は如何なる人物が書いているのか、佐川春泥とはそもそも何者なのか、編集者も読者も、その秘密に異常な魅力を感じて、彼の作品の実質以上の人気となった。

無数の名を持つこの男——かりに速水荘吉と呼んでおこうか——その速水は佐川春泥の正体を絶対に知られない用心をした。この秘密が彼の小説の売れ行きを倍加しているのだし、又、彼の不思議な生活のためにも、自分の正体を知られることは、あくまで防がなければならなかった。雑誌社との交渉はすべて手紙によることとし、雑誌社からの依頼状や稿料支払いは、その都度ちがった郵便局留置きで受け取ることにしていた。雑誌社の方では、彼の正体をつきとめようとして、その郵便局に記者を張りこませたりしたが、彼はそんなことは百も承知であった。局へ手紙や為替《かわせ》を受け取りに来るのは、タクシーの運転手とか、酒場のボーイとかで、彼自身は一度も姿を現わさなかったし、それらの使いの者も、若《も》しうさんくさい尾行者などがあれば、決して彼のところへ戻って来ないように厳命されていた。或る場合には、そういう使いの者を二重三重に頼んで、次から次とリレー式に手紙などを運ばせることもあった。その途中で少しでも怪しいことがあれば、使いの者は、彼のところへ近寄らなかったし、彼自身も八方に目をくばって、共産主義者の街頭連絡以上の手数と技巧を惜しまなかった。

速水——やはり、仮にこう呼ぶのだが——速水はある私立大学の文科に籍を置いたことがあるが、卒業はしていなかった。その大学の図書館で各方面の書籍を乱読したばかりであった。

彼は又あらゆるスポーツを好み、乗馬、自動車の運転、飛行機の操縦なども会得《えとく》していた。非常に運動神経の発達した男で、ある時は曲馬団にはいって、空中曲技を習い、殆ど一人前の曲芸師になっていた。

彼がどうしてそんな思想を持つようになったか。精密には遺伝や幼時の環境を調べて見る必要があるが、筆者にはそこまではわかっていない。恐らくは持って生まれた性格と、大学時代に乱読した書物の影響であろう。彼は人間というものの探究を生甲《いきが》斐《い》とするようになっていた。だが、その探究の意味が、彼の場合には、まったく風変わりな異様な角度のものであった。

物には表裏があり、人間にも表裏がある。彼はその裏側の方の人間を探究しようとしたのである。それも社会学的、心理学的にではなく、強いて云えば犯罪学的に探究しようとした。しかし、普通の犯罪学者がやるような一般的研究ではなくて、これと目ざした個々の人間の、世間にも、その人自身の家族にさえも知られていない、秘密の生活を探究することが、彼の生甲斐であった。

この探究は自由主義者には蛇蝎《だかつ》の如く憎悪せられる種類のものであった。お互いに個人の秘密を尊重するというのが自由主義者のモットーであった。医師が患者の病状を他人には絶対に口外しないという、あの秘密主義が自由主義者の考え方であった。したがって彼のこの探究は、自由主義の世界ではスパイ行為として、極度に軽蔑せられるばかりか、多くの場合犯罪でさえあった。その意味で、いや、その意味以上に、彼は犯罪者であった。

人間というものは、たった一人でいるとき、そばに人目のない時には、どんな異様な行為をするかわからないということを、彼は自分の体験から割り出して知悉《ちしつ》していた。体験ばかりでなく、彼がそういう生活をはじめてからの数々の経験が、これを証明していた。表側の人間と裏側の人間とが、どんなにちがっているか、それを知ることは、怪談のように恐ろしかった。手袋を裏返すように、人間を裏返すと、そこには思いもよらない奇怪な臓物《ぞうもつ》が附着していた。彼はそういう裏返しの人間を見ることに、こよなき興味を持った。つまり、彼の探究慾は唾棄《だき》すべきスパイ精神と相通ずるものがあったのである。

この探究には副産物があった。富裕な人間の裏側を見たときには、それを武器として、相手から多額の金銭をゆすり取ることが出来た。探究にはずいぶん元手がかかるけれども、ゆすりによって、その何倍の収入があった。どんな商売よりも有利な金儲《かねもう》けであった。ゆすりは明確に犯罪である。だから彼は争う余地のない犯罪者であった。ただ相手の方に告発し得ないという弱点があるので、最も安全な犯罪であって、いつまでもその所業をつづけることが出来るというにすぎなかった。

だが、相手が悪人であった場合には、逆スパイを使って彼を窮地《きゅうち》に陥れることも出来るだろうし、場合によっては生命を狙われるおそれさえあった。速水はそういうことも予想して、あらゆる用心を怠らなかった。彼は又そういう用心には持ってこいの智恵と体力と技術を身につけていた。

相手に気づかれず、その人の裏側を探究するためには、隠れ蓑が必要であった。ウエルズの「透明人間」が理想の境地であった。速水は一つ透明人間になってやろうと考えた。むろん文字通り透明になれるはずはない。そこで、出来るだけ体色《たいしょく》をぼかし薄めて、影のような人間になることを工夫した。それには日本の古代の忍術というものが大いに参考になった。忍術師はある意味で透明人間になり得たのである。彼らは盗賊のまやかし術から出発して、戦国武将のもとに無くてかなわぬ存在となり、工夫と修練を重ねて、巧みな技術を編み出していた。速水の隠身術《おんしんじゅつ》は謂《い》わばこれを近代化したものであった。

彼の工夫の一つに、色メリヤスのシャツとズボンがあった。ごく薄手の弾力のあるメリヤス地を、鼠、黄、茶、赤、黒など各種の色に染めて、常に身辺に用意していた。たとえば夕方の薄闇を利用して行動する場合には、ピッタリ身についた鼠色のシャツとズボンを着用した。シャツの袖の先はそのまま手袋になっていたし、ズボンの裾はそのまま靴下につづいていた。それを着用すれば、首から上をのぞいた全身が、夕闇色の鼠一色になった。場合によっては、同じ色の覆面を、頭からスッポリかぶることもあった。目と口に小さな穴のあいた袋である。それがメリヤスの弾力でピッタリ頭にくっつくようになっていた。

黄色い壁や茶色の壁の日本建築にはいるときには、黄色や茶色のシャツを着るし、赤いカーテンの前では赤いシャツに着更え、森の中では濃緑のシャツ、暗闇には黒のシャツというわけであった。

忍術では、闇夜にはまっ黒な衣裳よりは、乾いた血のようなドス黒い赤が最も目に見えないと言い伝えられているが、速水はむろん、そういうドス黒い赤のシャツも用意していた。

つまり保護色なのである。動物や昆虫の保護色の原理を、色シャツの手早い取りかえという方法で応用したのである。ごく薄手のメリヤスだから、何枚重ねても大してからだがふくらむわけではない。その都度都度、幾つかの背景にふさわしい色シャツを、適当に組み合わせて重ね着し、咄嗟《とっさ》にそれを脱いだり、別の色シャツを上から着こんだりして、動物界の体色の変化と同じ働きをさせるので、その脱いだり着たりする手早さには修練を要したし、シャツとズボンの作り方にもさまざまの工夫が必要であった。

古い建物の壁に棲《す》む、おしつぶしたように平べったい灰色の大蜘蛛《おおぐも》がいる。あの灰色のからだが、やっぱり保護色で、古壁の色と見わけがつかず、あの大蜘蛛が目にもとまらぬ早さで壁を這いまわる様子は、なんだか霞《かすみ》のようで、虫類遁形《とんぎょう》の術という感じだが、影男速水荘吉の色シャツ応用の隠身術は、あの平蜘蛛にそっくりであった。

これは影男の技術のほんの一例にすぎないが、まあそういう風な奇術と曲芸に類する数々の隠身術を発明し、それぞれの道具を工夫していたのである。

彼の人間裏返しの探究には、今一つの副産物があった。彼はその探究によって得た資料に基づいて、怪奇犯罪小説を書き、一躍名をなしたのである。編集者や読者は、彼の作品を荒唐《こうとう》無稽《むけい》な純空想の産物と考えていた。現実とはなんの関係もない作りごとと考えていた。

速水――いや、佐川春泥の方でも、まったくの空想と見せかけるような書き方をしたのだが、事実はその大部分が現実の資料によるものであった。彼の「裏返しの人間探求」の副産物にすぎなかった。

佐川春泥の人気があがるにつれて、原稿料も増して来たから、その収入もばかにならなかったが、しかし、彼は金儲けのために書くのではなかった。隠身術による人間探求の結果を小説の形でそれとなく世間に見せびらかすのが楽しかったのである。ゆすりの方で莫大《ばくだい》な収入があったのだから、いくら高くても原稿料など問題ではなかった。彼自身の秘密をこれ見よがしに見せつけて、しかも世間の方では、世にも稀なる空想力の作家と思いこんでいる。そのまやかしが愉快でたまらなかったのである。

速水は三十三歳の、鞭のように強靱《きょうじん》で、しなやかなからだの、痩せ型の好男子であった。だが、彼は顔面扮装術に於ても、俳優以上の技術を持っていたから、ほんとうの素顔は誰にも見せていなかった。衣裳ばかりでなく、顔面や頭髪などにも絶えず化身《けしん》の術を応用し、場合によっては七十歳の老人にも、二十代の美女にも化ける才能を持っていた。

遁形術者の彼は、住居も一定しているはずはなかった。同時に多くの居所を持っていたが、それに限定されるわけでもなく、あらゆる場所が彼の住居となり得た。帝国《ていこく》ホテルも、山谷《さんや》あたりのドヤ街の(注1)木賃宿《きちんやど》も、上野公園《うえのこうえん》のベンチでさえも、(注2)お茶《ちゃ》の水渓《みずけい》谷《こく》の洞窟《どうくつ》でさえも、差別なく彼の住居となり得た。

彼は又多くの恋人を持っていた。そして、そのおのおのの恋人が、自分こそ彼の唯一の愛人だと信じていた。彼の恋人の中には十七歳の美少年さえ含まれていた。それらの恋人を、彼は人間探求事業の助手として、巧みに駆使《くし》していた。恋人たちはお互いに殆ど知り合っていなかった。

張ホテルの秘密室で、S県の多額納税者、此村大膳の醜態を、三十六枚のフィルムに撮影した結果は上々の首尾であった。先《ま》ず書留親展の手紙に、その写真の一枚を封入して送っておいて、此村の自宅に電話をかけ、ゆすりの金の受け渡しの時間と場所を指定すると、相手は一言もなく三百万円の金包みを持って、自らその場所へ出向いて来た。

此村は明治神宮外苑《めいじじんぐうがいえん》の入口で車を捨て、オーバーの襟で顔を隠した忍び姿で、外苑の森の中へはいると、指定された石のベンチに腰かけて、つくねんと待っていた。速水は夜の森の色と同じ色シャツと覆面で、此村のうしろから朦朧《もうろう》として立ち現われ、金包みを受け取ると、残る三十五枚のフィルムを投げ返しておいて、そのまま得意の隠形術で、森の立木の中へ溶けこむように消えて行った。

どん底の人

その時、仮の名速水荘吉は、鼠色の背広、鼠色のオーバー、鼠色の鳥打帽といういでたちで、東京周辺の或る繁華街に、まだ残っているブラック・マーケットの迷路の中を歩いていた。小さな汚ならしい廃頽的《はいたいてき》な酒場が、狭い間口で目白おしに並び、あやしげな白粉《おしろい》の女の、いやらしい嬌声《きょうせい》があたりに溢れていた。

突然、そういう酒場の一軒の店先から、ボロをまるめたような大きな物体が、恐ろしい勢いで速水の足もとへ転がり出して来た。

「もうこの辺をうろつくんじゃねえぞ。わかったか、アル中乞食め！」

ジャンパーのヨタ者風の青年が、そうどなって、ペッと唾をはいて、店の中へ戻って行った。

そこの地面にころがっているボロボロの物体は、五十五、六歳に見える一個の人間であった。汚れてよれよれになったカーキ色の上衣《うわぎ》の胸がはだけ、中から無数に破れ穴のある茶色の毛糸のチョッキがのぞいていた。ズボンは裾の裂けた黒ラシャで、ちびたサンダル下駄が、足もとにころがっていた。

白髪《しらが》まじりのモジャモジャ頭、無精髯《ぶしょうひげ》でうす黒い紫色の太った顔、太っているだけに一層みじめな、どこか好人物らしい酔っぱらいであった。その男は、ぶっ倒れたまま、何かブツブツ呟《つぶや》きながら、起き上がろうともしない。起き上がる力もないらしく見えた。どこか、ひどく打ったのかも知れない。

しばらく立ち止まって見ていても、誰も助けおこしてやる者もない。通行の人たちは、まるで別世界の人種のように、そしらぬ顔で通りすぎて行く。速水は見かねて、そのボロボロのかたまりに近より、両手を脇の下に入れて抱き起こしてやった。

「しっかりしたまえ。うちはどこだ」

すると、みじめな五十男は、口をモガモガやっていたが、速水のしゃんとした身なりを見て、少しおそれをなした表情になり、やっと意味のとれる口を利いた。

「ほっといてくれ。おれは人外なんだ。人外とは人間でないということだ。お前さんにゃ分かるまい」

その声が何かしら惨澹《さんたん》たる哀調をおびていたので、速水はふと、この五十男を探求して見る気になった。むろん、このボロ男は乞食とまで云われているのだから、ゆすりの種にはならない。だが、速水荘吉は常にゆすりのためにのみ動いているわけではなかった。

彼はボロ男の腕を抱えて歩き出した。重い荷物だった。酔いつぶれたボロ男は自分で歩く力はなく、全身の重味でよりかかって来た。悪酒の匂いと異様な体臭《たいしゅう》がムンムン鼻をうった。

ブラック・マーケットを通りぬけて、表通りに出ると、やや広い大衆酒場があった。速水はボロ男をつれて、その店の片隅の床几《しょうぎ》に腰をおろした。

「何か呑むか」

「チュウと行こう。チュウだ、チュウだ」

ボロ男が廻らぬ舌で注文した。速水は汚れたエプロンの男ボーイ(注3)に、焼酎と日本酒を持ってくるように命じた。

コップが来ると、ボロ男はガツガツと口をつけて、よだれをたらしながら、一気に半分ほど呑んだ。そして、残りの半分の液体をじっと見つめていたが、やがて、赤く充血した目がなんとなく生々《いきいき》して来た。泥酔していても、新しい酒が腹にはいると、やはりいくらか活気が戻ってくるらしかった。

「お前さん、おれにおごってくれるんだね」念を押すように、こちらの顔をジロジロ見ながら云った。

「ウン、いくらでもおごるよ。君は可哀そうな男らしいからね」

「ああ、こんな親切な若い衆に出会うのは久しいこった。おらあアル中の人外だからね。誰も相手にしちゃくれねえんだ」

目に感謝の色を浮かべて、好人物らしくニヤリと笑った。無精髯に覆われた顔が大《だい》黒様《こくさま》のようになごやかになった。

やがて、コップを空《から》にしてしまうと、物欲しそうな、実にいやしい顔になって、

「もう一杯、ね」

と猫なで声を出した。そして、新しく来たコップを、また半分ほど呑んだが、その頃から、何か空《うつ》ろな目になって、考えごとをはじめた。しばらくムッツリと黙りこんでいたが、血走った大きな目を（このボロ男の目は団十郎のように大きな二(注4)かわ目であった）パチパチやったかと思うと、目の中が湧くようにふくれ上がって、ポロポロ

と大粒な涙がこぼれた。

「お前さん、聞いてくれるかね。おらあ、お前さんに話したいことがあるんだ」

そして、犬のようにあどけなく首をかしげて、じっとこちらを見た。

「ウン、聞くよ。話してごらん」

男は大きな目を細くして、赤い舌でペロペロと唇をなめた。

「若い衆、おれをなんだと思うね。……人外さ、それはわかってらあ。だが、おれの前身をなんだと思うね」

速水は人間観察に慣れていたので、この質問に答えるのはわけもなかった。

「軍人だろう。それも将校だ。大尉かね」

「えらい。お前さん人相見かね。その通りだよ。おれは陛下の忠勇なる陸軍大尉だった。生涯、軍に身を捧げるつもりだった」

そういって、またポロポロと涙をこぼした。この五十男は兵卒から経上《へあ》がった職業軍人らしかった。そういう体臭が感じられた。

「立派な軍人だった。金鵄勲章《きんしくんしょう》も頂いとる。感謝状を何本も貰《もら》っとる。北支の戦場では、元野《もとの》部隊長閣下が、親しくおれの手を取って「えらいやつだ」と涙をこぼして感謝された。おれは百三十人の生き残りの部下と共に、五十六高地の孤塁《こるい》を守って、三千の敵を追いちらし、後続部隊との連絡を全うした。それは大作戦の成否にかかわる重大地点だった。おれの金鵄勲章はその功績によるものだ」

ボロ男も、それを語るあいだだけは、姿勢もしゃんとして、百戦錬磨の古強者《ふるつわもの》らしく見えた。だが、彼は又グッタリとなってしまった。そして、しきりに大粒の涙を流した。

「おれは申し訳ない。実に申し訳ない。忠勇なる陛下の軍人ともあろうものが、このざまはなんだ。畜生道におちて、人外になってしまった。おらあ死にたい。そこいらのやつをみんな殺して、死んでしまいたい。だが、もう手おくれだ。日本が降伏したとき、切腹することが出来なかった。なぜ出来なかったか、おれにもわからない。もともとおれは人外だったんだ。軍という組織をはなれたら、何一つ出来ないぐうたら兵衛《べえ》だったんだ。あれからというもの、落ちた、落ちた、世の中の底の底まで落ちた。そして、人外のけだものになりさがってしまった」

男は酒場の中をグルッと見廻した。彼の声がだんだん大きくなったので、酒場の客たちの中には、好奇の目でジロジロこちらを見ているものもあった。

「若い衆、おれが人外だという証拠を一つ話そうか。……おらあ、かかあがある。それから、ちっちゃい娘がある。それだけだ。掘立小屋《ほったてごや》に住んでいる。おれが木ぎれを拾い集めて造ったんだ。娘は前のおっかあの子だ。そのおっかあは死んじまった。だから、娘は今のおっかあのままっ子だ。いじめられる。今のおっかあは肺病やみで、寝ているんだ。寝ていて娘をこき使い、ひっぱたくんだ。その娘をいくつだと思うね。まだ十二なんだぜ。学校なんか行けやしない。毎晩夜ふけまで、酒場へ花を売りに行くんだ。十二の子のその収入が、おれたちの全部の収入だ。え、わかるかね。軍人の恩給証書なんて、とっくに高利貸にとられちゃった。おれがみんな呑んだのさ。おれの可愛い娘は、今にパンパンになるんだ。え、どうだね。金鵄勲章を頂いた忠勇なる帝国軍人の一人娘が淫売になるんだぜ。

「おらあ、日本が降伏してから、いろんな勤めをやって見たが、とても続かない。軍人にゃあ、せちがらい浮世は渡れねえんだ。みんなしくじった。あっさりしくじっちゃった。おれはもともと呑んべえだったが、アル中乞食におちぶれたのは、いくさに負けたからだ。

「おれだって醒《さ》めてるときもある。だが、つらくって、苦しくって、醒めたままじゃいられねえんだ。だから、肺病やみのおふくろの着物という着物を、みんな質屋へ叩きこんで呑むんだ。十二の娘の、可愛い可愛い娘の、花の売り上げを、ちょろまかして呑むんだ。おっかあも娘も食うものがねえ。餓《う》え死にしそうなんだ」

泥酔のボロ男は、そこで一段声をはりあげて叫び出した。

「そこいらのみんな、聞いてくれ。人外というものを知っているか。ここにいるおれがその人外だ。人間の形をして人間でない化けもののことだ。肺病やみのおっかあが餓え死にしそうになっている。十二の花売娘がひもじがって、ぶっ倒れている。その代わりに、おれがこうして、酒を呑んでるんだ。畜生っ、人外だっ、人外っていうなあ、おれのこった！」

男は空《から》になった焼酎のコップを、卓上に叩きつけ、叩きつけて、こなごなに割ってしまった。そして、その鋭いガラスのかけらの上を、握りこぶしで「こん畜生、こん畜生」と殴りつづけた。無数のガラスの破片が手の甲に刺さって、針鼠のようになり、タラタラと血が流れた。

突然、なんとも云えぬ不思議な音が起こった。けだものの遠吠《とおぼ》えのようでもあった。生まれたばかりの赤ん坊の泣き声のようでもあった。酒場の客たちの顔が、みんなこちらを見つめていた。カウンターの老主人も、汚れたエプロンのボーイたちも、みんなこちらを見つめていた。

元陸軍大尉のボロ男が、ポトポト血のたれる、ガラスのかけらの針鼠のような手で、顔をおさえて、ワーワーと子供のように、泣いていたのだ。身もだえをして、はだしの足をバタバタやって、駄々《だだ》ッ子のように、泣きわめいていたのだ。

空飛ぶ夢

十二歳の大曽根《おおそね》さち子は、父も母もただ恐ろしい人であった。まだしも、夜更《よふ》けの酒場で花を売っているのが、いくらか仕合わせな一ときであった。

彼女は客たちからいくら無愛想にされても平気だった。メソメソした哀れっぽい声は出さなかった。人間の愛情というものをまったく知らず、あまえることも知らなかったので、ただ機械的に、花束を持って、酔っぱらいの一団のうしろに立っているだけであった。しかし、この痩せた小娘には、どこかウットリと夢見ているようなところがあって、人の心を惹いた。存外《ぞんがい》花を買ってくれる客があり、酔客が頭をなでてくれるようなことさえあった。だから、ほかの少女売子たちに負けるわけでもなかった。

女親分のような年増《としま》女がいて、上前《うわまえ》をはねたし、容赦なくひっぱたかれることもあった。その上、仲間の年上の少女たちにもずいぶんいじめられたが、さち子はそういうことに不感症《ふかんしょう》になっていたので、泣きもしなかった。悲しいたびに泣いていたら、朝から晩まで泣いていなければならなかったからである。この少女は、泣くことさえ、もう忘れているように見えた。それにしても大曽根とは、あのボロボロ男にとって、なんといかめしい姓であろう。またさち子（幸子）とは、この哀れな少女にとって、なんという皮肉な名であろう。あのボロ男が陸軍大尉時代には、大曽根という姓をわが武勇にふさわしい氏《うじ》と誇っていたことであろう。そして、その最初の愛児に、行末めでたかれとて幸子という名をつけたのでもあろう。

人通りのとだえた暗い夜の町を、小さな女の子が、穴のあいた赤い毛糸の上衣に、セイラー服の短いスカート、素足に草履《ぞうり》ばきで、ペタペタと歩いていた。

大曽根さち子が花を売りつくし、上前をはねられて、三百七十円の札束をポケットに、家路についたのはもう十二時すぎであった。彼女は渋谷《しぶや》の酒場街の仕事場から、十数丁の掘立小屋へ帰る道すがらが、一ばん仕合わせであった。うちには鬼が待っている。その鬼に会うまでの二、三十分が何よりも仕合わせな時間であった。

彼女は歩きながら、小さな声で歌を歌いさえした。まだ小学校へ行っている時分に習った幼い歌を口ずさんだ。そして、頭に浮かんで来るあらゆる想念《そうねん》を、半ばは口に出し、半ばは頭の中で物語っていた。それは彼女がひまさえあれば考える不思議な美しいお伽噺《とぎばなし》の世界であった。

「鳩のように羽根が生えて、空が飛べたらどんなにいいでしょう。そうすると、高い空からなんでも見られるわ。かあちゃんも空までは追っかけられないし、とうちゃんも来られないわ。お金儲けもしなくていいわ。青い青い空を、歌を歌って飛んでいればいいんだわ。なにかたべたくなったら、鳩のようにスーッと町へおりて来て、今川焼の店から、あたたかい今川焼を二十も三十もさらって、またスーッと空へあがってしまえばいいんだわ。だれも追っかけてこられやしないわ。そうして、おいしい今川焼をたべながら、歌を歌って飛んでればいいんだわ。

「青い空の上の上の方には、死んだかあちゃんがいるんだわ。学校の先生が、人間が死ぬとみんな空へのぼるんだって云ってたもの。だから、あたしのかあちゃんも、きっと空にいるんだわ。そして、鳩になれば、かあちゃんに会えるんだわ。でも、鳩はそんなに高く高くのぼれるかしら……」

さち子は三歳の時に実母と死別したので、その顔はうろ覚えだったが、暖かいふっくらとした乳房と、やさしい笑顔が幻《まぼろし》になって、いつでも目の前に浮かんで来た。そのころは、おとうちゃんも、まだ飲んだくれにならない、やさしいおとうちゃんであった。

「ねえ君、今川焼がどうしたの？　それから、空を飛ぶってなんのことなの？」

突然うしろから声をかけられて、びっくりした。おずおず振り向くと、鼠色のオーバーを着て、鼠色の鳥打帽をかぶった、すらっと背の高い小父《おじ》さんが立っていた。それを見ると、さち子の顔が俄《にわ》かに陰鬱《いんうつ》になってしまった。楽しい夢がどっかへふっ飛んで、つらい浮世が帰って来た。彼女は上目使《うわめづか》いに男を見上げて、おしだまっていた。

「君は大曽根さち子ちゃんだろう。ね、そうだろう」

少女はニコリともしないで、わずかにうなずいて見せた。

「そうだね。今、花を売って、おうちに帰るところだね。君は可哀そうな子だね。なんにも楽しみがないのだね」

すると少女は怒った顔になって、他人行儀な声で答えた。

「あたし、可哀そうな子じゃないわ。楽しいことだってあるわ」

「その楽しいことというのは、鳩のように空を飛ぶことだろう。小父さんはちゃんと知ってるよ。空から神様が、君をお迎えに来るんだね。金色の神様よ。そして、君を可愛がって下さるんだ。今にきっと空へ行けるよ。そして、おかあさんにも会えるだろうよ」

それを聞くと、少女は一層こわい顔になって、クルッと向こうをむき、歯と歯のあいだから「チッ」という下品な音を出したかと思うと、いきなり駈け出して行った。恐ろしい勢いで、まるで人殺しに追っかけられてでもいるように駈け出して行った。

少女ながら、侮蔑《ぶべつ》を感じたのだ。からかわれていると思ったのだ。いや、それよりも楽しい夢を破られたのが、一ばん癪《しゃく》にさわったのかも知れない。人間知りの鼠色の服の男は、少女の気持がよくわかった。彼はあとを追おうともせず、その場所に立ったまま、意味ありげに微笑していた。全能の神の楽しさで微笑していた。

善神悪神

数日後、速水荘吉、或いは綿貫清二、或いは鮎沢賢一郎、或いは殿村啓介、或いは宮野緑郎、或いは佐川春泥、その他無数の名を持つ影男は帝国ホテルの一室におさまっていた。

ここでは彼は大阪の貿易商社の若い社長鮎沢賢一郎であった。昨夜おそく大阪から着くと、彼の部屋ときまっている二間《ふたま》つづきの一室にはいったが、ぐっすり朝寝坊をして、翌日の昼頃起き出して、ゆっくりバスにはいってから、気に入りのボーイに軽い朝食を自室へ持って来させ、それを平らげると、あらかじめ呼んでおいた一人の客を引見《いんけん》した。彼はここでは、呼びよせた客以外には、誰にも会わないことにしていた。

それは二十三、四歳の派手な洋装の美しい女であった。自室の居間の方に通して、先《ま》ず長い接吻をしてから、長椅子にからだをくっつけて腰かけた。

「上流婦人の秘密結社があるのよ。あなたの趣味にピッタリだし、十万円ぐらいのご褒美のねうちありそうよ」

女の鼻は可愛らしくツンと上向いていた。笑うと左の頬に片えくぼができた。目が愛らしかった。シガレットを気どった手つきでふかしていた。

「詳しく話してごらん」

影男の鮎沢は女のえくぼを見ながら、微笑してたずねた。

「首領《しゅりょう》――といっちゃおかしいけど、その婦人団の団長みたいな人ね、それは元侯爵夫人で、たいそうお金持なの。春木夫人《はるきふじん》っていうのよ。団員は十五、六人らしいわ。みんなお金持の猟奇《りょうき》マダムよ。はじめは競馬の仲間だったらしいのね。それがマージャンやトランプのパーティーをひらいているうちに、だんだん秘密の楽しみに耽《ふけ》りだしたわけよ。いまでは本物の秘密結社だわ。みんな黒いガウンを着て、黒い覆面頭巾をかぶって、そのために借り入れてある秘密の家《うち》で密会するのよ。そして悪事をたくらむのだわ」

「たとえば？」

「不倫のエロ遊びよ。ずいぶん思いきったことをやっているらしいわ」

「それじゃ、君は会員じゃないんだね」

「どういたしまして。地位と財産がなくっちゃあ、その結社にははいれないのよ。それでね、十万円のねうちっていうのは、その会合の場所と時間だわ。どう？　買ってくれる？」

鮎沢は無言でポケットから小切手帳をとり出し、十万円の金額を書きこんで捺印《なついん》した。それを相手に手渡しながら、

「で、その場所と時間」

「代々木《よよぎ》の原っぱの中の一軒家。広い地下室があるんですって。団員はガウンの上にオーバーを着て行って、門の前でオーバーをぬぎ、覆面をかぶるのよ。そして、門番をしている人にサインをすると、入れてくれるんです。サインはこうよ」

女は真言秘密《しんごんひみつ》の呪文のような手つきをして見せた。そして、代々木の密会所の位置を詳しく説明した。

「どう？　よくさぐったでしょう。その会合があすの晩十時から開かれるのよ」

「ウン、それで、君に教えてくれたのは、団員の一人なんだろう」

「教えてくれたんじゃない。あたしの方で、鮎沢さん直伝《じきでん》の手でもって、吐《は》かしたんだわ。相手はあたしなら危険はないと思って、安心しているのよ。でも、決して他言しちゃいけないって、青い顔になって、念をおしていた。よほど怖い制裁があるんだわ」

「その人の名」

「琴平咲子《ことひらさきこ》。新興実業家の奥さまよ。まだ三十になっていない。美しい人よ」

えくぼを深めてニヤリと笑った。

「背は高いかい？」

「あたしより五センチぐらい。でも、鮎沢さんよりはずっと低いわ」

「そのくらいならなんとかなる。背を低くしたり高くしたりするのも一つの忍術だからね。もうわかっているだろう。僕がその女に化けるのだ。そのあいだ咲子さんのお守りは君の役目だ。でなきゃ十万円のねうちはないよ。で、僕と咲子さんと会うのは、このホテルのグリルということにしよう。わかったね」

その時、びっくりさせるように、電話のベルが鳴った。鮎沢はそこへ歩いて行って受話器をとった。

「ウン、おれだよ。……ナニ、使いに出たまま、家《うち》へ帰らないで、郊外へ郊外へと……わかった。どこまでもあとをつけるんだ。十分ごとに、電話のある家を見つけて、そこの人にここへ電話をかけさせろ。その家の位置がわかればいいのだ。用件はどうとでも作り出せる。あたりに家がなくなるまで、それをつづけるんだ。百姓家だって電話のあるうちがある。そこへ駈けて行くんだ。相手は子供の足だ。見失う心配はない。わかったな。じゃあ」

受話器をおくと、しかめていた眉を急にひらいて、ニッコリと女を見た。

「なんだか別の事件があるらしいのね。鮎沢さんって忙しい人ね」

「いつでも十ぐらいの事件が継続中だ。忙しくなくっちゃ生き甲斐がないよ。今の電話は善神をつとめる方の事件だ。僕は悪神になる場合が多いが、善神にもなれるんだぜ。たとえば君に対しては、いつでも善神なんだからね」（軽い笑い）

「あたしだけに善神じゃなくて、たくさんの女の子にも、でしょう」（笑い）

その実、そのたくさんの女の一人でも、彼女が知っているわけではなかった。

「わかった、わかった、僕は男の女王蜂だって云ってるじゃないか。女王蜂にはたくさんの異性を愛する権利がある」（笑い）

「異性ばかりじゃないわ。鮎沢さんは、男の子にだって善神になるんじゃありませんか」（笑い）

「むだごと云ってる時じゃない。僕は忙しいのだ。それじゃ、わかったね。明日の晩六時にここのグリルへ、咲子さんをつれてくるんだぜ。六時だよ。その前に出来れば僕に電話をかける。いいね。それじゃ今日はこれだけ……」

鮎沢の両手がのびて、斜《はす》っかけに女を抱き上げた。そして、唇を合わせたままドアのところまで歩いて行って、そっとそこへおろし、ドアをひらいて、さアどうぞと片手で廊下の方をさし示し、騎士のように正しい姿勢で、軽く一礼した。

女が「負けた」という顔つきで、笑いながら、立ち去って行くと、鮎沢は、電話のところへ飛び帰って、今日新聞《こんにちしんぶん》の航空部を呼び出した。

「飛行士の北野《きたの》君いませんか。こちらは大阪の鮎沢。……ああ北野君、いてくれてよかった。このあいだ頼んでおいたこと、すぐにやってもらいたいんだ。一つの善事だからね。社を首になったら、君の身柄《みがら》は僕が引き受ける。(笑い)場所は今に電話で云ってくるから、君の方から、飛行の準備が出来次第、ここへ電話してくれたまえ。じゃあ、大急ぎで、たのんだよ」

今日新聞でもホテルでも、電話交換手は忙しくて、盗み聞きなんかしているひまのないことを知っていた。鮎沢はそういう細かいところへ気をくばって、ギリギリの線まで危険を冒すことが楽しかったのである。

もう一つ電話。

「みや子かい、僕、鮎沢。今は鮎沢なんだ。このあいだ頼んでおいたこと、いよいよ今日だよ。すぐに例の衣装を持って、ここへ来てくれたまえ。今日は君と一緒に善神になるんだ。善なる全能の神になるのだ。楽しいぜ。じゃあ、すぐにね」

みや子というのは、彼のあまたの愛人の一人で、こういうことには打ってつけの善女であった。

十二歳の大曽根さち子は、肺病の継母に卵を一つだけ買ってくることを命じられて家を出たが、ふと夢見る子の異常な心理になって、そのままどこまでも、どこまでも歩いて行った。東京から山は見えなかったけれど、「山の彼方《かなた》に住むという」何かを求めていたのだ。その道を、果ての果てまで歩いて行ったら、まったく別の世界があるのではないかという、鬼の国から離れたい子供心のさせたわざである。

両側に商家のある町が、いつまでもつづいていた。かわいい男の子がお父さんの自転車のお尻にのせてもらって、お父さんの大きな腰にしがみついて、楽しそうに通りすぎて行った。学校帰りの女の子が多勢つながって、電車通りを横切って行った。先に立ってうしろ向きに歩いているのは、やさしそうな男の先生だった。意地のわるそうな大きな子がいた。キャッキャと笑っている子がいた。独り列をはなれてションボリ歩いている子もいた。

一時間も歩いていると、町がだんだん淋しくなって来た。さち子には珍しい藁葺《わらぶ》きの家もあった。原っぱがつづいたり、お社《やしろ》の森があったりした。町の家並のうしろに、畑が見えて来た。一軒の藁葺きの家では煙草や荒物や駄菓子を売っていた。駄菓子を入れた箱のガラスの蓋に、白くほこりがつもっていた。やさしそうなお婆さんが、店先で居眠りをしていた。

道のそばを小川が流れていた。田舎の子供たちが、網で魚をすくって遊んでいた。小さなバケツがおいてあるので、のぞいて見ると、目高《めだか》みたいな可愛らしい魚が二、三四、チロチロ游《およ》いでいた。子供たちは、みんな意地わるでなさそうにも見えた。その中に可愛らしい子が一人いた。

もう家がなくなってしまった。両側は畑ばかりであった。大きな原っぱがあったので、その方へまがって行った。白い土の道であった。さち子は知らなかったが、そこは或る大きな土地会社の分譲地であった。まだ地盛《じも》りも出来ていなかったけれど、土地会社の所有地という柱が立っていた。どこにも家はなく、人もいなかった。遠くこんもりとした森が幾つもちらばっていた。空は青々として、やわらかい日ざしが地面をあたため、ユラユラと陽炎《かげろう》が立っていた。むこうの草が、湯気《ゆげ》を通して見るように、ゆらいでいるのが不思議だった。

さち子はだんだん夢見心地になって行った。自分の掘立小屋から遠く遠く離れてしまって、もう帰るにも帰られないという考えが、彼女の小さい胸をからっぽにして、フワッとからだが軽くなるような、これまでまったく経験したことのない、一種異様の情感が湧いて来た。この二、三年、一度も泣かなかったさち子の目に、涙がふくれあがって、それが頬をつたって、とめどもなくポロポロとこぼれ落ちた。

どこか遠いところから、ブーンというアブの羽音のようなものが聞こえて来た。さち子はグルッとからだを廻して、目のとどく限りを見た。音は空から来ることがわかった。その方に目をやると、青々と底知れぬ空の彼方に、一つの黒点が見えた。何か日を反射して、星のようにチカッチカッと光っていた。

その黒点は見る見る大きくなって来た。鳥ではない。胴体をはなれた上の方で、トンボの翅《はね》のようなものが、ブンブンまわっている。頭がでっかくて、キラキラ光っている。さっき星のように見えたのはこの部分にちがいない。さち子はいつか見て知っていた。それはヘリコプターという飛行機であった。

機体の形が大きくなると共に、音も大きくなって来た。ガラスの部屋のような透明な操縦席にいる小さな人の姿も見える。

「どこへ行くのかしら」

さち子は、自分たちの生活からは遠い、空飛ぶ機械を、まぶしく見上げていた。

ヘリコプターは、彼女の頭の真上まで来ると、地上に向かって、形を大きくして来た。オヤッ、この辺へおりるつもりかしら。音は耳を聾するばかりで、機体は目を圧して巨大になり、サーッと嵐のような風が吹きつけて来た。

草が波のようにゆれて、土ぼこりが目の前に舞いあがり、からだが吹きとばされそうになった。さち子は両手で顔を覆って、息もできなくなって、その場にしゃがんでしまったが、やがて風がやんだので、目をひらいて見ると、原っぱの二十メートルほどの近さに、ヘリコプターが降りていた。そして、ガラスの部屋から一人の妙な男の人がおりてくるのが見えた。

ほんとうに夢のようであった。さっきの土ぼこりで目をとじているうちに、世界が一変したかと思われた。ガラスの中から降りて来たのは、学校の懸図《かけず》で見た西洋の大昔の武人のような、からだにまきつく大きなマントを着て、たてがみのような羽根の生えた鉄兜《てつかぶと》をかぶり、長い剣をさげ、丸い楯《たて》を持っていた。そのこわい武人が、ノッシノッシとこちらへ近づいて来るのだ。

さち子は思わず逃げ出したが、大人の足に敵《かな》うものではない。たちまち追いつかれてしまった。

「君は大曽根さち子だろう。こわがることはない。空の神様からお迎えに来たのだ。空には君の仕合わせが待っている。さア、こちらへ来なさい」

無我夢中で、こわい武人に手を引かれて、ヘリコプターに近づき、大きなガラスのようにすき通った部屋へ抱きあげられた。そこに美しい女の人が腰かけていた。やっぱり学校の懸図で見たことのある西洋の天女のような（大人の言葉で云えば聖母のような）女の人であった。懸図の絵の天女は、はだかの赤ん坊を抱いていたが、この天女は何も抱いていなかったので、そのやさしい両手をひろげて、きたない毛糸の服を着たさち子を、暖かく抱きよせてくれた。なんだか死んだおかあちゃんに抱かれているような気がした。

「さア、これから天国へのぼるんだよ。今君の抱かれている人が、これから君のお母さんになるんだ。君はまったく生まれかわって、仕合わせな子になれるんだよ」

こわい武人はヘリコプターの運転席について、機械を動かしながら、やさしい声で云った。そして、ユラユラと機体がゆらいだかと思うと、いつのまにか、ヘリコプターは地上をはなれていた。

青い空を、上へ上へとのぼって行くにつれて、目の下の景色が面白くひろがって行った。森の社や農家が、おもちゃのように小さくなり、広大な東京の市街が目の届くかぎりひろがっているのが見わたせるようになった。そして海が……品川の海、東京湾、その向こうに太平洋。一方には富士山がまわりの山々をしたがえて、クッキリとそびえていた。

「まあ、あたし、ほんとうに鳩になれたんだわ。そして、ひろい空を、思うままに飛びまわっているんだわ」

鳩になれた上に、お母さんの代わりの、お母さんより百倍も美しい天女が、しっかり抱きしめていてくれるのだ。さち子は夢に夢見る思いであった。いやどんな夢にも一度も見たことがないほど幸福であった。

……………………

十二歳のあわれな小娘、大曽根さち子は、このお伽噺の夢を見たあとで、影男鮎沢の愛人の一人であるみや子のアパートに引きとられ、夜から昼へのような仕合わせな生活にはいった。新しいセイラー服を着せられて、学校へも通うようになった。

元陸軍大尉のアル中ボロ男大曽根は、さち子の幸運を聞いて涙を流した。そして、自分たちも大阪の実業家鮎沢氏の世話になることを承諾した。彼ら夫妻は、鮎沢氏の手で一応病院に入れられ、夫の大曽根の方は間もなく病院を出てある会社の守衛長に就職した。これもむろん鮎沢氏の計らいであった。もう掘立小屋にも住まず、アル中も殆ど快癒《かいゆ》していた。

闘人《とうじん》

その翌日の深夜、代々木の原っぱの一軒家での地下室で、異形《いぎょう》の化けものが十数人集まっていた。

化けもの共は黒い覆面頭巾と黒いガウンで全身を包んでいるので、正体は何物ともわからなかったが、彼らが人間であることは、その肢体《したい》から、又彼らが皆女性であることは、その話し声から推察できた。

地下室は十坪以上もあった。床には鼠色のジュータンが敷きつめられ、天井と壁はコンクリートの肌がむき出しになっていた。天井から下がったコードに、二百ワットのはだか電球が輝いていた。

十数人の怪物は円陣を作り、その一方の端に立っている一人が演説口調で喋《しゃべ》っていた。それは中年の女性の声であった。

「皆さま、われわれはこの一年間、その時々の幹事の方々のご努力によって、普通社会では見ることの出来ない怪奇異常の光景を見、あらゆるスリルを味わい、戦慄《せんりつ》を楽しんでまいりました。われわれは、いかなる猟奇の男性も味わい得ないほどの、極度の妖異を経験して来たのであります。或る時は深夜の墓地に死人と語りました。或る時は強盗暴行の犯人を囲んで、その体験談を聴きました。或る時は多くの男性裸体モデルを雇って、写生と写真撮影に興じました。或る時は男女混合の覆面舞踏会を開いて、抽籤《ちゅうせん》でパートナーを定め、一夜の自由行動を許しました。或る時はありとあらゆる片輪ものを集めて、共に飲み共に踊ることを楽しみました。或る時は、われわれ一同が、見苦しい女乞食となり、また或る時は、覆面のチンドン屋となり、そこに伸びて来るさまざまの誘惑と暴行を体験しました。一方に於ては、われわれは、男性美と賭博の興味とを結びつけた遊戯をも忘れませんでした。全裸の男性の拳闘、レスリング、そして、その勝負に金銀、宝石、はては貞操をさえ賭けたこともあります。

「しかし、われわれは、断じて犯罪者にはなりません。売笑婦にはなりません。お互いの地位と名誉の生活を捨てないのです。社会生活を完《まっと》うしつつ、人間本来の慾望を発散する安全弁として、この秘密クラブを組織したのです。われわれは、この覆面をし、ガウンに身を包んだ時だけ社会から完全に隔離します。あらゆる身だしなみと虚飾を捨てて、生まれたままの人間になるのです。そして、その欲するがままを行うのです。しかし、ひとたび覆面をとれば、われわれは皆、つつましやかな社会人です。夫につかえ、子女を教訓し、召使いに範を示す貞節なる妻であり、淑女であります。「われわれは、そういう社会生活の倫理を完うするためにこそ、この秘密の会合を必要とするのです。どんな淑女でも、夜の夢では、昼間の生活からは想像もできない猥《わい》雑残虐《ざつざんぎゃく》の行動をすることがあります。それは夢が抑圧された本能のはけ口だからだと申します。われわれのこの会合は謂わばその夢に代わるものです。しばらく覆面の隠れ蓑にかくれた、ひと夜の夢を楽しむのです。

「皆さますでにご承知のことを、長々と申しのべましたが、慣例ですからお許し下さい。毎回、行事にはいるに先だって、結社の趣意を繰り返し、われわれの団結をかたくする、これはまあ、われわれの祝詞《のりと》のようなものであります。

「さて、今夜はいよいよスリルの極致「闘人」の競技を見物することになりました。当番幹事の皆様のお骨折りで、実に理想的な二人の青年が見つかったからです。

「今夜の競技は、当番幹事の方々のほかは、どなたもご存じないのですから、ちょっと説明いたしますが、世に「闘牛」あり、「闘犬」あり、「闘鶏」あり、あに「闘人」

なからんや、という着想から出発したのが、今夜の催しであります。これは「人間狩り」のスリルにも相通ずるものです。警察官は街に放たれた犯罪者を、四方から包囲して狩り出すのが任務であります。これは公許の「人間狩り」です。昔の暴君は、罪人を無人の島に放ち、時間を限って、彼が島のジャングルに隠れ、追手の包囲を巧みにまぬがれることが出来たら無罪放免するという、一種の競技的スリルを考え出したものです。罪人は死か放免かの瀬戸際に立ち、限られた時間中、息も絶え絶えに逃げ廻る。それを狩猟する暴君の家来たち。この「人間狩り」のスリルは、闘牛などの遠く及ぶところではありません。

「しかし、今夜の「闘人」は、そういう大がかりな「人間狩り」ではありません。一人と一人の戦いです。牛と人間ではなくて、人間と人間なのです。グローヴをはめない拳闘、それにレスリング、角力《すもう》、柔道、どんな手を用いても反則ではありません。一方がまったく闘志を失って、再び立つことが出来なくなるまでの闘いです。「この闘人の優勝者には、二十万円の賞金が与えられます。また皆さまも、どちらかの闘士に賭けをなさることが出来ます。つまり青春の肉弾相うつ闘争と、賭けの勝負との二重のスリルを味わおうというわけです。

「では、闘士をご紹介します」

これが恐らく団長の春木夫人であろう。解説をおわって片手で合図をすると、地下室の入口の近くにいた当番幹事とおぼしき一人が、ドアをひらいた。すると、ドアの向こうの闇の中から、二人の全裸の美青年が少し面はゆげに円陣を作った覆面の婦人たちのまん中に立ち現われた。

よくもこんな青年が二人も揃ったと思うほど、顔もからだも理想的な闘士であった。覆面の人々は、しばらくは声を呑んで、見事な二青年の姿に見とれていたが、やがて、さっきの団長らしい覆面の人が口をひらいた。

「この方たちの名前や職業はしばらく伏せておきます。拳闘、レスリング、角力、柔道その他いかなる闘技の専門家でもないことを保証いたします。ごらんの通り、いずれ劣らぬ立派なからだの持ち主です。力量も恐らく甲乙がないことでしょう。こちらの方を仮に「黒」と呼びます。あちらよりも少し皮膚の色が黒いからです。あちらを「白」と呼びます。西洋人のように白い肌をしていらっしゃるからです」

「黒」は眉が濃く、鼻が大きく、唇の厚い好男子であった。目と口辺に不思議な愛嬌があった。黒いと云っても狐色の肌が滑《なめ》らかで、がっしりした肩と、盛り上がった腕の筋肉、豊かな胸毛《むなげ》、下腹部の筋肉の隆線《りゅうせん》がギリシア彫刻のように見事であった。

「白」は桃色の肌がなまめかしく、高い鼻、赤くて薄い唇、二重瞼《ふたえまぶた》の目が、女のように優しく、ふっくらとして、しかもよくしまった尻から腿《もも》の線が、うっとりするほど美しかった。

「では、どちらかに賭けて下さい。今幹事がお申し込みを手帳に控えることにします。皆さまのお名前をおっしゃってはいけません。いつも通り、ＡＢＣです。覆面の隅に縫いつけてあるアルファベットで、お申し込み下さい」

幹事が手帳を持って、円陣を一巡した。口々に「黒」「白」の別と賭金額が告げられた。「黒」への賭金総計三十四万円、「白」は二十九万円と呼びあげられた。

二人の闘士は、この「闘人」には反則というものが何もなく、ただ相手を徹底的にやっつければよいということを、前もって聞かされていた。今は幹事の闘争開始の合《あい》図《ず》を待つばかりである。

合図があった。

二青年はパッと左右に分かれて、股をひろげ、両のこぶしを握って、仁王立ちに睨み合った。

覆面の婦人たちは、シーンと静まり返って、身動きをするものもなかった。或る覆面の下では、すでに呼吸が激しくなっていた。

長い長い睨み合い。そのあいだに、両青年の筋肉ははち切れそうに緊張して行った。ついに機が熟した。双方から恐ろしい勢いで突進した。肉弾が烈しくぶつかり合った。

はじめは、拳闘めいた突き合い、殴り合いであった。筋ばった四本の腕が交錯して、ピストンのように活動した。「白」の頬に最初の血が流れた。「黒」も目の下を傷つけられた。

相手のこぶしを避けるために、肉団は期せずして接近した。組みうちとなった。「白」の腰投げがきまって、「黒」はジュータンの上に、のけざまに倒れた。「白」がその上にのしかかった。戦いはレスリングの様相を呈して来た。

押さえこみ、はねかえし、もつれ合ってゴロゴロところげ廻り、二本の足がさか立ちをして、相手の顔をはさみ、しめつけ、ふりほどき、上になり、下になり、横転し、逆転し、そのたびごとに、二つの肉団のあらゆる部分が、筋張り、ふるえ、躍動した。

「白」が上に「黒」が下に、おさえこみの長い時間、巨大な桃尻がモクモクと揺れ、腿と腕の筋肉がかたまりとなって、グーッと上下に移動し、全身が緊張の極度にブルブルと震えた。もう二つの肉塊《にくかい》は汗にまみれて摑《つか》む手がすべるほどテラテラしていた。二百ワットの電光に、その狐色と桃色の肌が美しく輝いて見えた。

覆面の見物たちは、はじめのうちは、一種の恐怖のためにワナワナ震えているものがあったが、そういう人々も、いつしか恍惚境《こうこつきょう》にはいっていた。全身が汗ばみ、頬はほてり、心臓は異様に鼓動していた。団員は年配の婦人ばかりではないのであろう。われわれは、影男とその愛人との会話によって、三十に充《み》たない琴平咲子という女性もその一員であることを知っているが、彼女が最年少者とはきめられない。目と口と三つの穴のある奇怪な黒覆面の蔭《かげ》には、どんな顔が隠されていることであろう。それらの顔が、全裸の美青年の、この物狂わしき熱闘を見て、どのような表情をしていることであろう。

闘士は再びサッと左右に別れて立ち向かった。そして、狐色と桃色の肉団が、追いつ追われつ、地下室の壁から壁へ、縦横に馳せ違った。覆面の人々はそのたびに悲鳴をあげて身をよけたが、時には肉団の体当たりを食って倒れるものさえあった。燕《つばめ》のように飛びかう肉塊、逃げまどう覆面婦人、地下室は湧きたぎる鼎《かなえ》の混乱となり、その中に闘士のゼイゼイという息使いと、けもののような怒号、婦人たちの歓喜と恐怖の叫び声が充ち溢れた。

またもや、こぶしの突き合いとなった。グワンというアッパーカット、向こうの壁までふっ飛ぶ肉団、その反動で、足から先に飛び返り、その足が相手の腹を蹴って、逆に相手が反対側の壁にぶっつかる。

一転して接近戦となれば、顔と云わず、胸と云わず、腹と云わず、双方のこぶしが機関銃のように突きまくり、狐色の皮膚にも、桃色の皮膚にも、無数の傷口がひらき、全身に網目《あみめ》の血の河が流れた。

そのからだで、又しても上を下への組みうちとなる。たまりかねた覆面婦人たちの、悲鳴のような声援が、「ブラック！」「ホワイト！」と交錯し、地下室はむせ返る熱狂の極点に達し、或る婦人は、今にも失神せんばかりの有様であった。

格闘一時間二十分。闘士たちは、もう足元も定まらず、よろめいていた。目は流れこむ血に視力も弱り、口は大きくひらいたままヒューヒューという音をたて、肩と胸は瀕死《ひんし》に波打ち、足はガクンガクンして、しばしばつまずき倒れた。

しかし、まだ勝負は定まらない。

見物たちもヘトヘトになっていた。声援の声もかれて、今は小娘のようにさめざめと泣き出すもの、えたいの知れぬたわごとをわめき散らすもの、昂奮《こうふん》の極、狂気の様相を呈しはじめた。

やがて「白」はジュータンのまん中に、グッタリと、あおむけに倒れていた。全裸を衆目に曝《さら》して、恥もなく倒れていた。「黒」はその足もとに、疲労という彫像のように、うずくまっていた。

　戦いは終わったかと見えた。見物たちも一瞬鳴りをひそめて、哀れな二つの肉団に見入った。静寂があたりを占めた。

　この時、思いもよらぬ異変が起こった。

「白」が血みどろのからだで、フラフラと立ちあがったのだ。それは残虐な化け物のように見えた。彼は立ちあがると、見物たちのあいだを、よろめきながら、ドアの方へ歩いて行った。ドアを通りすぎ、暗い廊下へ姿を消して行った。

「黒」は視力の弱った目で、その後姿を見やり、自分も物憂げに立ちあがった。

「白」は戦い敗れて逃げ出したのであろうか。あとに残った「黒」が勝者なのであろうか。

　それは「アッ」と思うまの出来事であった。ドアのそとの廊下の方から、サーッと一陣の風が吹きつけるように感じられた。そして、そのドアから、赤いものが、鉄砲玉のように飛び出して来た。それは全身血まみれの「白」であった。しかし、その形は人間としては目に写らなかった。余りに早い速度のために、一つの赤いかたまりとしか見えなかった。そのかたまりが、一直線に「黒」に向かって突進した。

　その勢いで、「黒」と「白」とが一団となって、背後の壁にぶつかった。いやな音がした。ぶっつかって静止したときに、はじめて事の仔細《しさい》がわかった。「白」は最後の力をふりしぼって「黒」の胸に頭突《ずつ》きを試みたのである。「白」の頭が「黒」の胸に突き刺さっているように見えた。「白」が廊下へ出て行ったのは、距離を増して速度をつけるためであった。

「黒」の顔色は見る見る青ざめ、壁際にグッタリと坐ったまま動かなかった。「白」も折り重なって倒れていたが、やがて、モゾモゾと身動きをはじめた。しかし、「黒」はいつまでたっても動かなかった。もう全身が血にまみれた古布のような色に変わっていた。

覆面婦人たちは、それぞれの場所にうずくまったまま、放心状態で、この有様を眺めていた。地下室は墓場のようにシーンと静まり返った。

「どうしたの？　もうおしまいなの？」

誰かが、眠いような声で呟いた。

「でも、なんだか変だわ。あの人、どうして動かないんでしょう」

しばらくして、別の眠そうな声がきこえた。

さすがに、最初立ち上がったのは、団長らしい覆面婦人であった。彼女はヨロヨロしながら、壁際の「黒」のところへ近より、そのからだにさわったり、脈を見たり、

口の前に手をやったりしていたが、のろのろとこちらを向いて顔をグッと前につき出し、ないしょ話でもするような恰好で、

「死んでいる」

と、ひとこと云ったまま、そのままの及び腰の姿勢で、いつまでもじっとしていた。

女装男子

「闘人」に興じていた十数名の覆面婦人は、それを見てシーンと静まりかえってしまった。過失致死《かしつちし》である。ほうっておくわけには行かぬ。このまま逃げてしまうことはできない。だが、警察に調べられたら、彼女らの秘密悪質遊戯団体の存在が知れわたり、地位と名誉を何よりもだいじにしている彼女らの主人たちに累《るい》を及ぼし、ひいては彼女ら自身の身の破滅となる。だから、警察にはどうしても知らせてはならない。といって、ここに一人の青年が死んでいる。このままにしておいたら恐ろしい殺人罪にもなりかねない。

十数名の覆面婦人たちは、銘々《めいめい》にこのことを考えて、心臓もとまるほどの恐怖におののいた。もっと手軽な出来事ならば、「どうしましょう」「どうしましょう」と泣き

声を交わすところだが、そんな声さえも出なかった。彼女らは失神の一歩手前で凝固していた。分別ありげな団長の春木元侯爵夫人さえ、ウロウロと死人のそばをよろめき歩くばかりで、なんの智恵も浮かばぬ様子であった。

そのとき、覆面にEという縫取りのある婦人が、団長の春木夫人のそばによって、なにかしばらく耳打ちしていたが、すると団長夫人は、深くうなずいて、一同に向かい、

「皆さん、いま医者をむかえることにしましたから、今夜の幹事のCさんだけのこって、あとの方は上の応接室に集まって下さい。それから、この人も」と「白」青年を指さし「みんなで上へつれて行ってあげて下さい。あなた歩けますか」

「白」青年は、泣き笑いのような表情で、うなずいて見せた。

「では、この人に服を着せて、寝室のベッドに、しばらく寝させておいて下さい。食堂の戸棚の中に何か飲みものがあるでしょうから、飲ませてあげて下さい。寝室ご存知ですわね」

一人の覆面婦人が、「わかっています」と云って、青年の手をとった。そして、一同はゾロゾロと廊下に出て、一階への階段をあがって行った。

あとには、団長春木夫人と、当番幹事のC婦人と、さっき団長に何かささやいたE

婦人とだけがのこった。幹事のCは二宮友子《にのみやともこ》という製薬会社社長夫人であり、Eは新知っていた。興貿易商社社長の夫人で、まだ三十にもならない琴平咲子であることを、団長はよく知っていた。

Ｅの琴平咲子は、倒れた「黒」青年の上にかがみこんで、しきりに様子を調べていたが、絶望の身ぶりをして、

「全く死んでいます。頭がわれているのです。息もしなければ、心臓も完全にとまってます」

「でも、まったくだめということが、あなたにおわかりになって？」

団長夫人が不安らしく反問した。

「あたし、その方《ほう》の経験がありますの。どんな名医だって、もうこの人を生きかえらせることはできません」

「でも、あなたは今、医者を呼ぶからと云って、皆さんを遠ざけるようにおっしゃったじゃありませんか」

「ええ、呼ぶのです。そして、この人が命をとりとめたように、皆さんに発表して、おうちへ帰っていただくのです。そうしないと、多勢の会員のことですから、誰の口から秘密がもれるかも知れません。むろん相手の青年にも、この人が死んだなんてい

うことは伏せておくのです。安心して引きとらせるのです」

団長夫人は首をかしげないではいられなかった。あの若くて美しい琴平咲子が、こんなに冷静な、しっかりした人だったのかと、あっけにとられるばかりであった。

「で、あなたはこの死体をどうしようとおっしゃるの？」

「隠すのです。今夜の出来事はまったく無かったことにするのです。そうしなければ皆さんの破滅じゃありませんか。それで幹事のCさんに伺いたいのですが、二人の青年はどこから連れていらしったのですか。どういう身元の人ですか」

Cの二宮友子も、Eのてきぱきとした口の利き方におどろきながら、

「この人は浅草《あさくさ》で拾ったのです。バーを流して歩く艶歌師《えんかし》です。むろん知り合いではありません。偶然に見つけて、体格がよくて強そうなので、当たって見たのです。すると、報酬に目がくれて、この人はすぐ承知しました」

「ここへ来たことを、この人の仲間は知っているのですか」

「いいえ、知りません。一人だけのとき話したのです。そして、ここへ来ることは誰にも云ってはいけないと、かたく口どめしておきました。さっき戦いがはじまる前にも、念をおして訊《たず》ねて見ましたが、誰にも云わなかったと、はっきり答えていました」

「なんという名で、どこに住んでいるのです」

「小林昌二《こばやしょうじ》というのです。九州の出身ですが、両親とも死んでしまって、東京には一人の身寄りもない独身の青年です。浅草の向こうの山谷の旭屋《あさひや》という簡易旅館に、仲間といっしょに泊まっているのだと云ってました」

「もう一人の白い方の青年も艶歌師ですか」

「いいえ、二人はお互いにまったく知らないのです。あの青年は銀座《ぎんざ》に出ているサンドイッチマンです。張り子の顔をかぶって、プラカードを持って歩いているのを、あたしの友達が喫茶店に誘いこんで話をつけたのです。これも即座に承知しました。井上《いのうえ》というのです。名の方はちょっと忘れました。身の上も詳しいことは知りません。でも、それは本人に聞けばわかることですわ」

「あなた隅におけませんわね。あんな魅力のある青年を二人も手に入れるなんて。いつも、ああいうのを物色《ぶっしょく》して歩いていらっしゃるのでしょう」

Eの咲子は、こんな際にも余裕綽々《よゆうしゃくしゃく》たるものであった。団長も二宮夫人も、ますますおどろきを深くした。あの可愛らしい琴平咲子に、今夜は何かの精《せい》がのりうつっているのではないかと疑われるほどであった。そう云えば咲子の声の調子も、いつもとは違っているように感じられた。

「あなた琴平咲子さんですわね」

団長が不安らしく訊ねて見た。

「身代わりですの」

「えっ、身代わりって？」

団長と二宮夫人とは、ギョッとして、思わずEのそばから身をよけるようにした。

「あたし覆面をとります。あなた方もおとりになってね。こういう時には素顔の方が真剣にお話が出来ますわ」

E婦人はそういって、頭からすっぽりかぶっていた怪奇な覆面を取り去った。その中から出て来たのは、どこか琴平咲子に似た美しい顔であったが、よく見るとちがっていた。

「あなたは、いったい誰です？」

団長春木夫人は、恐怖の声をたてた。

「あたしは、そうですね、シルエットと呼んでいただきましょう。影のような男です」

「えっ、男ですって？」

二人の夫人の口から驚愕の叫びがほとばしった。

「ハハハハハ、じつは男なんですよ。琴平さんをごまかして、琴平さんに化けて、あなた方の面白い遊びを拝見に来たのです。いや、ご心配なさることはありません。ぼくはあなた方の味方です。あなた方のために一《ひ》と肌《はだ》ぬぐつもりでいるのです。若《も》し琴平さんの代わりに僕が来ていなかったら、今夜の事件を、あなた方だけの力では、どうすることもできなかったでしょう。じつに仕合わせでしたよ。ぼくならそれができるのですからね」

云うまでもなく、それは琴平咲子に化けた影男であった。

「そうでしたか。それじゃ、あなたはあたしたちの本名もご存知でしょうね。ねえ二宮さん、こうなったら、もう仕方がないわ。覆面をとりましょうよ」

団長の言葉に、ふたりは同時に覆面を取り去った。でっぷり太った春木夫人の顔は、雑誌などの写真でおなじみだった。五十歳を越した遊蕩夫人《ゆうとうふじん》で、いかにも女親分の恰幅である。二宮友子は三十五、六歳に見える遊蕩美人、あの二人の好青年を探し出して来た腕前からも、その日常生活のほどが察しられた。

「で、あなたは、どんな風にして、あたしたちを助けて下さるのですか」

春木夫人は、さすがに落ちつきを取りもどしていた。そして、二人とも、このふしぎな女装の美男子に、烈しい好奇心を催しはじめた様子である。

「先《ま》ずあなたがた全部のアリバイを作らなければなりません。この会合場所は誰も知らないとしても、あなたがたが今夜お宅におられなかったことは知れ渡っているのですから、それを隠すのです」

「まあ、そんなことができるのでしょうか」

二人の夫人には、目の前の女装男子が、なんだか魔法使いのように見えて来た。

逆のアリバイ

「できるのです。なんでもないことですよ。この小林昌二という青年が、明日まで生きていて、明日行方不明になったことにすればいいのです。そして、あなた方は、明日じゅうは秘密の行動をしないで、いつ聞かれても答えられるようなアリバイを作っておけばいいのです。事件を今夜から明日に移すわけですね」

魔法使い「シルエット」はいよいよ妙なことを云い出した。

「事件を明日に移すって、そんなうまいことが出来るのでしょうか」

「ぼくになら出来るのです。いまその手並みをお目にかけますよ。上に電話があるのでしょうね。皆さんの集まっている部屋ですか。いやそれでも構いません。ぼくはその部屋へ行って電話で医者を呼んで来ます。みんなには知り合いの医者を呼んでいるような口を利いて、じつはぼくの腹心の部下を呼びよせるのです。そんなお芝居ぐらい朝めし前ですよ。その部下が手品の種になるのです。彼が必要な道具なども持って来るのです。……いや、ご案内には及びません。あなた方はそれまでここに残っていて下さい。ぼくはどんな建物でも、自分の住居と同じことです。決して部屋を間違えるようなことはありませんよ」

そう云いのこして、女装の「シルエット」は、再び覆面をかぶると、素早く廊下に姿を消した。それから二十分もたたないうちに、医者と称する若い男が、大きなカバンをさげて到着した。チョビ髭をはやし、目がねをかけて、地味な背広を着た、いかにも医者らしい男であった。影男はすぐに彼を地下室に案内して、そこに待っていた二人の夫人に引きあわせた。

「ぼくは沢山の部下を持っていますが、これはその一人で、ここに死んでいる小林青年に、いちばん背格好や顔立ちの似た男です」

そう云われて見比べると、この医師と称する男は、小林青年の死体と、顔の輪郭《りんかく》がよく似ていた。

「先ず最初に、上にいる人達を、うちへ帰さなければいけません。この医者の診察の結果、小林青年は命をとりとめることが明らかになったと云って、安心させて帰すのです。むろん嘘《うそ》ですが、会員たちや、相手の井上青年が、小林が死んだことを知っていては、事の破れるもとだからです。そうしておいて、われわれだけが残って、第二段の手段に着手するのです。いや、決して怖がることはありません。あなたたちも、いまに「なるほど」と得心《とくしん》します。さあ、春木さん、上に行って、小林は大丈夫だということを皆に告げて引きとらせて下さい。そして、会員たちには、明日は公然の用事のほかは、外出しないで、うちにいるように云いふくめて下さい。しかし、アリバイのことなど、うちあけてはいけませんよ。小林の容態がわるくなったような際には、連絡の必要があるからだと云っておけばいいでしょう。さあ早くして下さい」

「あたしには、まだよくわかりませんが、あなたのおっしゃる通りにするほかはありません。じゃあ行って来ますが、今夜の『闘人』の賞金はやっぱり、やらなければなりますまいね。それからみんなの賭け金も」

「やって下さい。でないと疑いを起こさせます。お金の用意はしてあるのでしょうね」

「むろん用意してあります。あたしたちは後日払いなんて危険なことはしないのですよ」

そして、春木夫人は一人で上にあがって行ったが、やがて、みんなを帰したと云って戻って来た。

「では、これから第二段の仕事をはじめます。上に化粧室というような部屋はないでしょうか」

「鏡と洗面台のある部屋があります」

「ぼくとこの男と二人は、しばらくその部屋へはいります。その前に、二人で小林の死体を、上にあげましょう。それから小林の着ていた服は、どこか上の部屋においてあるのでしょうね。その服が入り用ですから、二宮さんは、それをわれわれのとじこもる化粧室へ入れておいて下さい。帽子や靴もですよ」

そう指図をしておいて、影男とその部下とは、小林青年の死体を上の一室にはこんでおいてから、化粧部屋にとじこもった。二人の夫人はガランとした応接間の椅子に腰かけて、不安な顔を見合わせていた。

十五分もたったであろうか、突然応接間のドアがひらいて、一人の男がはいって来た。二人の夫人はそれを見るとまっ青になり、眼が眼窩《がんか》から飛び出すほど大きくなった。そして、椅子にしばりつけられたように、身動きもできなくなってしまった。

そこに、死んだはずの小林昌二青年が、浅黒い顔を、にこやかにほころばせて、立っていたからである。

「アハハハハ……」青年のうしろから、影男の顔がのぞいて、人もなげに笑った。

「おどろいたでしょう。しかし、これは小林の幽霊じゃありません。さっきのお医者さんです。ぼくの部下です。つけ髭や目がねをとって、小林の服を着せて、頭の毛のときかたを変え、顔にちょっとお化粧をすると、こういうことになるのですよ。これが変装というものです。ぼくはその道の熟練工ですからね」

春木夫人も二宮夫人も、あいた口がふさがらなかった。そして、「シルエット」と自称する奇怪な男への不思議な信頼感が、いよいよ深まって来るのを感じた。

「まあ、これが変装ですの？　この人と小林さんとは、背恰好や顔だちが、もともと似ていたけれど、こんなにソックリになるとは、ほんとうに不思議です。笑い方まで似ていますわ」

二宮夫人が感嘆の声を立てた。

「ただ声を似せることがむずかしいのです。この男は小林の声を聞いていませんからね。しかし、それにはまた手がないではありません。誰にも似ていないような、まったく中間《ちゅうかん》の声を出すのです。純粋の東京弁でもなく、田舎なまりでもない中間の言葉を話すのです。つまり万人の声と口調の最大公約数というやつですね。これが忍術者の秘伝です。この男はそういう芸当ができるのですよ。君、なにか話してごらん」

するとその小林とそっくりの若者は、ツカツカと二宮夫人に近づいて、ニヤリと笑った。

「奥さん、浅草のバーで初めてお目にかかったとき、僕は何を歌いましたっけ？」

中音の東京弁に九州なまりが軽微に加味《かみ》されていた。二宮夫人はそれを聞くと、思わず手を打って笑い出した。

「まあ、そっくりよ。聞きもしないで、どうしてそんなに真似《まね》られるのでしょう。すばらしい才能だわ」

「いえ、まぐれ当たりですよ。ぼくの友人に九州出の男がいるので、その口調をまねて見たのですよ」

その云い方がまた、小林青年に実によく似ているのであった。

「この変装は、お二人の前で合格しましたね」影男が今後の計画を話しはじめた。

「この男は今からすぐ、小林青年として、山谷の旭屋という簡易旅館へ帰るのです。それ今は十二時ですから、自動車をとばして行けば大丈夫旅館はまだ起きています。それに、小林の仲間の艶歌師たちは、おそらくまだ帰っていますまい。あの連中の仕事は一時すぎまでもつづくのですからね。それに一杯やって帰るのは二時三時でしょう。

「この男は旭屋の番頭に声をかけて、たしかに帰った証拠を残すのです。それから自分の部屋を探すのですが、そういうことには馴れています。まったく知らないうちでも決してとまどうことはありません。臨機応変《りんきおうへん》の手段があります。もし仲間が先に帰っていたら酔ったふりをして、話もしないで、蒲団を敷いて寝てしまう。仲間が帰っていなければ仕事は非常に楽です。やっぱり自分だけ先に蒲団にもぐりこんで、寝たふりをしてごまかすのですね。

「そして、みんなが寝込んでしまってから、ソッと起きて小林の持物をさがすのです。手帳でもあればしめたものです。そこに書いてある小林の筆蹟をまねて、紙切れに置き手紙を書くのです。もし小林の筆蹟が見つからなければ、かまいません。艶歌師なんて余り字を書かないでしょうから、いい加減の下手な鉛筆書きで置き手紙をのこすのです。それには「友達に会って、うまい仕事が見つかったから、君たちと別れる」というようなことを書いて、仲間の枕もとへおいておけばいいのです。そして、夜あけ匆々《そうそう》に宿を抜け出して、姿を消してしまうのです。これで小林が明日の朝まで生きていたという証拠が出来あがります。逆に云えば、あなた方のアリバイが成立するのです。おわかりになりましたか。

「しかし、それだけでは、まだ安心はできません。男の仲間は置き手紙ですんでしまうでしょうが、若《も》し小林に恋人があったら、恋の一念というやつは恐ろしいですからね。その女はあくまで小林の行方を探すでしょう。そして、恋人の鋭敏な神経で、何か感づかないとも限りません。それを防ぐために、われわれは先《ま》ず、小林に恋人があったかどうかと、その女の執念深さの程度を探り出さなければなりません。あっさりあきらめてしまったとわかれば面倒はありませんが、執念深く小林を探しているとすると、小林の生きている姿を、時々その女に見せておく必要があります。それには、この男が、この変装で、夕方とか夜など、その女の目の前を通りすぎて見せるのです。なるべく人混みの中がよろしい。相手が気づいたなと思ったら、素早く人混みに隠れて、逃げてしまうのです。そうすれば、女は小林が生きていると信じて、どこまでも探そうとします。死んだのではないかという疑いを抱く心配は決してありません。これが、僕のアリバイ作りの方法ですよ。おわかりになりましたか」

春木夫人は深くうなずいていたが、まだ安心がならぬという顔つきである。

「なるほど、うまいやり方です。この人の変装の手ぎわから考えても、そのやり方はきっと成功するでしょう。しかし、もう一つ心配なことがあります。小林の死骸をどうすればいいのでしょう。人間一人のからだを、完全に隠すなんてことが出来るのでしょうか。死骸が見つかれば、何もかもだめになってしまうじゃありませんか」

「それは実に簡単ですよ」

影男は事もなげに答えたものである。

死体隠匿《いんとく》術

影男のむぞうさな答えに、両夫人はまたしても、あっけにとられてしまった。

「え、死骸を隠すのが、簡単だとおっしゃるのですか」

「そうです。絶対に発見される心配のない、しかも至極簡単な方法があります。しかし、それに着手する前に、一つご相談があるのですが、先ずこの男を早く山谷の簡易旅館へやらなければいけません。君、それでは、すぐに出発してくれたまえ。ぬかりなくやるんだよ。そして連絡はいつもの所だ」

小林になり切った若者は一礼して出て行った。影男はそれを見送ってから、

「ちょっと」と断って、どこかへ電話をかけた。

「別の部下を呼びよせたのですよ。死体運搬のためにね。ところで、さっき云ったご相談ですが……」

春木夫人が、すばやくそれを受け止めて、

「お金のことでしょうか」

と勘《かん》のよさを示した。

「さすがにお察しがいいですね。その通りです。縁もゆかりもないぼくが、これほど皆さんのために働くのには、何かわけがあるはずです。それはお金ですよ。ぼくは実は、こういうことを商売にしているものです。人生の裏街道を歩きまわって、そこからお金もうけを探し出し、ぼくの持っている智恵と技術を提供して、ぼろい儲けをするのが僕の職業です。泥棒の上前をはねるというやつですね。いや、失礼、つい口がすべりました。あなた方のことじゃありません。いつも泥棒や人殺しを上得意《じょうとくい》にしているものですから、失礼なことを云ってしまったのです。お許し下さい」

両夫人は、それを聞くと、薄気味わるくなって来た。女装怪人の美貌には引きつけられていたし、その腕前には深く信頼していたけれども、泥棒や人殺しの上前をはねる商売と聞いては、ゾッとしないではいられなかった。

「で、その金額は？」

春木夫人は虚勢《きょせい》を張って、さりげなく訊ねた。

「そうですね。これが男のお金持の場合だったら、千万とか二千万とか云うのですが、いくらお金持の夫人がたでも女ですからね。無理なことは云いません。あなた方のへそくりを集めれば支出し得る程度の額で我慢しましょう。三百万円です。会員の数で割れば、一人二十万円ほどですみます。このくらいの額なれば、ご主人に内緒で、へそくりからお出しになることが出来ましょう。ぼくは掛け値は申しません。これが最後の金額です。又、あとを引いて、それ以上ねだるようなことは、決してしません。ぼくは、これよりも大きな仕事に、幾つもかかり合っていて、忙しいからだです。一つの事件で、あとを引くようなケチなまねはしませんよ。

「三百万円、ご承知ですか。それとも、おいやになれば、お気の毒ですが、この死体をほうり出して、ぼくは、あなた方と縁を切ります。如何です」

両夫人は顔を見合わせたが、十数人の破滅を救うためには、考えて見れば三百万円は安いものであった。そのくらいの額なれば、非常な無理をしなくても作れると思った。春木夫人は未練たらしく値切るようなことをしないで、承知の旨を答えた。

そこで、影男は死体運搬のために部下がやってくるまでの時間を利用して、両夫人を相手に、死体隠匿術の講義をはじめたものである。

「古来、殺人犯人は、死体隠匿術について、実に苦労をしてきました。土に埋めれば、掘り返した跡が残る。水に沈めれば、浮き上がる。首、胴、両手、両足と六つに切断することが、一時西洋で流行しました。そうすれば遠くへ運びやすいし、離ればなれに隠す便宜もあるというのですが、よく考えて見ると、こんなおろかな手段はありません。いくら離ればなれに隠したって、発見されることは同じです。なるほど、死体鑑別には少々骨が折れるが、一部分でも発見されれば恐ろしいセンセイションをまき起こすので、警察は全力を尽して捜査することになり、結局は犯人が見つかってしまいます。日本のバラバラ事件だって、みんな犯人がつかまっているのでもわかるでしょう。世間を騒がせて事を大きくするだけの、最もおろかな方法ですよ。

「そのほかにいろいろな方法が考え出されたのですが、一ばんいいのは、死体をあとかたもなく消滅させてしまうことです。その最も幼稚なのは、大きな煖炉《だんろ》の中で死体を焼いてしまうという着想です。ヨーロッパの有名な学者殺人魔がこれをやって、見事に失敗しました。煖炉の煙突から火葬場の匂いがして、附近の人に気づかれたからです。これも実におろかな方法です。溶鉱炉《ようこうろ》へ投げ込むという手もあります。又、死体を棺に入れて葬式と見せかけて火葬場へ送り込む手もあります。しかし、これらの場所には厳重な警戒があって、よほどうまく条件がそろわないと実行は不可能です。たとえ出来たとしても非常な危険を冒さなければなりません。

「死体消滅の方法としては、こういうのもあります。タンクの中へ硫酸を満たして、死体をその中へ漬けて溶かしてしまうのです。骨もなにも、あとかたもなく溶けてしまいます。昔アメリカにホームズという極悪人があって、死体溶解のタンクを備えた立派な殺人御殿《さつじんごてん》を建て、大勢の人を溶かして金儲けをしたことがあります。ばかばかしいようですが、実際にあったことです。むろん警察に発見されました。余り堂々とやっていたので、その筋の盲点にはいったわけでしょう。しかし硫酸タンクなんて大がかりな設備をすれば、いずれは見つかるにきまっています。やはりおろかな手段です。

「ぼくの死体隠匿術は、そういうばかばかしいものではありません。気がつきさえすれば、誰にでも出来る至極簡単なことです。しかし、それを具体的にお話しすることはさし控えなければなりません。あなた方はなんと云っても女です。たとえわが身の破滅とわかっていても、場合によっては、感情に支配されて、秘密を漏らされるようなことがないとも限りません。また春木さんはぼくより年上ですから縁起でもないことを云うようですが、臨終《りんじゅう》の床で、一切を懺悔《ざんげ》するような気持になられることが、ないとは云えません。そんなことがあっては、ぼく自身の破滅です。

「ですから、残念ながら、ぼくの死体隠匿術を詳しくお話しすることはできませんが、どこにでもあるものを使うのです。しかもその使い方が実に簡単なのです。そうすれば死体は完全にこの世から消えうせてしまうのです。小林の死体は永久に誰にも発見される心配はありません。

「今にぼくの部下が自動車を運転して、ここへやって来ます。その部下が大きな麻袋を持ってくるのです。ぼくらは小林の死体を麻袋に入れて、自動車にのせます。ぼくはその車に乗って、或る場所へ急ぐのです。そして、明日になれば、死体は完全にこの世から消滅します。

「お約束の謝礼金は一カ月のちに頂きます。受け渡しの方法はぼくにお任せ下さい。ぼく自身にも、あなた方にも絶対に危険のない方法で、必ず頂戴します。それまでに間違いなく三百万円を纏《まと》めておいて下さればいいのです。わかりましたね。死体隠匿方法を説明できないのは残念ですが、一カ月のあいだ何事も起こらないということで、ぼくの手腕を信じて下さるほかはありません。おわかりになりましたか」

両夫人は「そんなうまい方法があるのだろうか」と半信半疑であったが、平然として一カ月の猶予《ゆうよ》を与えた相手の自信に圧倒された形で、影男の申し出を諒承した。

間もなく部下の自動車が到着し、影男は小林の死体を入れた麻袋と同乗して、車は闇夜の中を、どことも知れず走り去ったのである。

善良なる地主

影男はいろいろな名儀で、東京都内の諸方に、多くの土地を持っていた。彼のふしぎなユスリ稼業《かぎょう》によって得た資金によって、適法に買い入れたものである。その土地の多くは戦災によって焼野原となった二百坪三百坪の空地で、そこには必ず古井戸があった。彼はそういう古井戸のある空地ばかりを探し求めて買い入れたのである。

彼はそれぞれの土地の附近の住民には、善良なる地主として知られていたが、空地の中の古井戸は危険だから、いずれ埋めてしまうつもりだと云って、トラックで土を運ばせ、井戸のそばに盛りあげておいた。

その夜、小林の死体をのせた自動車は、それらの土地のうちで代々木から最も遠い尾久《おぐ》の空地に到着し、ヘッドライトを消して停車した。非常に淋しい場所で、人家も遠く、まして深夜のことだから、人に見とがめられる心配はなかった。

影男と部下とは、死体入りの麻袋を両方からつりさげて、空地のまんなかの古井戸に急ぎ、麻袋をその井戸の底へ投げ込んだ。それから用意して来たシャベルで、そばに盛り上げてあった土を井戸におとし、懐中電燈で照らして見て、麻袋がまったく見えなくなるまでそれをつづけた。

これで第一段の仕事は終わったのである。麻袋を自動車からおろしてから十分とはかからなかった。実に簡単な仕事である。彼が両夫人の前で広言したことは嘘ではなかった。なんという手軽な死体処理法であろう。

二人はそのまま自動車に戻って、また、いずくともなく闇の中に消えて行った。だが、まだ第二段の処置が残っていた。

その翌朝、影男は尾久の空地へ、地主綿貫清二となって姿を現わした。和服にモジリ外套《がいとう》(注5)を着てソフトをかぶった小金持《こがねもち》という恰好である。

彼は空地の中を歩き廻り、古井戸をのぞきこんで、何の手抜かりもなかったことを確かめると、その土地の仕事師の親方の家を訪ねた。この親方とは地所を買い入れる時に世話になった関係もあって、知り合いの間柄である。

早朝のことなので、親方はまだうちにいて、玄関へ出て来た。影男の綿貫はそこの土間に立ったまま、二こと三こと、さりげない挨拶を交わしたあとで、早速用件に入った。

「親方、この先の私の土地だがね、いろいろお世話になったけれど、今度事情があって売りに出すことにした。それでまあ少し整地をしてから買い手に見せたいのだが、至急に一つ地盛りをやってもらえないだろうか。できるなら今日からでも、はじめてもらいたいのだが」

「ようがす。ちょうどいま手すきの若い者が二、三人おりますから、すぐにかかりましょう。地盛りをするとなれば、あの古井戸もお埋めになるのでしょうね」

「それだよ。埋めようと思って、土だけは運んでおいたのだが、ついそのままになっていた。むろん埋めてもらいたいね。どうせ水の出ない井戸だからね」

「承知しました。それじゃ、ご一緒に現場に行って、地盛りの見積もりをして、すぐに砂利屋に土を運ばせましょう」

綿貫は親方をつれて空地に戻り、地盛りの規模などを打ち合わせたが、親方は手早く計算を立てて、砂利屋に電話をかけるために、自宅へ引っ返して行った。

しばらくすると、一人の若い仕事師が、シャベルをかついでやって来た。

「旦那、お早ようございます。親方が旦那に聞いて、古井戸を埋めてこいと云いましたので……あの井戸ですね。土はちゃんと用意してあるんだから、わけはありませんや。さっそく埋めてしまいましょう。この辺はあまり子供が遊びに来ないからいいようなものの、危ない陥《おと》し穴《あな》ですよ」

「そうだよ。わたしも、それが気になってね。まわりの垣根は破れているし、誰かこへはいって、落ちでもしたら申し訳ないと思ってね。もっと早く埋めてもらえばよかったんだが」

「ほんとにそうですよ。じゃあ一つ早いとこ、やっちゃいましょう」

威勢のいい若者は、そのまま古井戸のそばへ行ってシャベルで土の山をくずし、その土を井戸の中へ落として行った。そして四、五十分もすると、深い井戸がすっかり埋まってしまった。

影男の綿貫はそのあいだ、空地を歩きまわったり、近くの煙草屋へ煙草を買いに行って戻って来たりして、穴埋めのすむまでは現場を離れなかった。

古井戸が三分の二ほど埋まった頃に、親方が別の若者をつれて、空地へやって来ていた。そして、所々へ杭を打ったり、縄を張ったりして、地盛りの用意をはじめたのだ。しかし、綿貫にはそんなものを見ている必要はなかった。穴埋めが終わったとき、親方の方はまだ仕事の最中だったが、

「親方、あとは任せるから、何分よろしく。地盛りが出来上がった時分に、また見に来るからね」

と、声をかけておいて、急いでその場を引き上げた。これで死体隠匿の第二段の処置も終わり、すべてが完了したのである。

古井戸の深さは四メートルほどあったから、たとえこの土地が人手に渡っても、地

下室のあるビルでも建てない限り、死体が掘り起こされる心配はなかった。綿貫氏はビルを建てるような相手には、決して地所を売らないであろう。いや、彼が生きているあいだは、おそらくこの土地は、どんな買い手にも売られることはないであろう。

影男は春木、二宮両夫人に死体隠匿談議を聞かせた時、土に埋めるのは最も初歩の手段で、発覚しやすいように云ったが、それは死体を埋めるために、わざわざ穴を掘る場合のことであった。穴を掘り、再びそれを埋めれば、どんなに巧みに隠しても、結局は土色で掘った跡がわかり、発覚の端緒となる。また、掘ったり埋めたりするのには、長い時間を要し、人目をさけて、そういう作業をするのは、非常に困難なことでもある。

人々はなぜその逆を考えないのであろうか。影男の悪智恵は、すべて物の逆を考えることから発していた。裏返しの人間探究という彼の事業は、つまり物の逆を探ることであった。そういう考え方からして、彼はこの場合も、掘ることを要せず、埋めるのも公然と埋められるようなものを探し求めた。そして、水のかれた古井戸という絶好の場所を発見したのである。

彼はその着想が浮かんだ時、何かの場合に備えるために、幾つかの古井戸を用意しておきたいと考えた。そして直ちに実行に着手し、広く手を廻して、古井戸のある空地を物色し、ユスリ事業で得た資金でそれらの土地を手に入れて行った。今その一つが役に立ったのである。土地はそのまま自分のものとして、大した労力も費用もかけず、三百万円がころがりこんで来たのである。

殺人会社

怪奇を探り、犯罪を利用するユスリを本業とする影男が、世の中の裏の裏を探険した体験により、佐川春泥という筆名で、犯罪小説を発表し、大いに人気を得ていることとは既に記した。その原稿依頼状や原稿料の送附は、その都度、東京都内のちがった郵便局の留置きとして、使いにこれを受けとらせ、佐川春泥の正体を固く秘密にしていたこと、この奇怪なる秘密性のために彼の人気が一層高まりつつあることも前述した。

影男は、或いは速水荘吉、或いは鮎沢賢一郎、或いは綿貫清二、等々の人物として、その時々の使いのものから、この局留め郵便物を受け取っていたが、その中に、近頃は毎回のように、ある一人物からの奇妙な手紙がまじっていた。その文面はいつも大同小異で、こちらが返事を出すまでは執拗《しつよう》に投函《とうかん》をつづける決意をかためている

ように見えた。ここにその一通を例示すると、

私はあなたの小説の愛読者です。しかし、並々《なみなみ》の読者ではありません。あなたが会えば、きっと非常な興味を持つような読者です。この手紙の宛て先は、雑誌「黒猫」編集部から聞きました。一度あなたと二人だけで、ひそかに会いたいのです。会えば必ずあなたにも利益があります。むろん私の方にも利益があります。実は或る不思議な事がらについて、あなたの智恵が借りたいのです。その代わりに私の方では、その不思議な事がらというのを、あなたにお話しします。小説の材料にお使い下さってもかまわないのです。実は奇々怪々、さすがのあなたもアッと驚くような事がらです。

若《も》し面会をお許し下さるならば、この手紙と同じ局留置きで、日時と、あなたの方の電話番号をお知らせ下さい。場所は電話でお打ち合わせします。

局留置　須原《すはら》　正《ただし》

佐川春泥様

そんな手紙が、半月ほどのうちに、総計十通に及んだ。影男の春泥はこの執拗さに、興味を持った。読者からの手紙は多いけれども、こういう性格的なのは少なかった。つい「どんなやつか一度会って見よう」という気持になった。

先方の云う通り、日時と電話番号だけ書いて、局留置きにしておくと、その日のその時間に、正確に電話がかかって来た。その時、影男は速水荘吉の名で、麹町《こうじまち》の或るアパートにいた。

「僕、佐川春泥です。お会いしてもいいが、場所はどこにします?」

「銀座裏にルコックという小さな暗いバーがあります。そこにちょっと仕切りをした、別室のようになった部屋があるのです。時間は今日の九時としましょう。九時と云えば、バーの賑う最中ですが、かえってその方が安全なのです」

「承知しました。じゃあ九時に、そこへ行きましょう。道順は?」

相手はその道順を教えて、電話を切った。

影男の春泥は、ちょうど九時に、そのバーを探し当てて、薄暗い地下室へはいって行った。

「須原という人来てる?」

スタンドのマスターらしい中年の男が、これに答えて、奥の院のような感じの、暗い場所を指し示した。ドアはないけれど、壁で半分仕切りが出来ていて、スタンドの前の客からは見えないようになっている。そこに細長いテーブルを隔てて、低い長椅子と、肱掛椅子が向かい合っていた。その長椅子の隅に、黒い服を着た、痩せた小男がチョコンと腰かけていた。

「須原さんですか」

「そうです。佐川先生ですね」

春泥は須原に向かい合って腰をおろした。須原はボーイを呼んで、ハイボールを注文した。彼は煙草ずきと見えて、灰皿に煙草が五、六本たまっていた。春泥も煙草を出して火をつけた。

「ここなら普通の声で話しても誰にも聞こえませんね」

「大丈夫です。それをたしかめてから、ここにきめたのです」

「それじゃ、お話を伺いましょう」

ハイボールが来たので、お互いに、ちょっと捧げ合って、口をつけた。

「佐川さん、あなたが、ただの小説家でないことは、お書きになるものからも充分想像されますし、私たちは、いくらかあなたのことを調べてもあるのです。ですから、秘密はお互いさまというものです。こちらも安心してお話しできるわけですよ」

須原と名乗る男は、この話しぶりでもわかるように、なかなか頭の鋭い男らしく見えた。細面《ほそおもて》の青ざめた顔をしている。小柄で力はなさそうだが、こういう男は恐ろしく胆《きも》が太くて、剃刀《かみそり》のような斬れ味を持っている場合が多い。年は三十五、六に見えた。

「私たちとおっしゃると?」

春泥も油断はしなかった。

「三人の仲間です。会社のようなものを作っているのです。そのうち一人は女です。いずれお引き合わせしますよ」

「ここにおられるのですか」

「いや、ここは僕ひとりです。ここのマスターも別に知り合いじゃありません。ご心配には及びません」

「で、用件は?」

「われわれは、あなたの秘密も多少知っているのですから、こちらの秘密も或る程度うちあけます。秘密はお互いに厳守するという約束でね」

「わかりました」

「実は折入ってお願いがあるのです。それについては、僕たちの会社の性質を説明しないとわかりませんが、これは僕たちは妻にも恋人にもうちあけない、三人だけの絶対の秘密ですから、そのおつもりで。あなたに話せば世界じゅうで四人だけが知っていることになります。若しこれっぽっちでも漏らせば、その人の命はたちどころに失われます。わかりましたか」

表の方で(注6)電蓄《でんちく》が音楽をやっているので、須原のボソボソ声は、春泥にさえ聞きとりにくいほどであった。

「秘密結社のたぐいですね」

「まあそうです。しかし、結社と云わないで、会社と云っております。また、思想的な組合でもありません。実は営利会社なのです。むろん登録した会社ではありません。営利を目的とするものですから、まあ勝手に会社と呼んでいるわけです。その会社の名を云えば、秘密のほとんど全部がわかってしまいます。それが最大の秘密なのです。しかし、こうしてお呼びたてした以上、それを云わなければ、お話ができません。あなたは犯罪小説家ですから、大して驚かれることもないでしょうが、気をおちつけて聞いて下さい」

須原はそこでグッと前にからだをのり出して、春泥の耳に口をつけんばかりにして、ささやいた。

「殺人請負会社です」

彼の口は異様に大きかった。青白い顔に唇だけがまっ赤だった。この青白さは病身のせいではなく、生まれながらの殺人者の相貌《そうぼう》なのであろう。

「面白いですね。それで、営業方法は？」

春泥は、にこやかに聞き返した。

「さすがは佐川さんですね。少しも驚かないところが気に入りました。営業方法とおっしゃるのですか。ウフフフ、こいつは宣伝するわけにはいきませんからね。と云って、だまってちゃあ、お得意はやって来ません。それで、われわれ三人の重役の仕事は、お得意さまを探し歩くことなんです。いわば探偵みたいな仕事ですね。しかし、犯人を探すのでなくて、金持ちで人を殺したがっているやつを探すのです。そして、いくらいくらという値だんをきめて、代理殺人をやるのです」

「なるほど、面白い商売ですね。しかし、それで営業になりますか。命がけでしょうからね。余程の利潤《りじゅん》がないと……」

まるで二人の実業家が、商売の話をしているように見えた。彼らはそれほど平然として、この驚くべき会話を取りかわしていたのである。

「だから大金持ばかりを狙うのです。社会的地位が高くても、案外、人を殺したがっているのがあるものですよ。金があり地位があるだけに、自分では殺せない。自分には絶対に迷惑のかからない方法があれば、殺したいという虫のいい考えですね。ほんとうのことを云うと、これは誰でも持っている殺人本能というやつじゃないでしょうか。ただ道徳でこれを圧《おさ》えているのです。いや、たいていの人は、殺したいけれども、殺せば自分が社会的の制裁を受ける。つまり法律によって罰せられる。それが怖さに我慢をするくせが、遠い先祖以来、ついてしまっているのですね。本心の底の底を云えば、誰だって殺したい相手の一人や二人はあるものですよ。犯罪映画やチャンバラ映画を見て楽しめるのは、そういう潜在願望のはけ口になるからですね。

「そういうわけで、地位のある大金持のほうが、何かといえばすぐにジャックナイフやピストルを出すヨタモンなんかに比べて、この殺人願望が遙かに強いのです。だから、彼らは絶対安全とわかれば、金はいくらでも出します。金では計算が出来ないほど強い慾望なのですからね。そこで僕らの会社の営業が充分なりたつというわけですよ」

もうささやき声ではなかった。まるで小説の筋でも話しているといった、くったくのない調子であった。さすがの影男春泥も、この須原と名のる小男の、したたかさには、内心あきれ返っていた。

「いったい、そんな会社を、いつから始めたのです。そして、今までに、どれほどの業績をあげているのです？」

春泥はハイボールの残りをグイと乾して、こちらも平気な顔で、たずねた。

「オーイ、お代わりだ」

小男はびっくりするような大きな声で、ボーイに命じた。ふたりの話を人に聞かれても平気だという大胆不敵の態度である。しかし、彼は要所要所では、決して漏れ聞かれないように、綿密な注意を怠ってはいなかった。やっぱり剃刀のように鋭い男だ。

「まだ一年にしかなりません。こういう事業の相談が、成り立つのには、余程うまい条件がそろわないとだめなものですが、僕ら三人はその点では申し分なく気が合っているのです。古風にお互いの血を啜《すす》り合うというようなまねはしませんけれども、それ以上の仲です。生死を共にする仲です。そういう三人が偶然知り合ったから、うまく行っているのですよ。

「みんなインテリです。鋭い智恵を持っています。僕は学者くずれ、もう一人の男は評論家くずれ、女は女医くずれです。

「業績ですか、僕らの会社はこの一年間に、三十人をこの世から抹殺《まっさつ》しています。もっとも、二十五人は集団殺人でしたがね。つまり、たった一人を殺すために、何の関係もない二十四人を犠牲にしたのです。ですから依頼件数で云えば六件にすぎません。しかし、それから受けた会社の収益は数千万円にのぼっています」

「その集団殺人というのは汽車ですか、バスですか、船ですか、それとも飛行機ですか」

　春泥はだんだん興味を持ちはじめていた。

「フフフ、さすがに素早いですね。実は汽車でした。場所は申しませんが、高い崖の下を通って、急カーブを切る、その角のところへ、崖の上から、列車の来るのを見すまして、岩をころがしたのです。岩はレールに落ち、列車は見通しがきかないために、それにのり上げて、客車の一部が反対側の谷底に転落しました。二十五人というのは死者だけの数ですよ」

「それで、うまく目的を達したのですか」

「偶然、目的の人物が死者の中にはいっていました。やりそこなえば、又別の手段をとるつもりでしたがね」

「誰が岩を落としたのです」

「むろん僕らじゃありません。罪のない子供です。その子供にちょうどその時間に、岩を落とさせるようにしたのは、僕らの一人でしたがね。子供は岩がレールに落ちるなんて少しも考えないで、ただいたずらをやって見たにすぎません。こうすれば、こんな大きな岩が動くという暗示を受けて、面白がってやって見たのにすぎません。それを教えたのは、どこから来て、どこへ行ったとも知れぬ旅の男です。しかも少しも悪意はなかったように見えたのです。ですから、この事件は犯罪にはなりませんでした」

「面白い。僕もそういう小説を書いたことがある」

「そうですよ。そのあなたの小説から思いついたのですよ」

「え、僕の小説から？」

「だから愛読者と云ったじゃありませんか。普通の愛読者じゃないというのは、ここのことですよ」

須原と名乗る男はそういってニヤリと笑ったが、さらに話をつづける。

「そのほかの五つの場合も、それぞれに工夫をこらしました。海水を洗面器に入れて、顔をその中へ押しつけて殺し、死体をその海水をとった海に投げこんで、溺死《できし》を装わせるとか、殴り殺した死体を自動車にのせて、峠道をのぼり、崖のそばで、こちらは運転台から飛びおり、谷底へ転落させて、死んだ男が運転を誤ったように見せかけるとか、どれもこれも創意のある工夫をこらしたのです。いわば芸術的殺人ですよ。われわれは芸術家をもって任じています。いくら金もうけのためといっても、平凡な人殺しはしたくありません。そして、芸術的であると同時に、いつも完全犯罪でなくてはならないのです。絶対に犯人が発見せられてはならないのです。

「それについては、犯人になってくれる男を雇う場合もあります。うすのろのルンペンで刑務所にはいった方が食いものがあっていいというようなやつをですね。その場合には、計画殺人ではなく、過失致死という形にします。そうすれば死刑になるようなことは絶対にありませんし、刑期もごく短いのですからね。やっぱり、そういう犯人の代役がなくては困る場合もあるのですよ」

この話は要所要所は、ささやき声で話されたし、全体の会話が電蓄に消されてもいたけれど、宵《よい》の銀座のバーの中で、こういう話をするというのは、まことに傍若《ぼうじゃく》無人《ぶじん》、常規《じょうき》を逸《いっ》しているように見えた。しかし、ほんとうは、こういう場所がかえって一ばん安全なのかも知れない。それは、「秘密は群衆の中で行うべし」とか、「最上の隠し方は見せびらかすにあり」とかいう、最も賢い悪人の箴言《しんげん》に一致していたのかも知れない。

「あなたの会社の事業は大体わかりました。ところで、僕にお頼みというのは？」

春泥がたずねた。ふたりとも、その頃は三杯目のハイボールをあけていた。

「一口にいいますと、僕らは顧問《こもん》がほしいのです、あなたの天才的な智恵が貸してほしいのです。芸術的であって、まったく安全な殺人方法というものは、そうそう考え出せるものではありません。一方依頼者はますますふえるばかりです。われわれはこの際、どうしても有能な顧問が一人ほしいのです。

「たとえばですね、あなたは最近のお作に、古井戸に死体を隠すことをお書きになった。そういう場合に備えて、方々に古井戸つきの地所を買っておくという新手をご発表になった。われわれは、あれを読んで感嘆したのです。そして、あなたは小説だけでなく、実際にそういう古井戸つきの地所を幾つも持っておられると睨んだのです。違いますか？」

「ハハハハハ、あれは小説ですよ。実際と混同されては困る」

「その云いぐさは、誰かほかの人に使って下さい。僕らにはだめです。だから、最初に、あなたの秘密はいくらか握っていると申し上げたじゃありませんか」

須原はそう云って、白い目でジロリと相手を見た。千軍万馬《せんぐんばんば》の春泥にも、その目つきは薄気味わるかった。須原は話をつづける。

「死体を放り出しておいても安全な場合もありますが、そうでない場合も多いのです。そこで、これは将来の話ですが、必要な時にはそのあなたの古井戸つきの地所を利用させてもらいたいのですよ。土地に対しては時価の十倍をお払いします」

「それは、僕がそういう土地を持ってればという仮定で、承諾しておきましょう。要するに、僕としてはアイディアだけを出資すればいいのですか」

「そうです、そうです。出資とはうまいことをおっしゃった。その通りです。金まで出資して下さいとは申しません。あなたは取締役ではないのですからね」

「で、顧問料は？」

「奮発します。四人で山分けです。つまり会社の全収入の二十五パーセントですね。配当はあなたも取締役なみというわけです」

「で、若《も》し僕が不承知だと云ったら？」

「まさか殺しやしませんよ。秘密を漏らしたら消してしまうというのは契約を取り結んでからです。それまではお互いに自由ですよ。若しあなたが、今夜の話を其筋《そのすじ》に告げるようなことはあっても、僕は平気です。今夜話したことは、全部荒唐無稽《こうとうむけい》の作り話で、小説家佐川春泥のご機嫌をとりむすんだばかりだと答えます。常識人には、殺人会社なんて突飛《とっぴ》な話は、なかなか信じられるものではありませんよ。それに、こんな客のいるバーの中で、真面目に人殺しの話をしたなんて、誰も本気にするはずがありませんからね。その意味でも、バーは最適の場所だったのですよ」

影男の春泥は、この須原と名乗る小男が気に入った。こういう智恵の廻るやつとなら、一緒に仕事をしても面白いだろうと思った。

「よろしい。君が気に入った。僕は君たちの会社の顧問を引きうけましょう」

それを聞くと、小男はニヤリと笑って、

「ありがとう。では約束しましたよ。契約書も取り交わさなければ、血を啜り合うわけでもありません。何も証拠は残らないのです。それはわれわれの場合は、違約をしても、法廷に持ちこむことは出来ないからです。もし違約すれば、ただ死あるのみです。今日唯今《こんにち》から、あなたは責任を持たなければなりません。若しわれわれの秘密を、これっぽっちでも漏らしたら、あなたはこの世から消されてしまうのです。わかりましたか」

「いや、君たちの方で消すつもりでも、僕は消されやしないが、そのスリルは面白いですね。決して秘密なんか漏らしませんよ。秘密はお互いさまですからね。そのうち、だんだん僕の正体も、君たちにわかるでしょうよ。で、さし当たって、僕はどういう智恵をお貸しすればいいのです？」

「それはここでは話せません。あす、別の場所で話しましょう。あす午前中に、今日のところへ電話をかけます。あすも、あのアパートにおいでですか」

「実は忙しいのだが、一日ぐらい、君たちのために、延ばしてもいいです。あすこにいますよ」

「速水荘吉という名でね。あなたにはその他に鮎沢賢一郎という名もおありですね。ウフフフフフ、どうです。僕たちの調査力もばかになりますまい」

「ますます気に入った。君のような友だちが出来て、僕も仕合わせです。じゃあ、あす、お電話を待ちますよ」

春泥は帽子を取って立ちあがった。

空中観覧車

その翌日の午後一時佐川春泥と須原正とは、電話で打ち合わせた上、浅草公園の花やしきの入口で落ち合った。ふたりとも、サラリーマンという恰好で、目立たぬ背広を着ていた。

花やしきにはいると、空中に聳《そび》える大きな観覧車が廻っていた。ふたりは切符を買って、回転が終わるのを待ち、一つの箱に乗りこんだ。ちょうど二人乗りになっている。ほかには遙かへだたった箱に、若い男女の一《ひ》と組《くみ》が乗っているばかりだ。観覧車は再び回転をはじめた。

「どうです。秘密話には持ってこいの場所でしょう。目の下に東京の市街を眺めながら、はるかに品川の海を見ながら、誰に立ち聴きされる心配もなく、ゆっくり相談が出来るというものです」

「君のやり口は、一々気に入りました。すばらしい密談の場所ですね。では、聞かせて下さい。さし当たって、僕にどういう智恵を貸せというのですか」

「いま話します。こういうわけです」

須原と名乗る小男は、煙草に火をつけた。春泥もそれをまねて、自分の煙草を出した。空はよく晴れていた。ふたりの乗った箱は、風のない小春日和《こはるびより》をゆっくりゆっくり大空へのぼっていった。

「その人の名は、いずれわかりますが、仮にX氏としておきましょう。新興成金《しんこうなりきん》です。まだ四十になっていません。奥さんはありますが、病身で、ほとんど寝たっきりです。子供はありません。このX氏に愛人があったのです。妾宅に住まわせていましたが、今いうように奥さんが病身ですから、この女が奥さんも同様だったのです。すばらしい美人ですよ。

「ところが、この女が若い男と不義をしました。そして、長いあいだX氏をだまして、金をしぼりとり、その男にみついでいたのです。顔に似合わない悪女です。恐ろしい女です。X氏は本気でこの女を愛し、又愛されていると信じていたので、非常に立腹しました。その女をなぶり殺しにしてやったら、どんなに快いだろうと、そればかり考えているのです。相手の男はまだ若くて、女から誘惑されたことがわかっていますし、男の方ではさほどでないのを、女が血道《ちみち》をあげていることもわかっているので、男はどうでもいいのです。ただ女に復讐《ふくしゅう》がしたい、思い知らせてやりたいという気持ですね。しかし自分を犠牲にする気はない。自分には絶対に嫌疑のかからない方法で、女をなぶり殺しにしたいというわけですね。

「僕らの会社はこのX氏の心持を探知しました。そして交渉をはじめたのです。こういう場合いつもそうですが、X氏はなかなか本心をうちあけない。僕らを信用しないのです。それで、ゆうべあなたと話したようなぐあいに、いろいろな例をあげて、僕らの会社の実力を納得させました。そして、結局X氏はわれわれの依頼人となったのです。報酬は五百万円、ほかに実費は百万でも二百万でも支出するという条件です。

「しかし、なかなか条件がむずかしい。自分は絶対に安全な方法で……自分が手をくだすのでもなく、その場にいるのでもなくて、しかも女の殺されるところを見たいというのです。僕らはいろいろ考えて見たが、どうも名案がありません。そこで、あなたに顧問就任の第一着手として、一つ智恵を貸していただきたいのですよ」

空はまっ青に澄んでいた。すぐ頭の上を一台の飛行機が飛んで行く。銀色の機体がキラキラと光って見える。ふたりの乗っている箱は、巨大な観覧車の輪の頂上に達していた。富士山の雄大な姿もクッキリと見えている。この大空での殺人の話は、何かお伽噺めいた架空なものに感じられた。

「そのX氏は、どこに住んでいるのです」

「世田谷《せたがや》の高台の宏壮な邸宅です」

「高台ですね」

「見はらしのいい高台です」

「二階建てでしょうね」

「そうです」

「そこの窓から見えるところに空地がありますか」

「空地だらけですよ。あの辺はまだ畑が多いのです」

「その二階から見える空地……なるべくX氏のうちから遠いほうがいいのですが……そういう空地を百坪か二百坪、手に入れることはできませんか。その空地の附近には、なるべく人家がない方がいいのです」

「そういう空地はむろんありますよ。また、値さえ奮発すれば、たやすく手に入るでしょう」

「では、一つの案があります。会社の誰かの名儀でその土地を買うのです。金はむろんX氏が出すわけですよ。そして、そこへ板塀を囲《めぐ》らすのです。高台のX氏の二階からだけ見えて、附近からは見えないように板囲いをするのです。それから、その地面の適当な場所に穴を掘るのです。この穴だけは、あなた方会社の重役自ら掘らなければいけません。ナアニ、わけはないですよ。さしわたし一間《いっけん》もあればよろしい。深さは二間半から三間ですね。男が二人かかれば半日で掘れますよ。

「それからあとが少しむずかしい。これも君たちがやらなければいけないのですが、その掘り出した土を、ふるいにかけて、こまかい土だけにした上に、水を加えてドロドロにして、元の穴へ戻すのです。そういうドロドロの土で穴が一ぱいになるようにするのです。これで準備は出来たわけです。あとは、君たちの会社の女重役が、X氏の女と心やすくなって、その板塀の中へおびき出せばいいのです」

「ハテナ、それだけの準備で、X氏の条件の通りのことができるのですか」

「条件とピッタリ一致するのです」

「おびき出しの役を勤めるわれわれの女重役に危険はありませんか。絶対に安全でなくちゃ困るのですが」

「X氏の女以外の人に顔さえ見られなければよろしい。だから、女の家ではなくて、どこかほかの場所で知り合いになるのですね。変装はした方がよろしい。また、現場へ来るまでにたびたび自動車を乗りかえ、最後の自動車は、男重役の一人が運転するのです。君か、もう一人の男重役に運転が出来ますか」

「ふたりとも、一応はできますよ」

「それですべて揃いました。もう成功したも同然です」

須原は春泥の構想がおぼろげにわかったらしく、ニヤリと笑った。

「さすが春泥先生だ。これは名案です。X氏は思う存分復讐心を満足させることができますね」

「君にはもうわかったのですか。えらいもんだな」

「いや、こまかいことはわからないが、大筋は想像できますよ。これは恐ろしい復讐だ。君はずいぶん残酷なことを考えたもんですね」

ふたりはそこでまた、ニヤニヤと悪魔の笑いをとり交わした。

そこから、更に細部にわたって、打ち合わせをすませてから、ふたりは観覧車を出て、花やしきの入口で、さりげなくわかれを告げた。

底なし沼

世田谷区榎新田《えのきしんでん》には、まだ畑がたくさん残っていた。収穫物のためではなくて、土地の値上がりを待っていて、地主がなかなか手離さないからである。その中にチラホラ新築の住宅が散在していたが、まだ住宅街を作るには至っていない。住宅と住宅とのあいだが、半丁も一丁もへだたっているような淋しい一郭《いっかく》であった。

その畑を見おろす高台に、一軒の宏壮な新築の邸宅があった。築地塀《ついじべい》に似た屋根つきの土塀をめぐらした広い敷地の中に、鬱蒼《うっそう》たる大樹に囲まれて、純日本風の二階家が、あたりを睥睨《へいげい》するように聳えていた。

この大邸宅は附近で榎御殿《えのきごてん》と呼ばれていたが、そこの主人公は戦後抬頭《たいとう》した製薬会社の社長で、まだ四十そこその毛利幾造《もうりいくぞう》という億万長者であった。

毛利氏はこの程、倍率十二という高価な双眼鏡を買い求めて、二階座敷から、毎日のように、目の下の畑地を眺めていた。その畑地のまん中に、百坪ほどの地所が、地ならしをされ、新しい板塀で囲まれているのが見えた。毛利家からは三丁ほど隔っているが、そのあいだに一軒も家がないので、双眼鏡で眺めると、板塀の内部が手にとるように見えるのだ。

毛利氏は板塀の工事がはじまるときから、それが僅か二、三日で完成されるのを、楽しそうに観察していた。塀の中の地面には、海岸から運んだような、まっ白なこまかい砂が一面に敷かれていた。その砂を敷く前に、深夜なにか作業が行われているようであったが、暗くて見えもしなかったし、毛利氏はそれについて、何も聞かされていなかった。

高台の上にも、その板塀の中を見おろすような建物は、まだ一軒も建っていなかった。通りがかりの人が見おろすというような道路もなかった。板塀の工事に着手する前に、それらの点が、入念に確かめられていた。つまり、その板塀の中の地面は毛利邸の二階からのほかは、どこからも見通せないような位置にあり、毛利氏だけが、独占的にその中を眺めていたのである。

板塀が完成した三日ほど後、毛利家に不思議な電話がかかって来た。直接毛利氏を電話口に呼び出し、それが毛利氏にまちがいないことを、くどく確かめた上で、電話の向こうの男はこんなことを云った。

「いよいよ、あすのまっ昼間、午後一時からはじめます。見のがさないようにして下さい。それから、お宅の中の人物配置をまちがいなく手配しておいて下さい。わかりましたね」

相手は同じことを三度くり返して、電話を切った。

その翌日、毛利氏は二階座敷の障子と、ガラス戸を一枚だけひらき、わざと縁側の籐椅子《とういす》を避けて、座敷の中の紫檀《したん》の卓に座蒲団を置き、それに腰かけて、双眼鏡を覗いていた。一点の雲もなく、うららかに晴れわたった日であった。一羽の鳶《とび》が、まるでそのことを予知するように、大空に輪を描いて飛んでいた。

二階の真下の庭園には、庭師の若者と毛利家の爺《じい》やの二人が、さっきから植木の手入れに余念がなかった。広い二階には誰もいなかったが、階下には毛利夫人の病室もあり、多くの召使がいた。玄関横の四畳半には書生が頑張っていた。台所では二人の女中が中食《ちゅうしょく》のあとかたづけをしていたし、そのそとの洗濯場には、別の女中が洗濯をしていた。これがつまり、電話の男が云った邸内の人物配置である。玄関にも裏口にも要所要所に召使がいるのだから、毛利氏は人目につかないで外出することは、まったく不可能であった。残されたたった一つの道は、屋根伝いに庭に降り、塀をのり越してそとに出ることだが、そこには庭師と爺やが植木の手入れをしていた。

若《も》し後日、毛利氏が、なんらかの疑いを受けるようなことがあっても、同氏が二階にいたことは、全部の召使が証明するであろう。つまり、完全なアリバイを用意したわけである。決してにせのアリバイではない。毛利氏は、その時間のあいだ、二階座敷から一歩も出ないのだから、少しの欺瞞《ぎまん》もないアリバイなのである。

ちょうど一時、一台の自動車が、板塀から一丁もへだたった道路に停車した。毛利氏はすぐにその方に双眼鏡を向けて観察した。自動車が五、六間先のように、大きく見える。自動車のドアがひらいて、二人の女が降りた。先に降りたのは三十五、六の洋装婦人で、毛利氏の知らない女。そのあとから、二十五、六の非常に美しい洋装の女が降りて来た。彼女の傲然《ごうぜん》とした美貌が、すぐ目の前に見える。毛利氏を裏切り、ののしり、辱《はず》かしめた比佐子《ひさこ》である。毛利氏はそれを見ると、ギリギリと歯ぎしりを嚙んだ。額の静脈《じょうみゃく》が恐ろしくふくれ上がった。

注意して、そのあたり一帯を、双眼鏡で眺め廻したが、誰も見ている者はなかった。人家には遠いし、季節はずれの畑には人影もなかった。

さきほどの鳶は、獲物を期待するもののように、空に大きな輪を描いて、とびつづけていた。

ふたりの女は、仮りの門をあけて、板塀の中にはいった。双眼鏡はズーッとそれを追っている。塀の中は、何の建物もなく、一面の白い砂だ。ふたりの女はその白砂の上を、前後して、こちらへ歩いてくる。

そのとき、先に立っていた年増女《としまおんな》の方が、何を思ったのか、いきなり走り出した。

まっすぐではなく、変な曲線を描いて走った。アッというまに、砂の上に顚倒《てんとう》した。助けを求めてもがいている。

　比佐子はそれを見ると、びっくりして、その方へ駈けよろうとした。彼女は当然、曲線を描かないで、まっすぐに走った。そして、十歩ほど走ったとき、恐ろしい異変が起こった。比佐子のハイヒールの足が動かなくなった。白い砂の中へ、吸いこまれるように、引きつけられて、歩けなくなった。

　足を抜こうとして、一方の足に力を入れると、その足の方が更に深く吸いこまれた。双眼鏡の中に、彼女の驚きの表情がハッキリ見える。だが、彼女はまだ怖がってはいない。ただ驚いているばかりだ。

　彼女はしきりに手を振って、足を抜こうともがいた。しかし、もがけばもがくほど、グングン足がはまりこんで行く。もう膝の近くまで砂の中にはいってしまった。こうなっては、足をあげようとしても、あがるものではない。足首を固く縛られて、地の底へ引き入れられているのも同然だ。

　やっと彼女は悟った様子である。そこが何の足がかりもない底なしの泥沼であることを悟った様子である。彼女の顔が恐怖にゆがんだ。目がとび出すほど見ひらかれ、口が大きくひらいた。そして、その口から叫び声がほとばしった。何を叫んでいるのかわからないが、もう一人の女に救いを求めているのであろう。

だが、つい目の先に倒れている年増女は、比佐子を助けようともしなかった。双眼鏡をその顔に向けると、彼女がニタニタ笑っていることがわかった。さも小気味よげに笑っていて、立ち上がろうともしないのだ。

双眼鏡を比佐子に戻す。もう腿まで没していた。スカートがフワリと水に浮いたように、砂の上にひらいている。しかし、もう白い砂ばかりではなかった。彼女がもがくにつれて、砂の下の泥土がこねかえされ、スカートを汚していた。

比佐子は何かにとりすがろうとして、手をのばして砂をつかんだ。しかし、そこも同じ泥沼であることが、すぐわかったので、あわてて、手を引きもどした。堅い地面のように見えていて、砂の層の下は、手の届くかぎり泥沼であることがわかった。目の前に砂がある。地面がある。しかし、それは彼女を支える力がないのだ。固体ではなくて半流動体なのだ。すぐ向こうに彼女の連れの女が倒れている。その女は沈まない。泥沼は比佐子の周辺だけなのだ。あすこまで行けばいい。ホンの一メートル歩けばいい。しかし、どうして歩くのだ。腿まで吸いこまれていて、どう身動きが出来るのだ。

比佐子は、美しい女の一寸法師に見えた。スカートが浮いているので、腿から上だけの人間のように見えた。その一寸法師が苦悶している。美しい顔をけだもののようにゆがめて絶叫している。その声を誰かに聞かれやしないかと心配になった。だが、大丈夫だ。それを救いを求める声だと悟られるほどの近さには、一軒の人家もないのだ。遠くの家にかすかに聞こえたところで、犬の遠吠《とおぼ》えほどにも感じないだろう。

もう腹まで沈んでいた。これほどの恐怖がまたとあるだろうか。すぐ目の前に固い大地がある。だが、ちょっとのことで、そこへ手が届かないのだ。比佐子は髪をふり乱して狂乱していた。自由な両手だけを、めったむしょうに振り動かして、空気にさえ取りすがろうとしていた。醜くゆがんだ顔は、汗と涙によごれ、口は白い歯がむき出しになって、化けもののように大きくひらいていた。

そのころになって、やっと年増女が起き上がった。そして、苦悶する比佐子の方に向きなおり、そこにしゃがんで、何か喋り出した。毛利氏になり代わって、恨みごとを述べているのだ。どうだ悪女め、思い知ったかと、さも心地よげに笑いののしっているのだ。

もう胸まで沈んでいた。あと数分で顔まで泥が来るだろう。そして息が出来なくなるだろう。比佐子は知りすぎるほど、それを知っていた。その苦しみを想像すると、恨みに燃える毛利氏の心中にも、いささか憐愍《れんびん》の情が湧かないでもなかった。だが、今更どうなるものでもない。彼女を助けようとしたら、その行動によって、こちらの罪がばれるのだ。そして、今度は逆に、彼女の方から、どんな復讐をされるか知れたものではない。

もう首まで沈んでいた。首のまわりを、スカートの裾が、石地蔵のよだれかけのように取り巻いていた。首だけの女はもうわめいていなかった。断末魔の恐怖に、目は眼窩を飛び出し、頬は泥によごれていた。それが血にまみれているのかと錯覚された。年増女も、さすがに顔をそむけていた。殺人会社の女重役も、この苦悶を正視するに耐えない様子であった。

徐々に、徐々に、口、鼻、目と沈んで行った。目が沈むときが最も恐ろしかった。毛利氏は思わず双眼鏡をはなして、ため息とも唸りともつかぬ声を出した。彼はもう烈しく後悔していたのだ。今更どうにもできないことを、底なし沼に沈みつつある女と同じほど恐怖していたのだ。

もう髪の毛も隠れ、さし上げた両手だけが残っていた。それが白い二匹の動物のように、地上にもがいていた。凄惨《せいさん》な踊りを踊っていた。

だが、その両手さえも、一センチずつ、一センチずつ隠れていって、最後に、何かを摑《つか》もうとする手首だけが地上に残り、五本の足の蟹《かに》のように、泥の上を這いまわっていたが、それすら、ぼかすように泥中に消えて行った。しばらくは、砂まじりの泥の表面がブクブクと泡立っていたが、やがて、それも、何事もなかったように静まり返ってしまった。

一面の白砂の中に、さしわたし一間《いっけん》ほど、丸く泥によごれた箇所が残った。もうその表面は固体のように動かなかった。キラキラとまぶしく光る真昼の陽光が、その上を静かに照らしていた。あの黒い鳶はさきほどよりもズッと低く、その上に輪を描いてとんでいた。

不思議な老人

影男はその恐ろしい光景を目撃したわけではない。ただ殺人業者たちに案をあたえたにすぎない。

それでも、その案が見事に実現されたと聞き、富豪からの謝礼金のわけ前を分配されたときには、実にいやな気持がした。もがき叫びながら泥の中に沈んで行く、美しい女の姿が、無残《むざん》な幻影《げんえい》となって彼を苦しめた。

この憂《う》さはらしには、遊蕩《ゆうとう》紳士殿村啓介に変身して、いまわしい記憶を洗い落とすほかはないと思った。影男は、速水、綿貫、鮎沢、宮野などの別名を持っていたが、殿村啓介はそれらの別名の一つで稀代の遊蕩児であった。底無し沼事件ののちの数日間、影男はその殿村啓介になりきって、紅燈緑酒《こうとうりょくしゅ》の巷《ちまた》を遊弋《ゆうよく》した。

そして、その晩は、銀座のキャバレー「ドラゴン」のフロアの正面、最上の客席の一郭を占領していた。京の祇園《ぎおん》から呼びよせた、だらりの帯の舞妓《まいこ》が四、五人、柳橋《やなぎばし》の江戸前の姉さんたちが四、五人、西洋道化師に扮装した幇間《ほうかん》が四、五人、キャバレーの盛装美人が七、八人、それら多勢のきらびやかな色彩に取りまかれて、殿村遊蕩紳士は、酒盃を重ね、女たちの和洋とりどりの冗談に応酬し、舌頭の火花に興じていた。

フロアにはアクロバット・ショウが演じられていた。全身に金粉《きんぷん》を塗った三人の美女が、キラキラ光りながら、蛇のアクロバット踊りを踊っていた。立っている一人の胸にもう一人の黄金女《おうごんじょ》が、大蛇のように巻きついて、頸《くび》と胸とに顔のある一身二頭の異形の舞踊を踊っていた。

そのショウの舞台には、赤、青、黄色と、五色の照明が交錯し、客席からはテープ花火がポンポンと発射され、五彩《こんじき》のテープが三人の金色の踊子の頭上に雨と降り、無数の巨大なゴム風船が、五色のクラゲの群のように、空間を漂い、派手なバンドの気ちがいめいた奏楽が、ギラギラした色彩の混乱と相応じて、場内数百人の男女を、狂気の陶酔に導いていた。

耳も聾する奏楽、テープの発射音、泥酔男の蛮声《ばんせい》、女たちの嬌声の中に、ふと、異様なささやき声が、影男の殿村の耳たぶをくすぐった。

ヒョイと顔を向けると、そこに、白髪白髯《はくはつはくぜん》の老人の顔があった。カツラのようなまっ白なフサフサした髪、ピンとはねあがったまっ白な口ひげ、胸まで垂れた見事な白ひげ、黒い背広を着た上品なお爺さんだ。上品のうちにも、どこかメフィストめいた不気味さをたたえた、ふしぎな老人だ。それが殿山のイスのうしろから、および腰になって、殿山の耳に口をつけんばかりにして、同じことを、くりかえしささやいているのだ。

「つまらないですね、こんなもの。たいくつですね。さびしいですね。あなたお金持ちでしょう。そんなら、こんなものより百倍もすばらしいものがあるんですがね」

この上品な老人が、猥褻見世物のポンピキとは考えられなかった。ありふれた痴技《ちぎ》の見世物でないとすると……

「それは、どこにあるんだね」

影男の殿村も、つい好奇心を起こさないではいられなかった。

「東京ですよ。自動車で一時間もかかりません」

「君が案内するというのかい？」

「そうですよ」老人はグッと声をひそめて「現金で五十万円要りますがね……」

「今は持っていないが、いつでも、そのくらいなら出せるよ」

「そうですか。では、ご相談にのりましょう。しかし、女たちは帰して下さい。あなたお一人でないと困るのです」

「ここに待たせておいてもいいが、時間はどのくらいかかるんだね」

「いや、とても待たせておくわけには行きません。一日かかるか、二日かかるか、あなたのお気持ちによっては、一週間でも、一《ひ》と月《つき》でも、ひょっとしたら一年でも……」

メフィストめいた上品な顔がニヤリと笑った。

殿村は、それを聞くと、いよいよ好奇心がつのって来た。この老人はほんとうに五十万円のねうちのある、ふしぎなものを見せようとしているのか、それとも、粋人《すいじん》の座興か、或いは、悪質の詐欺か。いずれにしても、誘いに乗って見るねうちはある。

「それじゃあ、女たちは帰してもいい。しかし、金は今夜は間に合わないが……」

「わかってます。わかってます。ほんとうにそこへ行くのは、明日のことです。それまでに、よくご相談をしなければなりません。あなたも、内容も聞かないで五十万円は投げ出さないでしょうからね。これからそのご相談がしたいのですよ」

「どこで？」

「静かな別室のあるバーがあります。すぐ近くです。そこへご案内しましょう」

影男の殿村は、このふしぎな老人に深い興味を感じたので、云うがままに、女たちを引きとらせ、老人について、銀座裏の小さなバーにはいり、奥の狭い別室に対坐した。酒を命じておいて、老人はヒソヒソと話しはじめる。

「これは絶対に秘密ですよ。わかりましたか。わしは、三日というもの、あんたのあとをつけて、充分観察した。そして、この人ならば大丈夫と考えて、話しかけたのです。わしは高級客引きを専門にやっている者です。名前は申しません。あんたのお名前も聞きません。この取り引きには名前など必要がないのです。あんたの方では五十万円の現金を出せばいいのだし、わしの方では、その場所へご案内すればいいのですからね」

「それはどこです？」

「中央線の沿線で、荻窪《おぎくぼ》の少し向こうです」

「そこに、そういうものがあることは、誰も知らないのですね」

「もちろんです。五十万円を出して、そこを見た人が幾人かありますが、その人たちも、固く秘密を守ることになっています。それから、そこに住んでいる人たちと、このわしのほかには、誰も知りません」

「そこに住んでいる人たちというと？」

「それが秘密です。いまにあんたの目でごらんになれば、わかりますよ。そこは、われわれの世界とはまったく別の場所なのです。天国と云ってもいいし、地獄と云ってもいいでしょう。ともかく、この世のものではないのです」

「しかし、やっぱり一種の見世物でしょうね。いくら変わった見世物でも、五十万円という入場料は、桁《けた》はずれじゃありませんか」

「その場所が桁はずれだからです。それに滅多な人には見せられない場所です。五十万円さえ出せば、誰にでも見せるというわけではないのです」

「それにしても莫大《ばくだい》な見物料を払うからには、何かの歓楽が得られるのでしょうね」

「むろんです。驚愕と、恐怖と、歓楽とです。この世のほかのものです。想像を絶したものです」

「危険も伴いますか」

「或いは危険があるかも知れません。つまり冒険の快味ですね。多少の危険をおかさなくては、最上の歓楽は得られません。あんたは、そういうことがわかるお方だと見て、お誘いするのです。もし、わしの見ちがいでしたら、これでお別れにしましょう」

白ひげの老人は、そういって、席を立ちそうにした。これも高級ポンピキのかけひきの一つなのであろう。

「よろしい。あすの晩、五十万円を持って来ましょう。何時にどこへ行けばいいのですか」

「フーン、さすがにわかりが早いですね。こんなに早く決心をしたお客さんははじめてです……場所はこのバーにしましょう。時間は午後の九時です」

そして、翌日の午後九時頃、二人は同じバーで落ちあった。

殿村が千円札で五十万円の束をさし出すと、老人はそれをちょっと調べて、すぐ返した。

「前金ではありません。先方に着いてから、引きかえでよろしい。これは先方の主人の収入で、わしはこのうちのごく一部を貰《もら》うだけですからね」

二人は老人が用意して来た自動車に乗った。運転手は老人の仲間のものらしく感じられた。四十分ほど走って、目的地についた。コンクリート塀でかこまれた、ひどく大きな邸《やしき》の門前であった。老人は鍵を出して、唐草模様《からくさもよう》の古風な鋳物《いもの》の鉄のとびらをひらいて、殿村を門内に案内した。

すぐ目の前に、大きな建物が黒くそびえていたが、どこか裏手の方に、ぼんやりあかりがついているだけで、どの窓もまっ暗であった。

「もとは立派な住宅だったが、いまでは荒れはてて、或る会社の倉庫に使われているのです。その番人の老人夫婦がこの広いうちに、ただ二人住んでいるだけです。だが、わたしたちは、このうちには、用はありません。裏に池があるのです。その池の中にはいるのですよ」

老人は、そんなことをささやきながら、先に立って歩いて行く。

「池の中へはいるとは?」

殿村がおどろいてたずねると、老人はかすかに笑い声を立てて、

「いや、水の中へはいるのではありません。いまにわかりますよ」

そのまま、二人ともだまりこんで、闇の中を歩き、やがて、広い庭園に出た。樹木の多い立派な庭らしいのだが、常夜燈《じょうやとう》があるわけでなく、燈籠《とうろう》に火がはいっているわけでもなく、全くのくらやみだから、その景色を見ることはできない。足もとに雑草が生え茂っているところを見ると、久しく手入れをしない、荒れはてた庭のようである。曇っていても、空はうす明るく、その余光で、およその物の形はわかる。大きな

木が林のように立ちならんでいる中に、広い池の水が見えて来た。

老人は殿村の手をひっぱって、この池の岸に腰をおろした。さし渡し十四、五メートルはあろうか、庭園の中心を占めた、不規則な楕円形の池である。黒い水が、じっと静まり返っていた。

「さっき、ちょっと知らせておきましたから、今にふしぎなことがおきますよ。池の中をよく見てて下さい」

老人が、やはりささやき声で云った。

この深夜の古池が、何かしら不思議な見世物への木戸口とすれば、実に奇抜な趣向であった。怪奇に慣れた影男でさえ、異様な好奇心に、胸のときめくのを感じた。目が闇に慣れるにつれて、あたりがだんだんハッキリ見えて来た。思ったよりも広い庭、深い木立であった。ふと気がつくと、岸から三メートルほどの池の中に、黒い杭のようなものが立っている。水面から二尺ほどもつき出している。

だが、よく見ると、それは杭ではなかった。頭がキセルの雁首《がんくび》のように曲がった径《けい》四センチほどの鉄管のようなものであった。

「気がつきましたか。あれ、なんだと思います。どっかでごらんになったことはありませんか」

老人が云うので、考えて見たが、想像がつかなかった。

だまっていると、老人が説明した。

「あれは潜望鏡《せんぼうきょう》ですよ。ペリスコープですね」

「潜航艇の中から、海の上を眺めるあれですか」

「そうです」

「じゃあ、あの池の中から、誰かが、潜望鏡で覗いているのですか」

「まあそうですね。もっとも、こんなに暗くちゃ見えません。覗くのは昼間だけですがね」

さすがの影男も、あきれかえってしまった。庭の古池の中にひそんで、長い潜望鏡をつき出して、そとの景色を眺めている人物とは、いったい何物であろう。世間の裏側ばかり探し廻っている影男も、こんな変てこなやつに出くわしたのは初めてであった。

「こいつは五十万円のねうちがありそうだぞ」

彼はゾクゾクするほど嬉しくなって来た。

見ていると、池の中から突き出した潜望鏡がグングン伸びていた。もう三尺を越す長さになっていた。すると、そのとき、池の水が異様に動いて、何か大きなものが浮き上がってくるように感じられた。

黒い怪物がニューッと頭をもたげた。さし渡し一メートル以上もあるような、黒い円筒形のものである。その表面は平らになっていて、隅の方から、さっきの潜望鏡が突き出ていた。やっぱり潜航艇の司令塔のてっぺんのような感じである。では、こんな小さな池の中に、潜航艇が沈んでいたのであろうか。

「本物の潜航艇ですか」

「いや、そうじゃありません。これだけのものです。あの太い円筒形のシリンダーが、出たりはいったりするだけですよ。そして、これが目的地への、たった一つの出入り口になっているのです」

「目的地というと」

「あんたに見せるもののある場所です。天国と地獄です」

機敏な影男は、たちまちその意味を察した。目的の場所は地底にあるのだ。そして、この池の中のシリンダーは、そこへの入口なのだ。いつもは池の中に沈んでいるので、こんなところに出入り口があるとは、誰も考えない。そのシリンダーが、夜なかにニューッと水面上に首を出して、そこから人が出入りするのだ。用がすめば又池の底へかくれてしまう。何という用心深さであろう。それに、このシリンダーを動かすのには、モーターも要ることだろうし、大変な費用がかかる。それほどまでにして、保とうとする秘密とは、いったいどのようなものであろう。影男は、そう考えると、はち切れそうな好奇心に、いよいよ胸が躍るのであった。

地底の大洋

径一メートルの鉄の円筒が水上二尺ほどにのびたとき、その上部の平らな部分の円形鉄板の蓋が、蝶番《ちょうつがい》でパッと上にひらき、その中から、鉄梯子《てつばしご》のようなものが、スルスルと伸びて、池の岸の岩の上にかかった。

その次には、円筒の中から、人間が這い上がって来た。闇に慣れた目には、その姿が充分見わけられる。その男はピッタリ身についた黒いシャツとズボン下のようなものを着ている。それは夜の保護色であり、また狭い円筒内の身動きに便したものであろう。影男も、こういう保護色のシャツをよく利用するので、すぐにその意味を察しることができた。

その黒い男は、今わたした鉄格子を渡って、岸にあがると、こちらに近づいて来た。老人が客を連れて、ここにくることを、よく知っている様子である。

老人の方でも立ちあがって、その男を迎え、何かボソボソと立ち話をしていたが、やがて影男の殿村の方に向き直って、やっぱりささやき声で、その黒い男を引き合わせた。

「これからは、この人が案内係りです。お金は、あとで、この人に渡して下さい。わしはここで失礼します」

「この人は誰ですか」

影男がたずねると、老人は手を振って、

「名前なんかありません。ただ、あんたを不思議な国へ案内する人です。不思議の国には、たくさんの人間がいますが、だれも名前はないのです。あんたの方でも、名前を名乗る必要はありません。この男はわしを信用して、あんたを受け取る。あんたはこの男を信用してついて行けばよいのです。これが即ち冒険の妙味ですよ」

老人はニヤニヤと笑ったらしい。そして、そのまま、どこかへ立ち去ってしまった。

あとに残った黒シャツの男は、影男の手をとって、

「どうか、こちらへ」

と云いながら、鉄梯子の方へ導く。その声はまだ若々しく、三十前後の感じであった。

だまって、ついて行くと、鉄梯子を渡り、円筒の上にのぼった。そこに丸い口がひらいている。

「この中にも、たてに梯子がついています。それをおりるのです」

黒い男が、足から先に穴の中にはいって行って、下から声をかけた。影男もそれに習って円筒の内側の梯子をおりる。二人が円筒の中へはいってしまうと、自動的に、そとの鉄梯子が円筒の中へ辷《すべ》りこみ、たての梯子と重なる。そして、丸い鉄の蓋がしまり、内部は真の闇となった。エレベーターに乗っているような気持になる。つまり、円筒が池の中へ沈んでいるのだ。

二人は狭い円筒の下部に、からだをくっつけ合って、立っていたが、円筒の沈下が止まると、目の前の鉄の壁に、たてに糸をさげたような、銀色の光がさし、それがだんだん太くなって行く。円筒の壁の一部がドアになっていて、それがひらいているのだ。その向こう側には電燈がついているらしく、ドアがひらくにつれて、光がさしこんで来る。

池の底では円筒が二重になっているらしく、出入口も二重ドアで、それがひらいても、決して水が漏れてくるようなことはない。二人がそこから出ると、二重ドアは自然にしまり、いよいよ地底に密閉された感じになる。

そこはセメントで自然の岩を模した、洞窟のようであった。どこにあるのか、薄暗い電燈の光がその辺を照らしている。その光で見ると、黒い男の着ているのは、黒ビロードのシャツとズボン下であることがわかった。顔にも眼隠しの黒ビロードのマスクをつけている。

洞窟の入口のそばに、岩の枝道があり、鉄のとびらがしまっていたが、男はそれをひらいて、中に案内した。そこは、やはりコンクリートの岩壁で囲まれた小部屋で、簡素なデスクと長椅子が二脚置いてあり、デスクの上には電話器と文房具がのっている。一方の岩壁には、配電盤がとりつけられ、ズラッとスイッチが並んでいる。

二人はそこの椅子にかけて、向かい合った。

「ここで取り引きをします。五十万円をお出し下さい」

覆面の男が、そっけない事務的な調子で云った。云われるままに、札束を手渡して、さて、質問をしようとすると、相手はそれを止めるように手をあげて、

「いや、何をおたずねになっても、無駄です。わしは門番です。門番は一切お答えしないことになっています。やがて、何もかもおわかりになるときが来るでしょう。サスペンスとスリルというやつですね。先《ま》ず地底の別世界をゆっくりお楽しみ下さい。ここを出て、奥へ奥へとおいでになればよろしいのです。一本道です。すると、じき

に美しい案内者にお出合いになるでしょう。……では、これで失礼します」

鉄のとびらをひらいて待っているので、出ないわけには行かなかった。元の洞窟に出ると、うしろでとびらがピッタリとしまった。云われた通り、奥へ奥へと歩いて行くほかはない。

どこに光源があるのかわからない薄暗い光で、人工の岩壁は自然の洞窟そのままに見える。そこを一人でトボトボと歩いて行くのは、いかにも心細い。

しばらく行くと洞窟がまがっている角へさしかかった。その角をヒョイと出ると、目の前に白いものが立っていた。それは、さすがの影男もアッと云って立ちどまるほど美しいものであった。

黒い岩肌の前に、全裸の美女が立っていた。黒髪は、うしろに下げたまま、身に一糸をもまとわぬ自然の乙女である。日本の女に、こんな均整のとれたからだがあるのかと疑われるほどであった。顔も美しかった。それが少しの恥じらいもなく、にこやかに笑って近づいて来る。

あきれて、ボンヤリと突っ立っていると、乙女は彼の手をとって、無言のまま、どこかへ導いて行く。こちらも啞のように、だまりこんでついて行く。

洞窟の少し広くなった場所に出た。乙女が岩壁のどこかへ手を当てる。目の前の岩の一部がユラユラとゆれて、動き出し、そこに大きな穴が出来た。つまり岩のとびらがひらいたのである。

頰をかすめる暖かい風、岩穴の中は、濛々《もうもう》と立ちこめる一面の白い煙、やがて、それが煙ではなくて、湯気であることがわかった。

乙女は影男をその湯気の中へ引き入れたが、すると、今一人の同じ姿の乙女が、どこからともなく、あらわれて、二人がかりで彼の洋服を脱がせはじめた。美しい追剝《おいはぎ》のように、シャツから猿股《さるまた》まで、剝ぎとってしまった。そして、彼は岩のあいだにたたえられた、温泉のような湯の中につけられ、充分暖まってそこから這い出すと、今度は滑《なめ》らかな俎岩《まないたいわ》の上に寝かされて、二人の乙女が全身を手の平でこすって、垢をおとしてくれた。そして、又湯にはいって、あがると、からだの水分を、きれいにふきとってくれ、新しいシャツと猿股、その上に黒ビロードの、ピッタリ身についた衣裳を着せてくれた。さっきの門番が着ていたのと同じものだ。

乙女たちは、にこやかに笑うばかりで、ひとことも口をきかなかった。影男もわざと物を云わなかった。しかし、お互いに充分用は足りたのである。

「人界の言葉を忘れさせ、人界の垢をおとし、人界の衣服もとりかえて、これから地底の別世界の住人となるのだな。この段取りはなかなかよろしい。気に入った。この分だと、この世界の設計者は、よっぽど気の利いたやつにちがいない」

すっかり悦《えつ》にいって浴場を出た。すると、彼のうしろで、岩のとびらが、ピッタリしまり、二人の乙女はその中に隠れてしまった。彼は岩をひらくすべを知らないので、そのまま元の洞窟を、入口と反対の方角へ歩いて行くほかはなかった。

行くに従って洞窟の幅は狭くなり、天井は低くなって、やっと人間ひとり通れるほどのトンネルに変わって来た。照明もだんだん薄暗くなり、ついにはまったくの暗闇にとざされてしまった。しかし、影男は引っ返さなかった。これもこの世界の設計者の計算された巧智《こうち》にちがいないと思ったからだ。

その細い暗い道を、しばらく行くと、遂に行きどまりになってしまった。あたりは真の闇であった。手さぐって見ると、右も左も前も頑丈な岩肌で、通り抜けるような隙間《すきま》はどこにもない。それでも、彼は引っ返さなかった。何事かを予期して、その暗闇にじっと立ちどまっていた。

彼の予想は的中した。前面の岩がスーッと横に動いて、そこにポッカリ通路が出来た。ここにも岩のとびらが待っていて、それが自働的にひらいたのだ。

ひらいた岩のうしろに、急な登りの階段があった。ためらわずそれを登って行った。登り切ると、眼界がパッとひらけた。ああ、なんということだ。そこは、見渡すかぎり、際涯《さいがい》もない大海原《おおうなばら》のまっただ中であった。あり得ないことが起こったのだ。クラクラと目まいがした。魔法つかいの目くらましか、それとも、おれはさいぜんから、ずっと夢を見つづけていたのか。

ドウドウと波のうちよせる音がひびいていた。空は青々と晴れ渡り、一点の雲もなかった。遙かの水平線が地球の丸さを現わしていた。目路《めじ》のかぎり島もなく、船もなく、ただ空と水ばかりであった。

足もとを見ると、彼が立っているのは、三メートル四方ほどの岩の上である。いつのまに島流しされたのであろう。大洋のなかの点のような岩の上に、たった一人取りのこされているのだ。

もし彼が、頭の真上を見上げたならば、そこには丸い大きな笠のようなものが、或いは屋根のようなものが岩上三メートルほどの空中にぶらさがっているのを知り、たちまちこの魔法の秘密を悟ったであろう。その丸屋根のようなものは、いったいどこからぶらさがっていたのか。まさか空中に漂っていたのではあるまい。そこにこの目くらましの一切の秘密があった。

影男ほどの智恵者が、これに気のつかぬはずはない。しかし、とっさには、そこまで考える余裕がなかった。地底の洞窟が、たちまちにして際涯のない大海原に一変した不可思議に、ただあきれ果てているばかりであった。

そのとき、彼のすぐ目の前の海中に、ふしぎな現象が起こった。

その箇所だけ、異様に波立ったかと思うと、恐ろしく巨大な魚類の尾鰭《おびれ》が、白い水しぶきを上げた。その尾鰭は五月のぼりの鯉ほどの大きさがあった。鰭ばかりでなく、魚類の下半身が波間に踊った。銀色に光る鱗《うろこ》の一枚一枚が一寸ほどもあった。

いや、それよりも、もっと驚くべきことが起こった。その巨大な魚は人間の顔を持っていた。ヒラリと身をひるがえして、上半身を水面に現わしたとき、その上半身は、まばゆいばかり美しい人間の女性であった。黒髪が波に漂っていた。二本の美しい手が、空にひらめいた。鱗のある下腹部の上に、白い二つの乳房が、もり上がっていた。頸《くび》の線も美しく、濡れた黒髪のあいだから覗いている顔は、うっとりするほど愛らしかった。その顔が、赤い唇から真珠《しんじゅ》のような歯を見せて、岩上の彼に、ニッコリと笑いかけた。それは一匹の美しい人魚であった。

水中巨花

やがて、またしても、海面が波打って、水底からスーッと、白いものが浮き上がってくるのが見えた。そして、水面に顔を出したのは、これもまた美しい人魚であった。

「お客さま、ようこそおいで下さいました。これから、わたくしどもが、海の底へご案内いたしますのよ」

一匹の人魚が、小首をかしげて、あでやかに笑いながら、話しかけた。

「海の底だって？　僕は人間だから、海の底なんかへ、もぐれやしないよ」

影男は、岩の岸にしゃがんで、二匹の人魚を、かたみがわりに眺めながら答えた。

「いいえ、それはたやすいことでございます。わたくしたちも、海にもぐるときは、こういうものを使いますの。あなたさまにも、これをあててさしあげますわ」

人魚たちは透明な仮面のようなものをさしあげて見せ、それを自分たちの美しい顔にかぶった。目、口、鼻、耳を覆いかくす、すき通ったプラスチックらしい仮面であった。その仮面にはやはり透明で柔軟な細い管がついていて、その管の先に、これも透明な小型の酸素ボンベがついていた。人魚たちはそのボンベをわきの下に括《くく》りつけた。

「お客さまも、これをおつけになれば、いくらでも水の底にもぐっていられますのよ」

二匹の人魚は岩の岸に這いあがり、水際に腰かけた形になって、透明仮面とボンベとを、彼の顔とわきの下につけてくれた。影男の殿村は、やさしい人魚たちのなすがままに任せた。

「さあ、わたくしたちが、お手を引いてさしあげます。そして、海の底の不思議を見にまいりましょう」

両方から手をとられて、海中に身を浮かせた。少しも冷たくはなかった。人肌ほどのなま温かい水だ。それに、ピッタリ身についた黒ビロードの衣類は、中にゴムでもはいっているのか、少しも水を通さなかった。頸と手首と足首で、キュッとしまっていて、そこから水がしみ入るようなことはなかった。

黒ビロードの人間の姿が、二匹の美しい人魚にはさまれて、海底へ沈んで行った。ともすれば浮き上がりそうになるからだを、両側の人魚が巧みに下へ下へと引きおろしてくれた。仮面の中へボンベの酸素が適度に漏れているらしく、少しも息苦しくはなかった。

見かけによらず、その辺の海の底は浅かった。底の岩とすれすれに、人魚たちは彼を導いて行った。

行く手には巨大な海藻の林があった、幅一尺も二尺もあるコンブに似た植物が、巨獣のたてがみのように、無数にゆらいでいた。人魚たちは、そのヌルヌルした藻の林をかきわけて進んだ。

しばらく行くと、海藻がまばらになって、向こうの見通しが利くようになったが、そこは、海底の谷間とでもいうような、深いくぼみになっていた。底の方ほど暗くなって、ボンヤリとしかわからなかったが、その青い水の層を通して、世にも異様なものが眺められた。

黒い斜面の岩肌に幾つかの巨大な花が咲いていた。それはどんな植物の本でも、一度も見たことのないような、不気味にも美しい桃色の巨花であった。

だんだん近づくにつれて、その桃色の花は、いよいよ巨大に見えて来た。さしわたし四メートルもあろうかと思われる、奇怪な五弁の花であった。

中心のシベに当たるところに、五つの美しい顔が笑っていた。その顔はみな、例の透明なビニールの仮面をつけていたことが、あとになってわかったが、遠目には、透明仮面は少しも邪魔にならないで、あからさまな五つの美女の顔が、岩肌に密着していた。五人の全裸の美女は、そうして顔を寄せ合って、放射状に、長々と横たわっていた。彼女たちの胸から腹、揃えた二本の桃色の足が、それぞれ一枚の花弁となっていた。海底の人花《ひとはな》であった。或いは巨大な美しいヒトデであった。その人花は、谷間のもっと下の方にも、二つほど咲いていた。それより底は、暗くて見えぬけれど、谷間のいたるところに、この巨大な人花が咲いているのではないかと想像された。

薄暗く青くよどんだ水底の、桃色の人花の美しさと恐ろしさは、比喩《ひゆ》を絶するものがあった。それはデ・クィンジーの阿片《あへん》の夢であった。影男はどんな悪夢の中でも、これほど妖異な巨大な美を見たことがなかった。

黒ビロードの影男と二匹の人魚は、真上からその人花に向かって降下して行った。そのとき、もっと別のギョッとするような巨大な長いものが、すぐ目の前を横切って行った。太さは二十センチに近く、長さは五メートルもある錦蛇《にしきへび》であった。海中にこんな大蛇が棲んでいるはずはない。いずれはこれも人工のものにちがいないのだが、美女の巨花を背景に、青黒い水中を、ウロコをにぶい銀色に光らせて、大蛇がクネクネと身をよじらせながら、横切って行く光景は、やはり胸躍る妖異であった。

大蛇がその上を通りすぎるとき、巨大な人花は、五対の桃色の足をキューッと上にあげ、腰のところで二つに折れるほど曲げて、花がつぼんだ形になった。ネムの木の葉がつぼむように、或いは虫取りスミレがつぼむように、外部の刺戟に反応したのである。それを上から見ると、十本の足の先が、五つの顔を隠して、中心に集まり、五つのハート形のお尻が外輪《がいりん》となった桃色のつぼみの花であった。

蛇が底の方へくだって行くにつれて、そちらの人花も、同じつぼみの形になったが、やがて、大蛇が底深く闇の中へ姿を消すころには、つぼんだ人花が、元の通りに、パッと大きくひらくのであった。

影男は、二匹の人魚の手をはなれて、ニコヤカな五つの顔の花粉を慕う、黒い蜜蜂の姿で、その人花の中心に向かって、スーッと進んで行った。

透明マスクの五つの顔は、赤い唇と白い歯で花のように笑っていた。だが、その笑いが獲物を毒手《どくしゅ》におとし入れる誘惑であった。彼が五つの顔に近づくと、美女たちの十本の腕が、ヒトデの足のように伸びて、黒ビロードのからだを、四方から、がんじがらめに捉えてしまった。そして、五対の足が、キューッとつぼんで、彼のからだを花弁の中に包みこんでしまった。巨大な桃色の虫取りスミレとなった。獲物を包むヒトデの姿となった。

虫取りスミレもヒトデも、毒液を出して、獲物を殺した上、吸収してしまうのだが、この人花は毒液を分泌するわけではなかった。獲物は身動きも出来ぬほど、桃色の肉団に包まれているばかりだ。影男の顔は、透明マスクを隔てて、五つの顔の一つに接していた。眼前三寸の近さに、赤い唇が白い歯で笑っていた。愛情にうるんだ大きな眼が、じっとこちらを見つめていた。十本のはだかの腕は彼のからだを抱きしめ、十本の桃色の太腿が、彼のからだをしめつけていた。ムッとする暖かさであった。そして、彼は母の乳房にウトウトとまどろむ嬰児《えいじ》の心を味わっていた。

間もなく、彼は、つぼんだ人花の中で、真実の眠りについていた。人花の一つの手が彼のわきの下のボンベのネジを動かした。そこに何か仕掛けがあって、彼のマスクの中に送られる気体の質が一変し、麻酔の作用をしたのであろう。彼は海底の人肉の花の中で、前後不覚に寝入ってしまった。

彼はそのあいだも、極彩色《ごくさいしき》の甘美な阿片の夢を見つづけていた。カレイドスコープが、ガラッ、ガラッと転回して、あらゆる原色の色彩が彼の脳髄を一杯にしていた。

女体山脈

どれほどの時間がたったのか、ふと気がつくと、そこはもう海の底ではなくて、彼はまったく別の次元にはいっていた。そこに別の宇宙があった。

見渡すかぎりのふしぎな山であった。彼の理性はそれを否定したけれども、眼前の事実をどうすることもできなかった。麻酔の夢ではなくて、現実に山ばかりの世界がそこにあった。彼はそこが東京都内の地下であることを記憶していた。その地下に、見渡すかぎり果てしもない大洋があった。そして、今はまた、その地下に、見渡すかぎり山又山がつづいていた。夢ではない。彼は明らかに目覚めていた。夢でないとすれば、人智を絶した魔法である。さきほどの五十万円は、地底の魔術の国への入場料であった。

彼はやっぱりビロードのシャツを着ていた。それはもう濡れてはいなかったし、透明マスクもボンベも、いつのまにか取り去られていた。そして、何かしら柔らかいものの上に寝そべって、果知《はて》らぬ山の景色を眺めていた。

その山容《さんよう》はこの世のものではなかった。青い木は一本も生えていなかった。ただの禿山《はげやま》でもなかった。ゴチャゴチャとした、目まぐるしい陰影があり、全体におしろいでも塗ったような、ふしぎな山であった。その景色からは、むせ返るような脂粉《しふん》の香が立ちのぼっていた。そして、もっと不思議なことには、全山が絶えまなく、ウヨウヨとうごめいているかに感じられた。

目の前は、急な山裾《やますそ》になっていて、その底に彼は寝そべっていた。遠くの山容から、前の山裾に目を移すと、その山には無数の目と、無数の唇と、無数の手と足とがあることが、わかって来た。かすりのように点々として黒いものが見えるのは、女たちの髪の毛であった。顔の上に太腿が重なり、腕と腕とがもつれ、滑らかな恰好のよいお尻が、無数に露出していた。それは幾千幾万とも知れぬ裸女を積み重ねた、人肉の山であった。死体の山ではなかった。それは皆生きていた。生きて積み重なっていた。

影男は、やっとそれを気づいたとき、自然に口がポカンとひらいてしまった。そして、大きな口をあけたまま、痴呆のように、この圧倒的な人外境《じんがいきょう》の風景に見とれていた。

彼が寝そべっていた柔かい谷底が、やはり女体によって構成されていることがわかった。それは揺籃《ようらん》のように幽《かす》かにうごめいていた。暖かくて、脂粉の香に充ちていた。そこにも無数のにこやかな美しい顔が横たわっていた。地面全体が、花のような顔と、すべっこい桃色のからだとで、彼の方に笑いかけていた。

すぐ前の女体は大きく、顔もはっきりわかったが、山裾から彼の目が上の方へ移るにしたがって、顔は小さく見わけられなくなって、はては、一面に白っぽい女体のつらなりの中へ、溶けこんでいた。それが、遙か彼方の空に霞む山頂まで、無限につづいている光景は、言語に絶する壮観であり、むしろ神々しくさえあった。この世の裏を見つくした影男にも、東京の地下に、これほどの驚異が隠されていようとは、思いも及ばぬことであった。

地下に無限の大洋を拡げ、地下に無限の山脈をつらね、その山脈を女体によって築くとは！　その女体の数は幾千幾万を数えても、まだ足りぬことであろうが、いったいこれほどの女を、どこから狩り集めたのであろう。それらの地下の構成のすべては、古来のいかなる王侯《おうこう》の富を以てしても、遠く及ばぬところではないだろうか。今の世にあり得ないことだ。しかも、夢ではない。どんな魔法でも、これほどの驚異を生み出すことは出来ない。

彼はむせかえる女体の匂いに包まれ、うごめく豊満な肢体《したい》に接し、人肉の大海に漂う、ただ一人の男性であった。彼はピッタリ身についた黒ビロードの、バレリーナの軽快な姿で、女体の上に立ちあがり、女体のスロープを、山頂に向かって、のぼりはじめた。

足の下には、すべっこく柔らかい無数の曲面が連なっていた。乳房がふるえ、お尻が歪み、腿のあいだに危うく足がすべり、美しい頰や鼻さえも踏みつけたが、女体どもは痛さをこらえて沈黙していた。叫び声を立てるものは一人もなかった。

女体の数にして五、六人も登ったとき、予期せぬ異変が起こった。二つの女体が、ちょっと身動きしたかと思うと、そのあいだに細い溝《みぞ》が出来、彼の両足がその溝の中にはまった。それと同時に、その辺一帯の女体がグラグラとゆれて、溝はいよいよ大きく口をひらき、アッと思うまに、彼のからだは、人肉の底無し沼に没して行った。

女体の下に女体が、幾層にも重なり合っていた。下敷きの女体の苦しさが思いやられた。その女体の渦《うず》の暗い裂け目へ、影男の全身が徐々に沈んで行くのだ。前後、左右、上下のあらゆる面に、すべっこくて柔らかい曲面が連なっていた。男の黒ビロードのからだは、それらの曲面におしつぶされながら、底知れぬ深味へと吸いこまれて行った。女体の熱気と、脂粉と、芳香《ほうこう》と、甘い触感の底へ、深く深く吸いこまれて行った。

そのとき、全山をゆるがして、恐ろしいどよめきが起こった。幾千幾万の女体が、声をそろえて、なまめかしく笑い出したのだ。赤い唇の嬌笑が、大合唱となって、嶺《みね》から嶺へとこだまし、全世界が途方もない笑いの渦巻きに包まれて行った。

血笑記

影男は、再び失神したのであろう。それから幾ときが経過したのか、ふと目覚めると、そこに又、別の次元があった。別の夢の国があった。

そこは逢魔《おうま》が時《とき》の薄闇の国であった。女体山脈のつづきかと思われたが、必ずしもそうではなかった。彼はそのとき、柔らかくて暖かいスロープに、足を投げ出して、よりかかっていた。それはアームチェアでもソファーでもなく、なにかえたいの知れぬ巨大なクッションであった。

彼は立ち上がって、自分がもたれていたものを観察した。白い巨大な曲線が、うねっていた。急には、それがどういう形だか見当もつかなかった。それは一つの大きな部屋のように感じられたが、天井も壁も床もなく、それらのことごとくが、不思議な曲線と曲面に覆われていた。さきほどの連想からであろうか、じっと見ていると、それらの曲面が、阿片の夢に拡大された、巨大な裸女の肢体のように感じられた。天井から鍾乳洞《しょうにゅうどう》のように垂れさがっている無数のふくらみは、あれは乳房のむれであろうか。あれは巨大な腕、あれは巨大なわきの下、あれは座蒲団を二枚かさねた女の唇、彼が今までよりかかっていたのは、一人の巨大な裸女のうつぶせの寝姿であった。表面がゴム或いはビニールで覆われているらしく、滑らかで弾力があり、どういう仕掛けなのか、それには体温さえもあった。それが実物の十倍の偉大な体軀《たいく》を、うつぶせに横たえている。

彼はまた元の快適な位置に、足をなげ出した。彼の両側に巨大な大腿部があった。それを肘掛けにして、うしろのうず高い桃われの臀部《でんぶ》の小山に、ビロードの背中と頭とをもたせかけ、夕暮れの薄闇の中に適度の弾力と温度に包まれて、グッタリとしていた。

突然パッと正面の壁が明るくなった。どこからか舞台照明のライトが光を投げたのだ。正面の壁と云っても、そこもゴムかビニールの巨大なる曲面に覆われていた。すべてが女体のあらゆる部分を、漠然とかたどっているように見えた。

白いライトの中へ、全裸の若い男女が現われた。全身に化粧をほどこしているらしく、女のからだは絖《ぬめ》のように白く光り、男のからだは狐色につやつやと光っていた。二人とも腰に皮のバンドを巻き、それに、銀の柄《つか》、銀の鞘《さや》の短剣がさがっていた。

どこからか、かすかに管絃楽《かんげんがく》が聞こえて来た。男と女は左右にわかれて、舞踊にはいるポーズをとった。楽《がく》の音はだんだん音を大きくしながら、ゆるやかに、華やかに、かなでられ、それにつれて、男女の優美な舞踊が進行した。狐色と白との二つのからだは、或いは離れ、或いはだき合い、女体は男の頭上にささげられ、手をとってクルクルと引き廻され、しなやかに倒れ、男はその上にのしかかり、呪文《じゅもん》の手ぶりに、女はウットリと夢見る姿。やがて音楽は急調に転じ、女体は引き起こされ、狂暴に抱きしめられ、ふりほどいて突きはなされ、男は飛び上がり、女はうち倒れ、コマのように回転し、蛇のようにのたうち、もつれ合ってころげ廻り、女が風のように逃げ走れば、男は悪鬼のように追いすがる。

音楽が更に一転して狂気の様相を呈するや、二人は腰の短剣を抜きはなって、相対した。そして、一層狂暴な舞踊がつづき、二人のからだが、或いははなれ、或いは接するたびごとに、スーッと一《ひ》と筋《すじ》、また一と筋、狐色の皮膚にも、純白の皮膚にも、まっ赤な血潮の河が流れた。

見つめる影男は、この絶妙の趣向に手を打って感嘆した。これまでのあらゆる驚異に、ただ一つ欠けている色彩があった。それは深紅《しんく》の色であった。血の刺戟であった。今、その血が流されようとしているのだ。彼の心臓は、何物かから解きはなされたように、ドキドキと躍り出した。原始人の本能が、彼の体内に甦《よみがえ》り、胸一ぱいの快《かい》哉《さい》を絶叫していた。

音楽も踊りも狂暴の絶頂に達した。白い女体は、こけつまろびつ逃げ廻り、寸隙《すんげき》を見ては、疾風《しっぷう》のように男に飛びかかって行った。二本の短剣は空中に斬りむすび、稲妻のようにギラギラときらめき、男体、女体ともに、額にも、頬にも、肩にも、腕にも、乳房にも、腹にも、背にも、腰にも、尻にも、腿にも、全身のあらゆる箇所に、無数の赤い筋がつき、そこから流れ出す鮮やかな血潮が、舞踊につれて、或いは斜めに、或いは横に、或いは縦に、流れ流れて、美しい網目を作り、二人の全身を覆いつくしてしまった。

それほど狂暴な踊りにもかかわらず、男も女も嬉しそうに笑っていた。傷つけ、傷つけられることが、彼らにとっては最上の歓喜ででもあるように見えた。嬉々として逃げ走り、追いすがり、重なってころがり、抱き合って転々し、しかし、身動きのたびごとに、二人の傷はますますふえて行った。

もはや、顔もからだも一面の鮮血に濡れて、二人は巨大な紅《べに》ホーズキのように見えた。まっ赤に染まった男の顔、女の顔、それが笑っていた。さも楽しげに笑っていた。影男の眼前一尺に近づいて、シネマスコープの大写しになって、赤いよだれをたらしながら、狂笑した。赤き血の笑い。赤き血の舞踊。

ふと気づくと、女体の部屋全体が、ゆれうごいていた。影男のよりかかった巨女の臀部も太腿も生けるが如くふるえゆらめき、彼は両側の巨大な人肉に締めつけられ、おしつぶされるのではないかと疑った。

突如として、舞台照明さえも、深紅の光に変わった。まっ赤な中にうす白く見える二つの影が踊り狂った。二人の狂笑のデュエットが、部屋一ぱいに響きわたった。そして、ついに最後が来た。女が先に倒れ、しばらく物狂わしくうごめいていたが、やがて、動かなくなった。死体のように動かなくなった。男の赤い姿はその上に重なって倒れた。そして、二、三度起ち上がろうともがいたが、やはりグッタリとなって、彼も動かなくなってしまった。

二人の狂笑の余韻《よいん》も消えて、死の沈黙がおとずれた。舞台照明は消えて、真の闇となった。影男がよりかかっている巨女のからだも、もはや微動だもせず、あの温かった体温さえも、急激に冷却し、死人の肌のように冷たくなって行った。

「お客さま、いかがでした」

闇の中から、男の声が聞こえて来た。

「これでおしまいではありません。もっともっと恐ろしい趣向が残っているのです。しかし、その前に、ちょっとお話がしたいのです。お客さまもお疲れでしょう。あちらの部屋で、何か飲みものをさしあげながら、ゆっくりお話しいたしましょう。では、どうかこちらへ……」

影男は何者かに手をとられた。そして、相手の導くままに、人造女体の丘を踏みこえて、闇の中を、どことも知れず導かれて行った。

最後の売物

導かれたのは豪奢《ごうしゃ》な地底の客間であった。近代様式の明るい洋室。家具調度の類もアブストラクト風の最新様式のものが揃えてあった。影男はその長椅子の肘掛けに身をもたせて、最も安易な姿勢をとり、彼を導いた男は、その向こう側のアームチェアに、行儀よく腰かけた。全く露出光のない間接照明で、広い部屋がいぶし銀のように輝いていた。

その男は四十歳ぐらいに見えた。色白で、よく肥っていて、丸々した顔に、恰好のよいチョビ髭をたくわえていた。口もとが女のようにやさしくて、異常に赤い唇をしていた。太いけれど薄い眉の下の二重瞼《ふたえまぶた》の大きな目が、敏捷に動いた。意気な仕立てのダブルブレストの新しい服を着て、ブライヤのパイプを口から離さなかった。

そこへ、まっ赤な洋服を着た十五、六歳の可愛らしい少女が、いろいろ洋酒の瓶を並べた銀色の手押し車を押して、はいって来た。

「お好みのものをどうぞ。それからここにフィガロ煙草もございます」

影男は、云われるままに、エジプトの紙巻煙草をとり、少女のさし出すライターの火をつけた。それから、ブランデーをつがせて、二た口に飲み、お代わりを命じた。煙草も酒も極上の口あたりで、さきほどからの刺戟の連続に疲れ果てたからだが、シャンとするような快感を覚えた。

「お客様、いかがでございましたか、わたくしどもの趣向は？」

色白のチョビ髭の紳士は、西洋流のゼスチュアで、うやうやしくたずねた。

「すてきです。僕はめったに物に驚かぬ男ですが、今日は兜をぬぎました。ほんとにビックリしたのです。ところで、あなたが、ここのご主人ですか。それとも、社長さんというのですか」

影男は少し身を起こして、ブランデーのグラスをテーブルに置いた。

「まずそのような物です。名前はわざと申し上げません。お客さまのお名前も、伺わないことになっております」

「それはわかっています。しかし、この目くらましの秘密について、少しおたずねしてもいいでしょうか。東京の地下に、こんな恐ろしい別世界を現わすのは、いったいどこの国の幻術なのですか」

チョビ髭の男は、ニッコリ笑って、

「それを伺って安堵しました。あなたさまはひょっとしたら、目くらましの種を見破っていらっしゃるのではないかと心配しておりましたが……」

「やっぱり種があるのですね。僕は夢を見せられたのでも、催眠術にかかったのでもありませんね」

「種あかしは、かえって興ざめかもしれません。しかし、わたくしは、あれをごらん願ったあとで、必ずこの部屋で種あかしをすることにしております。まやかしの暴利をむさぼらないことを知っていただきたいからです。わたくしとしましては、いまごらん願ったものが、自慢なのですが、五十万円の売りものは、実はもっとほかにあるのです。これまでのまやかしの世界は、云わばお景物(注7)にすぎません。そのほんとうの売りものについては、あとでお話しいたします。その前に、わたくしの発明について、ちょっと自慢話をさせていただきたいのですが……」

「それは僕も望むところですよ。あれが夢ではなくて、現実だったとすれば、どうしても種明かしが聞きたい。それでこそ満足するわけです。どうか充分自慢話をして下さい」

影男は、かたわらの少女に、四はい目のブランデーをつがせて、また肘掛けによりかかり、ほとんど寝そべった形になって、相手のチョビ髭と赤い唇を見つめた。

「一《ひ》と口《くち》に申せばパノラマの原理です。お客さまは日本でも明治時代に流行したパノラマ館というものをご存じでしょうか」

「残念ながら見たことがありません。話に聞いているばかりです」

「実はわたくしも、大正生まれなので、明治時代のパノラマ館というものは見て居りません。物の本で読んでいるばかりです。それによりますと、十九世紀のフランス人が、あれを発明したのです。わたくしは偉大な発明の一つだと信じます。その発明者は、この現実の世界の中に、全く別の世界を創造しようといたしました。演劇、映画なども別の世界を目の前に見せてくれるものにちがいありませんが、舞台の額縁の中やスクリーンの上だけが別世界で、たとえ見物席を暗くしても、そこに現実世界が残っているのですから、「お芝居」とか「絵空《えそら》ごと」とかいう感じを払拭《ふっしょく》することができません。見物たちは心の隅で劇場なり映画館なりの見物席を意識しながら、舞台やスクリーンを見ているのです。そこに架空《かくう》と現実の混淆《こんこう》があり、純粋に架空のリアルに徹することが出来ません。そういう不純な現実面を完全に取りのぞいてしまおうとしたのが、パノラマ館の偉大な着想だったのです。

「パノラマ館はガス・タンクのような円形の建物でした。入口をはいると、暗いトンネルのような地下道があって、そこをくぐり抜けて、階段を上がると、われわれの目から、この東京という現実の世界が、まったく消えうせて、そこに別の一つの世界が出現します。地下道から階段を上がったところは、島のようになった狭い見物席です。そこが円形の建物の中心なのです。見物は暗い地下道を通っているあいだに、現実世界と絶縁《ぜつえん》します。そして階段を上がって、パッと眼界がひらけたとき、そこに広漠《こうばく》たる別の世界があるのです。東京の現実の町を無視して、見渡すかぎりの大平原や大海原があるのです。小さなパノラマ館の建物の中に無限の空が拡がり、遙かに地平線がつづいているのです。

「明治時代の日本のパノラマ館は、多くは満州などの戦争の景色を現わしていました。暗道を出て、パッと眼界がひらけると、そこに満州の広野が無限の彼方までひろがっていました。彼方の丘には敵の要塞があり、すぐ目の前には日本車の野砲の列、兵士が砲弾を運び、砲口は火を吹き煙を吐いています。それが敵の要塞に命中し、そこに火災がおこっています。日本軍の歩兵隊は、砲火の掩護《えんご》をうけて、要塞の丘に進軍し、敵兵団はこれを阻止しようと丘から駈けくだって、そこに白兵戦が起こっています。騎馬の指揮官は縦横にはせまわり、銃剣で刺される兵士、長剣で首をはねられ、その首が中天に舞い上がっている光景、岩石を吹きとばす地雷の爆発、空一面に炸裂《さくれつ》する敵味方の砲火、何千という軍人が、見物の目の前で凄惨《せいさん》な戦いをつづけているのです。

『小さな円形建物の中に、どうしてそんな大戦場が実現するのか。それには、パノラマ発明者の巧緻《こうち》なまやかしがあるのです。この光景のバックは円形建物の壁です。そこに真に迫った油絵の風景を描くのです。地平線から上の空は、建物の丸天井《まるてんじょう》につらなり、そこにも青空と雲とが描かれています。見物は、場内のどちらを向いても、地平線がつづいています。そして、頭の上には無限に見える大空がひろがっているのです。

「その頃は、まだ電燈照明を使うことがむずかしかったので、建物の天井に明かりとりの窓をあけなければなりません。その明かりとりのガラス窓を隠すために、見物席のすぐ上に、笠のような小屋根を作ったものです。見物にその小屋根の上は見えませんので、建物のドームの空を、少しの裂け目もない真実の大空と錯覚しました。

「戦場の数千人の軍人たちのうち、何十かが実物大の生き人形でした。生き人形というのも、今では見られなくなりましたが、明治時代には、それの名人がいたそうです。桐の木に細かい彫刻をして、胡粉《ごふん》を塗り、磨きをかけて、人肌そっくりの人形を作ったのです。ですから、パノラマ館の人物共は、ほんとうに生きているように見えたのです。地面にはほんとうの土を敷き、本物の樹木を植え、そこに生き人形の人物を配し、それと背景の油絵との境目を巧みにごまかして、絵にかいた人物も、やはり立体的な生き人形と差別がつかぬようにしたのです。本物の土と、油絵の土とが、そっくり同じに見える工夫をしたのです。この工夫によって、狭い円形建物の内部が無限の広野に見え、数十体の生き人形が、油絵の人物と混淆して、数千人の大軍団に見えたのです。

「わたくしは、書物によって、そういうパノラマ館の秘密を知りました。そして、このすばらしい原理を応用して、地底に無限の別世界を創造しようと考えたのです。世界のどこのパノラマ館にもなかったような、美の極致を実現したいと念願したのです。そして四年の歳月と一億の資金を費やして、それをなしとげました。わたくしは、密貿易によって、一億以上の資産を稼ぎためておりました。それをことごとく使いはたしたのです。

「これでもうおわかりでございましょう。……さきほど、あなたさまがごらんになった無限の大洋は、さし渡し十間あまりの円形パノラマにすぎなかったのです。地底に円形の空洞を作り、その円形の周囲と天井とに、巨大なカンバスを張りつめ、空と海との油絵を描かせたのです。あなたさまの頭の上に、小さな丸い屋根のあったことをご記憶でございましょう。あの上にすべての照明が隠されていたのです。明治時代とちがって、今は自由に電力を使うことができます。ガラス張りの明かりとりなどは少しも必要がないのです。

「むろん、背景の前には、ほんとうの水があります。しかし、それは小さな池にすぎないのです。一カ所だけ海底の谷間のような場所がこしらえてあって、そこに美人の花が咲いているのですが、そのほかは、ごく浅い池なのです。あの美人の花も、無数に咲いているように見えますけれども、ほんとうの人間の花は三つしかないのです。それより底の方にぼんやり見えていましたのは、ビニールの作りものにすぎません。あの部分には、水の中に隠れた照明があります。その照明の工夫によって、谷を無限に深く見せ、無数の花が咲いているように見せかけてあるのです。

「もう一つの美女ばかりで出来た山脈も、同じパノラマの原理によるものです。あの円形空洞のさしわたしは、実は七、八間しかありません。ほんとうの女は六十人にすぎないのです。あとはマネキン人形と、油絵です。その実物と絵との境目が、巧みにごまかしてありますので、数千数万の女体の山脈に見えるわけです。すべてパノラマの幻術にすぎません……いかがでしたでしょうか。こんなに種明かしをしてしまっては、折角の興がお醒めになったのではございませんでしょうか」

チョビ髭の社長は、映画俳優アドルフ・マンジュウを肥らせたような顔に、奇妙な微笑を浮かべて、長話を終わった。

「いや、興ざめどころですか。ますます感服しましたよ。僕は世間の表面に現われていない裏の秘密をいろいろ研究しているものですが、日本にあなたのような人がおられることは、少しも知りませんでした。地底のパノラマ国の王様というわけですね。いや驚きました。夢を作り、夢を売るご商売ですね。この世で最も贅沢なご商売ですね」

影男は真実に感嘆していた。この魅力あるチョビ髭の男と親友になりたいものだと思っていた。

「ここにひらいてから、まだ半年にしかなりませんが、あなたさまが十六人目のお客様でございます。ポン引き爺さんの言葉を信用して、五十万円を投げ出す方が、半年に十六人もあるというのは、わたくしにとっても、驚異でございました」

「それにしても、二つのパノラマに百人に近い娘が働いているわけでしょうが、どういうふうにしてお集めになったのです。並々の給料では引きとめておくことは出来ないでしょうが」

「そこにまた、わたくしどもの秘密があるのです。あれらには充分うまいものを食わせ、好きなようにさせていますが、この地下からは一歩も外へ出ることを許しません。親兄弟とも絶縁です。給料も払いません。いわば牢獄にとじこめられているわけですが、ふしぎなもので、最初はいやがっていますけれど、だんだん慣れるにしたがって、これほど楽しい仕事はないように感じてくるのですね。親を捨て、兄弟を捨て、恋人さえも捨てて、地下の住人になりきってしまうのです。もっとも、ここには何人かの若い男がおります。彼女たちを引きとめておくための餌《えさ》なのです。たくましく、美しく、あらゆる愛慾の技巧を会得《えとく》した不良青年どもです。一人で彼女たち五、六人を、なかには十人以上を、あやつっているものもあります。ですから、そういう青年は十五、六人で充分です。この青年どもは、わたくしの命令には絶対に服従する子分なのです」

「すると、その青年たちが、手分けをして、地上の娘を誘拐してくるというわけですね」

「アハハハハ、その辺はご想像におまかせいたします」

チョビ髭社長は、女のようなはにかみ笑いをして見せた。

「最後に見た血の踊りの男役も、そういう青年の一人なのですか」

「さようです。あれもなかなか美青年でございましょう」

「で、あの二人は、ほんとうに血を流したのですか。これもパノラマ式の目くらましだったのですか」

「いや、ほんとうに血を流しました。深く斬るわけではありませんから、命には別条はありませんが、あれだけの傷が癒《い》えるのには相当の日数が要ります。でも、あの二人は、傷つけたり、傷つけられたりすることが、芯から好きなのです。報酬によって、やっているのではございません」

社長はそこで言葉を切って奇妙な微笑を浮かべて、影男の顔を見た。そして、少し声を低くして、さも一大事をうちあけるような口調になった。

「さて、さきほど、ちょっと申しあげました最も大切なご相談になるのですが、あなたさまは、この女と一日でもいいから一緒になって見たいというような相手はおありになりませんか。あなたさまのお力で自由になる女ではいけません。非常に好きだけれどもどうしても手出しができないというような人です。大家《たいけ》の箱入り娘、頑固にはねつけているジャジャ馬女、或いはご友人の奥様、女社長、女学者、どんな地位の人でも、むずかしければ、むずかしいほど結構です。そういうお方を一人思い出していただきましょう。わたくしどもの秘密の手段によって、必ずここへ連れてまいります。そして、あなたさまのおぼしめしに叶うようにいたします」

影男は又してもど肝をぬかれた。チョビ髭社長の奥底の知れぬ悪党ぶりに驚嘆をあらたにした。

「なるほど、そこに五十万円のねうちがあるというわけですね。むろん誘拐でしょうね」

「誘拐にはちがいありませんが、決して手あらなことはいたしません。また、決して人に気づかれる心配もありません。そこが、わたくしどもの秘密の技術なのです」

「つまり、恋人誘拐引受け業ですか」

「さよう、恋人誘拐引受け業でございます。殺人請負業よりは、おだやかでもあり、色っぽくもございますね」

チョビ髭社長は、短い足を組み、腕を組んで、その右手でパイプを口に支えながら、ニヤニヤと笑った。

恋人誘拐業

影男にとっては、今まで見た驚くべき風景だけでも、むしろ廉《やす》いものに思われたのだが、チョビ髭紳士は、あんなものは景物にすぎない。五十万円は実はこの恋人誘拐の謝礼に引きあてるのだと、サーヴィスぶりを発揮する。

だが、相手が悪かった。名にし負う影男には、「高嶺《たかね》の花《はな》」なんていうものは無かった。彼の字引きには「不可能」という文字がないのだから、どんな女性だって、手に入れようと思えば、必ず手に入れる力を持っていた。又、事実手にも入れていた。彼はサルタンの後宮《こうきゅう》にも比すべき、数十人の恋人があった。電話一本で、いつでも馳せ参ずる美姫《びき》の群を所有していた。その中には、普通では絶対に近よることも出来ないような、高貴、高名の異性も幾人か混《まじ》っていた。

「恋人誘拐引受け業とは面白いですね。それなら五十万は実に廉いもんだ。どんなむずかしい相手でも、即座に誘拐して見せるというのですからね。折角ですが、僕にはその必要がない。僕は自分でやる方が面白い。そして、必ずやって見せる技術を持っているのです。だから、実際に誘拐して下さるには及びません。お話が伺いたい。あなたのやり方が聞きたい。それだけでいいのです。つまり五十万円の権利を放棄する代わりに、最も面白そうな実例を一、二お聞かせねがいたいというわけですよ」

影男の恬淡《てんたん》ぶりがチョビ髭紳士をびっくりさせた。彼は西洋流に両手を横に広げるゼスチャーをして見せて、

「これは驚きましたな。わたくしは、あなた様のお名前も存じあげませんが、それほどにおっしゃるところを見ますと、あなた様は、その道の大先達《だいせんだつ》でいらっしゃる。もうお話し申しあげるまでもありますまい。とっくにお察しでございましょう」

「なるほど、これはあなたの秘密かも知れませんね。秘密を喋ってしまっては、五十万円のねうちがなくなる」

「いや、いや、決して話しおしみするわけではございません。何事もあけすけに申し上げて、赤心《せきしん》を人の腹中《ふくちゅう》におくというのが、わたくしのやり方で、悪事はこれに限り

ますよ。コソコソと内証事をやるのは、謂わば素人《しろうと》でございますからね」

「えらい。やっぱり、あなたとは友達になりたい。どうです。友達になってくれますか」

「光栄の至りです。わたくしの方からお願いしたいと考えていたところでございます。先生、お手を、ね、お手を！」

二人は手を握りあった。チョビ髭の手は女のように白くて、きめがこまかくて、暖かかった。

「では、僕から云って見ましょうか。あなたの恋人誘拐の秘密を」

「エッ、あなた様から？」

「いや、具体的にではありません。その骨法《こっぽう》をですね」

「ハイ、伺いましょう。これは聞きものです」

「西洋にこういうお伽噺があります。万能の智恵者がありましてね。王様がお出しになる難題を、次々とやってのけるのです。まったく不可能なことをやって見せるのです。そこで王様は、ご自分がその上に寝ておられるベッドのシーツを一《ひ》と晩《ばん》のうちに盗み出して見よ、と仰せになった。すると、智恵者は、女官をグルにして、お台所でカレーのような黄色いドロドロの液体を作らせ、それをソッと王様のシーツの上に垂らさせておいたのです。王様は夜中に目をさまして、腰のあたりがベットリしているので、驚いてお調べになると、黄色いドロドロです。や、とんだしくじりをやった、臭い臭いと、鼻をつまんで、そのシーツを丸め、窓の外へほうり出された。智恵者は、それを拾って、翌朝、ハイ、この通りと、王様にお目にかけるというわけです。すべてこの手ですね。つまり、先方の弱点をつくのです。恋人誘拐の場合は、主として相手の好奇心に訴えるのです。こちらを主人公にしないで、先方を主人公にして、先方から謝礼さえ取れる場合もあるわけですね」

チョビ髭はこれを聞くと、ハタと膝を叩いた。

「いや、恐れいりました。それです、それです。先方を主人公にして、先方の好奇心に訴える。一つ一つの細かい手法はいろいろですが、帰するところは、それでございますよ。女優とか芸能人は、いくら有名な方でも、わけはありません。有名な方ほど好奇心が強いものですからね。グッと上流の家庭の奥様でも、箱入りのお嬢さまでも、好奇心の強い方は、なんとでも手段があります。苦手は好奇心の乏《とぼ》しいお方です。そういうお方は、この地底世界へおつれすることさえむずかしい。これには又、全く別の手段が要るのですが」

「その場合は、お客の男のほうに細工《さいく》をする」

「エッ、なんとおっしゃいました？」

「多分そうだろうと思ったのです。僕なら僕をですね。その女の人のご主人なり、恋人なりに化けさせる」

「いや、驚きました。あなた様はほんとうに、わたくしの親友です。カムレードです。さア、もう一度お手を、お手を」

チョビ髭の柔らかい手がギュッと握りしめて来た。豊満な女の手であった。彼はそのまま喋りはじめる。

「こういう例がございました。或る老年の高位高官のお方が、ご自分の年の三分の一の若い美しいお嬢さまと再婚なさったことがあります。ここへこられた或るお客さまが、その若い新婦を連れてこいとおっしゃるのです。有名な結婚式から一週間もたっていないのです。それに、新婦になられたお嬢さまというのが、実にしつけのよろしい、封建的な家庭に育ったお方で、ごくごく内気なお方だものですから、このご要求は難題中の難題でございました。

「わたくしは、仕方がないので、お客様に変装をしてもらいました。つまりその高位高官のご老人に化けていただいたのです。わたくし、変装術は多年研究しておりますす。特殊の化粧料、鬘《かつら》、つけひげの類は、ことごとく揃えております。それでもって、お客様をすっかり変装させたのです。そして、ここから地上世界へとつれ出しました。

「一方、高位高官のご老人を、有名な宗匠のお茶会に連れ出して、或る手段によって、夜更けまで引っぱっておいたのです。そして、ご老人になりすましたお客様を、その晩、お屋敷へ送りこみました。むろん表門からではありません、裏庭の塀のくぐり戸の錠をはずしておいて、そこから泥棒のように忍びこませたのです。

「これには数人の脇役が要ります。お屋敷の女中の一人も味方についていました。あらかじめ、ご老人とソックリの声で電話がかかり、「今夜はおそくなるから、若奥様は先にやすむように」と伝えてある。やすむ前のお茶に適量の眠り薬が入れてある。寝室にはボンヤリした枕電燈がついているだけです。ね、それでうまく行ったのですよ。お客さまはまたコッソリ、庭のくぐり戸から逃げ出しました。そのあとへ、本物のご老人がお帰りになったというわけです。

「エ、あとでバレたかとおっしゃるのですか。ところが、バレません。ちゃんとその心理が計算にはいっていたのです。内気《うちき》な、しつけのよい若奥様が、死んでも、そんなことを口外するものではありません。だまされっぱなしというわけです。若奥様には生涯の秘密が出来たわけです……。この世の裏側には、どんなことがあるか、わかったもんじゃございませんね」

チョビ髭は色白の顔を可愛らしくゆがめて、まっ赤な唇でニヤニヤと笑って見せた。

「何事も原理は簡単ですね。しかし、実行がむずかしい。一分一厘の狂いがあっても、大変なことになるのですからね。つまりは、まったく隙のない注意力と、才能ですね。あなたにはその才能がおありになる。やはり、天才を要する事業です」

「いや、おほめで恐れ入ります。まったくさようでございますね。大軍を指揮する注意力と才能が要ります。そこが楽しいところでございます」

「ここへは、女のお客はありませんか」

「一度だけございました。お金持の未亡人で、まだ四十に間のある美しいお方でした」

「その注文は？」

「有名な俳優とか芸能人は、いつでも思うままになるから珍しくないとおっしゃるのですね。角力《すもう》とり、スポーツ選手、大学生、そういうものは、なで斬りにしているような、おぞましいお方でございました。そして、おっしゃるには、位人臣《くらい》をきわめたお方に、一度逢って見たいとおっしゃるのです。つまり高官中の高官でございますね。

「ところが、女のお客さまの場合は、どんなむずかしそうなご注文でも、こちらとしましては、実にたやすいのです。つまり、相手を主人公にして、その好奇心をそそり、先方から望むように仕向ければ、もう百発百中でございますね。ちょうどあなたさまが、あの白ひげの爺さんの誘いに乗って、ここへお出でになったのと同じことです。適当な誘いてを使って、適当に誘惑すれば、偉い人であればあるほど、引っかかりやすいと申すものです。芸妓などが、素人の女には思いも及ばない有名な方を、なんなく物にするというのも、まあ同じ心理によるものでございましょう。その高官中の高官のお方も、或る宴席からの帰りがけ、酔いにまかせて、わたくしどもの婦人客の望みをかなえて下さいましたですよ」

地底王国の主人公、チョビ髭紳士は、万能の名医のように、柔和な顔、赤い唇に、おだやかな笑みをたたえて、じっと、こちらの顔を見つめるのであった。

蛇性の人

人生の裏側を探検することを生涯の事業とする影男にとって、地底パノラマ国の見聞《けんぶん》は最も楽しい経験の一つであった。彼はそこでは、いつものゆすりを行う気にもならず、地底の主人公のチョビ髭紳士と親交を約して別れをつげ、地上世界に立ち帰った。そして、速水荘吉となって、麹町の高級アパートにはいったが、すると、そこには幾つもの用件が待ちかまえていた中に、彼の恋人の一人である山際良子《やまぎわりょうこ》から、急用と見えて、頻々《ひんぴん》として彼に電話のあったことがわかった。

すぐに良子に電話をかけると、至急にお会いしたい。あなたの喜ぶことだ。今夜、一人の娘をつれてお邪魔するということであった。それまでに、ほかの緊急な用件をすませておいて、からだをあけて待っていると、約束の七時に、良子ともう一人の娘とが、やって来た。影男の速水は、二人をアパートの客間に請《しょう》じて、対座した。

良子は富裕家庭の有閑令嬢であった。S大学の大学院に籍を置いている二十四歳のインテリ娘だが、ふとしたことから影男の速水と知り合い、彼の崇拝者となり、恋人の一人となったもので、戦後型美貌の持ち主であった。

彼女がつれて来た娘は、富豪川波《かわなみ》家の小間使で、まだ二十《はたち》を越したばかりの、ういういしい、つつましやかな少女であった。二人の娘は長椅子にかけ、アームチェアの影男と相対した。

「この方《かた》、千代《ちよ》ちゃんて云うのよ。川波良斎《りょうさい》、ご存じでしょう。あすこの小間使なの。あたし、あることで知り合いになって、妹のように可愛がっているのよ。この人、今日おひるすぎに、あたしのところへ駈けつけて来て、警察へ届けたものでしょうか、どうしましょうって、泣き出すのよ。聞いて見ると、あなたの世界だわ、いつもあなたから頼まれている人世の裏側の、飛びきりの事件らしいわ。だから、警察へ云うのはあとまわしにして、連れて来たのよ。お聞きになるでしょう」

良子が小間使を引き合わせておいて、雄弁に説明した。

「それは、よく来てくれた。今夜は何も約束がないから、ゆっくり話が聞ける。川波さんのうちに、何かあったの？」

川波良斎という漢方医みたいな名の男は、戦後成金として世に知られていた。表面は製薬工場主だったが、裏面では何をやっているかわからなかった。長者番附の三十位までに入るほどの資産家だった。

「川波さんていう人、ご存じ？」

良子がたずねる。

「いや、名前しか知らない」

「千代ちゃんに聞くと、なんだか気味のわるい人よ、おそろしく執念深い、蛇みたいな人らしいのよ」

「金儲けの天才には、変わり者が多いね」

「それが並大抵じゃないらしいのよ。じっと見られると身がすくむような目をしているっていうし、うちの中を歩くのも、蛇のような感じで、足音がしないんですって」

「それで何かあったの？」

「なんだかゾーッとするようなことらしいのよ。千代ちゃん、お話ししてあげて」

小間使の千代は、それまで、うつむいていたが、呼びかけられて、ハッとしたように顔をあげた。青ざめた顔に、目だけがギラギラ光っている。

「奥さまが、行方不明になったんです。でも旦那様は、探そうともなさらないのです」

「奥さまって、どんな方《かた》？　幾つぐらい？」

良子が横合《よこあい》から口を入れる。

「お若いのですわ。山際さんぐらいに見えますわ、美しい、弱々しい方です。あたしどもにも、それは優しい方ですわ」

「まあ、あたしぐらいなの？　そんなに若いの？」

「旦那さまは、いつも奥さまを嫉妬していらっしゃいました。わたしどもにも、旦那さまのお留守中の奥さまのことを、うるさいほどお聞きになりますの。……ゆうべのことです。奥さまのところへ、篠田《しのだ》さんという男の方が来られました。奥さまより、ちょっと年上の若い方です。結婚前からのお友達らしいのです。旦那さまは、この篠田さんを、いちばん嫉妬していらっしゃいました。篠田さんの噂が出ると、旦那さまのお顔が変わるくらいでした。

「その篠田さんが、奥さまのお部屋にいらっしゃるときに、旦那さまが、そとからお帰りなすったのです。誰が来ているんだって、おたずねになったので、篠田さんですと申し上げると、玄関で旦那さまのお顔色がサッと変わりました。もう夜更けだったのです」

千代はおびえた目で、あたりを見廻したが、また喋りつづける。

「旦那さまは、そのまま、着更えもしないで、奥さまのお部屋へおはいりになりました。しばらくすると、コーヒーを持って来いとおっしゃって、さだ子さんが（あたしと同じ小間使ですの）お台所で作って持っていきました。旦那さまと、奥さまと、篠田さんの三人で、長いあいだ、何か話していらっしゃいました。お前たちはもう寝てもいいとおっしゃるので、わたしたち、やすんでしまいました。別に騒がしいようなことはありませんでした。何かあれば、わたしどもにわかるはずですもの。そして、朝起きて見ると、奥さまと篠田さんが、どっかへ行ってしまって、見えないのです。旦那さまにお聞きしますと、ちょっと旅行をしたのだとおっしゃるのですが、うちじゅうの誰に聞いても、お二人が出発されたことを知らないのです。みんな不思議がっていました。

「すると、けさ、妙なことがわかったのです。お屋敷の庭は五百坪もあるのですが、お座敷の前の庭が、裏手の方につづいて、その境目は狭くなっているのです。その境目の立ち木に、ずっと綱が幾重にも張ってあるのが見えました。裏の方にも綱が張ってあって、その中の裏庭へは誰もはいれないようになっているのです。旦那さまは、あの綱の中へはいってはいけないって、こわい顔をして、わたしどもにおっしゃいました。

「庭番の爺やに聞こうとしましたが、いつの間にか、いなくなっているのです。爺やはきのう、旦那さまのお云いつけで、箱根《はこね》の別荘の庭の手入れをするために、そちらへ行ったのだというのです。

「わたし、ふしぎでたまらないものですから、ソッと綱のところへ行って、向こうの方を覗こうとしました。でも、木が茂っていて、なにも見えないのです。そのとき、茂みの中に、サーッという音がしました。なんだか大きな蛇が、こちらへやってくるような気がしたんです」

千代はそこでちょっと言葉を切って、ソッとうしろを見た。その辺に怪しいものが隠れてでもいるような、恐怖のしぐさだった。

「すると、不意に、そこへ旦那さまの姿があらわれたのです。そして、じっとわたしを睨みつけていらっしゃるのです。そのお顔！　ほんとうに、人間の蛇のようでしたわ。何もおっしゃらないで、ジッとわたしの顔をみつめていらっしゃるのです。青ざめた顔に、目だけが兎のようにまっ赤でした。口が半分ひらいて、牙のような白い歯が出ていました」

「ご主人には、そんな牙のような歯があるの？」

「いいえ、そう見えたのです。ほんとうに牙があるわけではないのです。……わたし、魅入《みい》られたようになって、からだがしびれてしまって、声を立てようとしても出ないのです。しばらくそうしていました。旦那さまは何もおっしゃらないで、ただジーッと、こちらを見つめていらっしゃるばかりです。気がちがったのじゃないかと思いました。わたし、死にものぐるいで、やっと、あとじさりに歩くことができました。そして、母屋のほうへ駈け出したのです。

「それから、一時間もたったころ、わたしどもみんなが、お座敷へ呼ばれました。そこに蛇のような旦那さまが、坐っておいでになったのです。そして、今夜わたしは長い旅に出るから、お前たちみんな暇《ひま》をやる。夕方までに、ここを出て行くようにとおしゃって、それぞれお手当てを下さいました。ですから、みんなお暇をいただいたのです。わたしは、うちに帰る前に、山際さんのところへ行って、ご相談しました。警察へ届けたものでしょうか？　って」

「そういうわけなのよ」良子が引きとって、「それで、警察へ届ける前に、一応あなたのお耳に入れておく方がいいと思って」

「ほかの召使たちはどうだろう。誰かが警察へ行きやしなかっただろうか」

「いいえ、そういうことをした人はないと思います」千代が答える。「旦那さまの怖い姿を見たのは、わたしだけで、わたしは誰にもそのことを云わなかったのです。みんな、旦那さまが突飛なことをなさる癖は、よく知ってました。又はじまったぐらいに思っているのですわ。それにお手当てもたくさん出たものですから、誰も不服を云うものはなかったのです。みんな喜んで、うちへ帰っていますわ」

「店もあるだろうし、工場もあるんだろう？　そのほうは、どうしたのかしら？」

「よく知りませんけど、店や工場はそのままだろうと思います。両方とも主任のかたがいて、旦那がお留守でも、ちゃんとやって行けるのですもの」

「よし、わかった。あんたは、ともかくうちへお帰りなさい。君もひとまず引き上げてくれたまえ。あとは僕にまかせておけばいい。ア、それから、川波さんのうちの見取図をここへ書いておいて下さい」

影男の速水は、テーブルに紙をひろげて、千代に鉛筆を渡した。彼女が考え考え、見取図を書き終わると、速水は要所要所の質問をして、屋敷の模様を、すっかり頭に入れてしまった。

「これでよし。さア、僕は忙しくなるぞ。いろいろ準備が要るからね。じゃあ、二人とも、さようなら」

彼はニコニコして立ち上がった。千代が先に、良子はあとから、ドアを出たが、そのとき、影男は、千代に知られぬように、良子の腰に手を廻し、素早い接吻を交わすことを忘れなかった。

二つの首

その夜一時、川波家の庭園に、黒い影が動いていた。月も星もない、まっ暗な夜だった。黒い影は塀をのりこしたらしく、夜の木立のあいだをくぐって、裏の方へ廻って行った。そのものは、黒の覆面で頭部全体を覆い、二つの目と口のところだけに、穴があいていた。からだには、ピッタリくっついた黒のシャツと、ズボン下を着て、黒い手袋、黒い靴下、黒い靴をはいていた。いうまでもなく、闇夜の保護色を装った影男である。

　庭園には大小の樹木が森のように茂っていた。二カ所ほど常夜燈がついているけれど、木の葉にさまたげられて、遠くまで光は届かない。黒い影は、その闇の中を、忍術使いのように、チロチロと消えたり現われたりしながら、綱をめぐらした裏庭へ、はいって行った。

　裏庭には、樹木にかこまれた十坪ほどの空地があった。

　この辺は座敷から見えないので、手入れが行き届かないのか、一面に雑草が生えていた。

　影男は一本の太い木の幹にかくれて、その雑草の空き地をじっと見つめた。常夜燈の光はほとんど届かないが、目が慣れるにしたがって、曇り空にもほの明かりがあるので、地面が見わけられるようになって来た。

　そこに生えているのは、二、三寸の短い雑草ばかりだったが、その平らな空地に、二つの丸い大きな石ころが、ころがっていた。よく見ていると、その石ころが、生きもののように、かすかに動いていることがわかった。

　影男は木の蔭にしゃがんで、二つの石ころに目を凝《こ》らした。石ころには目と鼻と口とがあった。一つは男の顔、一つは女の顔をしていた。男のほうはモジャモジャに乱れた髪の下に、濃い眉と、大きな目と、彫刻のような鼻と、くいしばった口があった。女の方は、カールの髪が乱れて、顔にかかっていた。ゾッとするほど美しい顔だった。闇の中にも、彼女の顔だけが、白く浮き出しているように見えた。

二つの首は一間《けん》ほどへだたって向かいあっていた。男は二十七、八歳、女は二十四、五歳であろうか、夜目のためにそう見えるのか、珍しいほどの美男美女だった。不思議な地上の獄門であった。切断された二つの首が、そこにさらしものになっているのかと思われた。だが、それにしては、かすかにうごめいているのは、なぜであろう。胴体から切り離されても、残る執念のために、まだ死にきれないでいるのだろうか。

二つの首は、向き合って、お互いの顔をじっと見つめているように見えた。何か物云いたげであった。しかし、双方とも口は利けなかった。四つの目は千万無量《せんまんむりょう》の意味をこめて、見つめ合っていた。

影男は、上半身を前に出して、二つの首と地面との境を凝視した。首のまわりには草が生えていない。地面が露出している。首と土との境目は、どうも切断された切り口のようには感じられなかった。血も流れているようではなかった。

ああ、なんという残酷な刑罰だ！　さすがの影男も、その着想の無惨さに、愕然《がくぜん》とした。それは生き埋めであった。そうとしか考えられなかった。姦夫《かんぷ》姦婦《かんぷ》をはだかにして、庭にうずめたのだ。そして、首だけを地上に残して、お互いに眺め合えるようにして、彼らの恐怖を最長限に引き延ばそうとしたのだ。

だが、彼らは、なぜ叫ばないのであろう。いくら広い庭内と云っても、大声を立てれば附近の家や道路に聞こえないこともなかろう。そして、誰かが救い出してくれるかも知れないのだ。それを、あんなにだまりこんでいるのは？　ああ、わかった、そとからは見えぬが、口の中に布《きれ》か何かが、丸めて押しこんであるのだろう。それを吐き出す力がなくて、口が利けないのであろう。

影男は今にも木蔭から飛び出していって、地面を掘りおこし、二人を助けようとした。そして、一歩踏み出そうとしたとき、向こうの茂みが、サーッと音を立てた。風ではない。大きな蛇のようなものが、近づいて来る音だ。小間使千代の言葉を思い出した。蛇ではない。この邸の主人川波良斎が、深夜仇敵《きゅうてき》をこらしめるために、忍びよって来たのにちがいない。

かき分けられた茂みに、薄黒い人の姿が現われた。茶っぽいネルの寝間着を着た四十男だ。影男は、素早く木の幹に隠れたし、闇の保護色に包まれているので、相手は少しも気づかない。彼はノソノソと二つの首に近づいて来た。見ると、手に妙なものを持っている。大きな鎌だ。もう一つは大きな草刈り鋏《ばさみ》だ。鎌は普通の倍もあるような巨大なもので、その研ぎすました半月形の刃が、闇の中でも白く光っている。草刈り鋏の方も、それに劣らぬ大きさで、長い木の柄がつき、二つに割れた鋏の先が、二本の出刃《でば》庖丁《ぼうちょう》のように光っている。

こいつは気ちがいだ。妻の不義に目がくらんで、気がちがったのだ。あの鎌と鋏で、地上に生えた二つの首を、草でも刈るように、ちょん切るつもりかも知れない。

しかし、すぐには斬らなかった。余り早くやっては、もったいないという様子で、二つの光る道具を見せびらかしながら、首と首との中間に、うずくまった。

「ウフフフフ」

気味のわるい笑い声が、蛇のように地面を這って行った。

「これを見たかね」

そういって、二つの首斬り道具をガチャガチャといわせた。三本の青白い刃が草の上にきらめいた。

「だが、まだ殺さない。おれの恨みは、もっと深いのだ。きさまたち、ここへうずめられるときには、気を失っていた。ゆうべ女中が持って来たコーヒーに、おれがソッと眠り薬を入れておいたからだ。きさまたちには、おれがここへ穴を掘って一人ずつうずめてしまうまで、グッタリとして、何も知らないでいた。気がつくと、からだ全体が、重い冷たい土で、しめつけられているのを知って、驚いただろう。目の前に恋人の首がある。エ、きさまたち恋人だからね。主人の目を盗んで、ちちくり合った恋人同士だからね。お互いの顔がよく見えるようにしておいてやった。そうすれば、きさまたちの怖さ苦しさが二倍になるのだ。ウフフフフフ、ざまあ見るがいい。なんて恰好だ。きさまたち、可哀そうに、首だけになっちまったじゃないか」

復讐鬼《ふくしゅうき》は蛇のように、自分の頸をニューッとのばして、男の首の前に近づけた。顔と顔とが三寸の近さで睨み合った。

「ヤイ、なんとか云えッ！　その目はなんだ。くやしいのか。口をモグモグやってるな。おれの猿轡《さるぐつわ》は、そんなことで取れるものじゃないぞ。コラ、よくも、おれの目を盗んで、おれの命から二番目の女を横取りしやがったな。畜生ッ、思い知ったかッ！」

彼はいきなり立ち上がると、下駄ばきの足で、ゴツン、ゴツン、と男の首の額のあたりを蹴りつけた。逃げることも、叫ぶことも出来ない植物のような首は、ただ目をつむって歯を食いしばっていた。おそらく皮膚が破れて、血が流れたことであろう。額から頬にかけて、一面に黒くなっているのが、かすかに眺められた。

狂人川波は次に女の首に近づいた。やっぱり蛇のように不気味に頸をのばして、顔と顔とが、くっつくばかりにした。

それを、うしろから、半面黒あざになった男の首が睨んでいた。今は目を飛び出すほどもひらいて、憎悪に燃えて睨んでいた。その眼球が血を吹いて、サッと川波の頸筋へ飛びついて行くかと怪しまれた。

「やい、美与子《みよこ》、虫も殺さぬ顔をしてやがって、よくもおれを裏切ったな。昔から云う憎さが百倍というやつだ。もう未練はない。ちっともないぞ。ウフ、泣いてるな。まるで、噴水のように涙が湧き出るぞ、いい気味だ。やい、その目はなんだ。今さら哀願するのか、おれに媚《こび》を売るのか。売女《ばいた》め、ウン、きさまが泣くと可愛い顔になる。どうだ、接吻《せっぷん》してやろうか。そこにいる男の目の前で、熱烈な接吻というのをしてやろうか。きさま、それに応《こた》えるか」

狂人の顔が女の首に密着した。両手をついて、地面に腹這いになって、ほんとうに巨大な蛇の恰好で、女の唇をむさぼった。唇と唇とがヌメヌメと交錯した。

「フフン、やっぱり媚びてやあがる。唇でおれをごまかそうとしてやあがる。それほどいのちが惜しいのか」うしろをふりむいて「オイ、篠田、見たか。この女はおれに接吻を返したぞ。唇で、ほんとにおれが好きだったと云っているぞ。ざまあ見ろ。

女ってこんなもんだ。だが、お気の毒だが、そのくらいのことで、おれの虫は納まらないぞ。殺してやるのだ。二人とも存分にいじめた上で、殺してやる。鎌と鋏で、雑草のように、その首を刈りとってやる。そして、二つの首は離ればなれに地中深くうずめて、その上からコンクリートを流してやる。コンクリートの池を造るのだ。きさまたちの首は、池の下で、蛆虫《うじむし》にくわれるのだ」

狂人はそれだけ喋ると、いくらか虫が納まったのか、しばらくだまりこんでいたが、ゆっくりと立ち上がった。そして、そこにほうり出してあった大鎌を拾いとった。曇り空の薄明かりが、巨大な鎌を揮《ふる》う死神の姿を映し出した。刃わたり二尺もある大鎌が、あの研ぎすました刃が、青白くきらめき渡った。狂人はそれを縦横に振り廻しているのだ。振り廻すたびに、風を切る音がピューンと物凄く聞こえ、鎌の刃はプロペラのように輝いた。

蜘蛛《くも》の糸

「さア、覚悟をしろ。いま貴様たちの首を、この鎌でチョン斬ってやるからな。ワハハハハ、首が宙に舞い上がるぞ。サーッと血の噴水だぞ。どっちを先にチョン斬ろうかな。篠田！　貴様だッ。美与子はよく見ていろ。お前の大好きな男の首が、宙に飛ぶんだ。それから、それから、ゆっくりと、お前の方を料理してやるからな」

執念の鬼と化した川波良斎は夢中に毒口を叩きながら、大鎌をクルクルと頭上にふりまわした。その巨大な刃が、遠くの常夜燈のにぶい光を受けて、キラキラと物凄くきらめいた。

そのとき、あわや大鎌が篠田青年の首に向かってふりおろされるかと見えたとき、とほうもない奇怪事がおこった。

大鎌が良斎の手をはなれて、フワフワと宙に浮いたのである。まるで生あるもののように、闇の大空に向かって、スーッと昇天したのである。

良斎はびっくりして、両手をひろげて、大鎌に飛びつこうとしたけれど、及ばなかった。鎌はあざ笑うように、ヒョイヒョイと空中に躍った。「ここまでおいで」と、気ちがい良斎をばかにした。

神が残虐殺人者を罰しているのかも知れない。広い庭園の木立に包まれた空き地、空には星もない闇夜、遠くの常夜燈のほのあかりの中に奇蹟がおこったのだ。しかし、気ちがい良斎には神を恐れる心もなかった。妻を奪われた復讐にこりかたまり、恐れを感じている余裕さえないように見えた。彼は昇天する鎌はあきらめて、地上に投げ出してあった第二の武器を取ろうとした。巨大な草刈り鋏を取ろうとした。

するると、不思議、不思議、その草刈り鋏がまた、ヒョイヒョイと躍り出したのである。躍りながら、スーッと空中にのぼって行く。

「畜生め、畜生め！」

良斎は呪いの叫び声を発した。踊り上がった。草刈り鋏をつかもうとして、気ちがい踊りを踊った。だが、空中の大鋏は、キラキラ光る二枚の刃を、チョキンチョキンと動かしながら、あざ笑っている。空中を左右に浮游《ふゆう》して、今にも手が届きそうになると、ヒョイと飛び上がる。また下がって来て、スーッと昇天する。

気ちがい良斎の気ちがい踊りが、はてしなくつづいた。地上の二つの首も、この不思議な光景を、驚きの目で見つめていた。

やがて、大鎌も草刈り鋏も、思う存分良斎をからかったあとで、ついに闇の空中に消え去ってしまった。良斎は地上に尻餅をついて、グッタリとなっていた。気ちがい踊りに疲れはてたのだ。

すると、そのとき、またしても、不思議なことがおこった。闇の木立の中に、一匹の巨大な蜘蛛が現われたのだ。

全身まっ黒で、目と口のところだけ三角の小さな穴があいている。手足は四本しかない。そいつが立ち上がって、歩いているのだ。手から黒い糸がくり出される。お尻ではなくて、手の中から蜘蛛の糸が出る。その糸で、気ちがい良斎のからだを、グルグルまきつけているのだ。

良斎は尻餅をついたまま、ぼんやりしていたので、闇の中の黒い怪物を見わけることが出来なかった。二本足で立ち上がった巨大な蜘蛛が、彼のまわりをグルグル廻っているのを、少しも気づかなかった。

そのうちに、良斎のからだが、グイグイと、一方の大きな木の幹の方へ、引っぱられて行った。黒い絹糸のようなもので、彼のからだを十重《とえ》二十重《はたえ》にまきつけて、それで木の幹の方へ引っぱられるので、痛さに、知らず知らず、ジリジリとその方へいざって行く。そして、ついには、太い幹にしばりつけられた恰好になってしまった。

巨大な蜘蛛と見えたのは、全身まっ黒な衣裳をつけ、頭部も黒覆面で包んだ影男であった。彼は川波の邸に忍びこんで、二つの首の怪事を見ると、すべての事情を察して、闇の木陰にかくれていた。そこへ気ちがい良斎が大鎌と草刈り鋏を持って現われたのだ。影男はその大鎌と草刈り鋏の柄に、ソッと黒い絹糸を結びつけておいて、その糸玉を持って、そばの大木の上によじのぼり、その上から、絹糸で二つの武器を吊り上げたのだ。

強くて太い絹糸にはさまざまの用途がある。影男は隠形術七つ道具の一つとして、長い糸玉を、いつも身につけていた。それが、この暗中奇術の役に立ったのである。彼は二つの首斬り道具を、樹上に隠してしまうと、スルスルと幹を伝い降りて、今度は絹糸の玉を持って、尻餅をついている良斎のまわりを、グルグル廻りはじめた。そして、良斎のからだに絹糸を捲きつけ、それを木の幹の方へグイグイと引きしめて、とうとう幹にしばりつけてしまった。

「ワハハハ、どうです、この蜘蛛の糸は、絹糸でも何十回と捲きつければ丈夫なものですよ。川波さん、もうあきらめるんですね。二人を助けてやりなさい。土埋めにして、これだけ苦しめたら、もう充分ですよ」

影男は、そのまっ黒な姿で、良斎の前に立ちはだかっていた。

闇の中の黒坊主だから、なかなか見わけられない。しかし、そいつが人間の声で喋ったので、良斎にもやっと事情がわかって来た。

「き、きさまは、いったい、何者だッ」

気ちがいの声でどなりつける。

「あんたとは一度も会ったことはない。見ず知らずの他人だが、これはほうっておけなかった。いくら不義を働いたからと云って、あんまり可哀そうですよ。まあ助けてやることにしましょう。それについてね、あんたに相談があるんだが、この二人に当座の小遣いと、僕に口止め料がいただきたい。あんたの小切手帳と実印のあるところを教えて下さい。僕が取って来ますよ」

「いやだ。貴様などに金をやるような義理はないッ」

良斎は、まだ自由になっている両手を、むやみにふりまわして、どなり返した。

「義理はないかも知れないが、そうしないと、あんたの身の破滅なんだ。わかりませんか。若《も》し小切手帳のありかを教えなければ、僕はこのまま警察へ届けますよ。そうすれば、あんたは殺人未遂罪だ。とらわれの身となるんだ。川波良斎が捕縛《ほばく》されたとなれば、世間は大騒ぎですよ。そして、あんたの信用はゼロになって、商売も何も出来なくなる。どうです。それでも構いませんか。それよりも有り余る財産を少しばかり減らした方が得じゃありませんかね。よく考えてごらんなさい」

復讐の鬼となった気ちがい良斎でも、利害の観念は失っていなかった。しばらくだまりこんで考えていたが、

「わかった。すると、君は今夜のことは誰にも云わないと云うんだね」

と、念をおした。

「もちろんですよ。小切手帳に適当な金額さえ書いて下さればね。さア、小切手帳の

ありかです」

「小切手帳も実印も、書斎の金庫の中だ」

「書斎は知ってます。で、金庫の暗号は？」

「み、よ、こ、だ」

「み、よ、こ、ああ、ここに埋められているあんたの奥さんの名ですね。それほど愛していたのですね。いや、無理はない。無理はないが、これほどにすることはないでしょう。それに、この二人を殺せば、いつかは発覚する。あんた自身が死刑にされる。そんなばかな取り引きはおよしなさい。日がたてば忘れますよ。奥さんは好きな男にやってしまいなさい。あんたの金力なら、かわりの女は思うままじゃありませんか。では、しばらく待っていて下さい。縄をかけさせてもらいますよ。絹糸だけでは、逃げられる心配がありますからね」

　影男はどこからか、一本の細引きを取り出して、良斎を厳重に木の幹にしばりつけ、両手も動かないようにしてしまった。そして、すばやく、闇の中へ消えて行ったが、しばらくすると、いろいろな物をかかえて戻って来た。埋められている二人の衣類、シャベル、それからポケットに小切手帳と実印と万年筆。衣類とシャベルを地上に置くと、良斎の縄を少しゆるめて、両手を自由にしてやった上で、懐中電燈を照らしながら、小切手帳と万年筆を、突きつけた。

「僕が代筆をしてもいいが、やっぱり、あんた自身で書く方が安心でしょう。洗いざらい貰おうと云いません。あんたの財産のホンの何十分の一でいいのですよ。今、金庫の中の当座預金通帳を見て来たが、五百万円余り残ってますね。そのうちの二百万円でよろしい。この二人に百万円、僕に百万円です。安いものでしょう」

良斎は小切手帳を手に取ろうともせず、だまっている。

「アハハハハハ、二百万円が惜しいのですか。それとも、この二人の命を助けた上、金までやるのが口惜しいというのですか。だが、よく考えてごらんなさい。この二人は生活能力がないのです。このままほうり出したら、やけになってあんたを警察に訴えるかも知れない。その口ふさぎですよ。楽な生活が出来れば、恨みも忘れようというものです。これもみんなあんた自身の安全をはかるためだ。そう思えば安いもんじゃありませんか。さア、署名をして下さい。金額は二百万円です」

良斎は金儲けの達人だから、利害の打算《ださん》は早かった。云われて見れば、結局その方が得だと考えたのであろう。しぶしぶ小切手帳を手に取ると、金額を書き入れ、署名をした。

影男は、それに捺印して、その一枚を切り取ると、実印と小切手帳と万年筆を良斎

のふところにねじこみ、また細引きを厳重に縛りなおして、身動きもできないように
した上、手拭いを取り出して、猿轡まではめてしまった。
「このうち百万円は、たしかに二人に渡します。そして、今夜のことは水に流すよう
に申しつけます。決してご心配には及びません」
　影男はそれから、シャベルをふるって、土を掘りはじめた。そして、三十分あまり
で、はだかの二人を土の中から救い出すことが出来た。二人がからだをふいて、そこ
に置いてあった服を着おわり、いよいよ立ち去ろうとするとき影男は、良斎にこう云
いのこした。
「じゃ、二人は僕が引きうけました。どこかに住まいを見つけて、百万円を渡し、当
分楽に暮らせるようにしてやります。あんたは、しばらく、そうして我慢していて下
さい。あす銀行から、この二百万円を引き出したあとで、誰かをここへよこします。
この者があんたの縄を解いてくれるでしょう。そのとき、泥棒がはいって、しばられ
たと嘘を云うのですよ。そうしないと、かえってあんたが不利になる。わかりました
ね。あすの午前までの辛抱です。じゃ、さよなら」
　そして、まっ黒な怪物は、篠田青年と美与子を引きつれて、闇の中を、いずことも
なく消えて行った。

小男の来訪

影男は約束をたがえなかった。その翌日午前十時、一人の浮浪者のような男が、川波家の庭にはいって来て、縄を解いてくれた。

「君はゆうべの男の手下かね」

猿轡がとれたとき、良斎の口から最初に出た言葉はそれであった。

「手下だって？　僕はそんなもんじゃありませんよ。この先の銀行の前で日なたぼっこをしていると、変なやつが来て、五百円くれたんです。このうちへ行って、門はいたままになっているから、裏庭に行くと、寝間着を着たここのうちの旦那が、木にしばられているから、縄を解いてやれっていうんです。そうすりゃ、たんまりお礼がもらえるからってね。それで、やって来たんですよ」

良斎は立ち上がって苦笑いをした。あの黒い蜘蛛みたいな男は何者だろう。なんて抜け目のないやつだ。

「そうか。そりゃありがとう。じゃ、こっちへ来たまえ。お礼をあげるから」

良斎は家にはいって、数枚の紙幣を持って来て、男に与えた。愚かものらしいその男は、深くも疑わず、それ以上の慾も出さないで、そのまま帰って行った。

それから数日のあいだ、良斎は悶々《もんもん》として楽しまぬ日を送った。雇い人を全部追い出してしまったので、会社に電話をかけて、家政婦を二人よこすように命じ、やっと食事にありついたが、気分がわるいからと云って、会社へも工場へも行かなかった。客もみな断わって、一間《ひとま》にとじこもり、酒ばかり飲んでいた。

すると、五日ほどたった或る日、取引き銀行の支店長が訪ねて来た。折り入ってお話があるというので、利害関係のあることだから、追い帰すわけにもいかず、応接間に通させておいて、行って見ると、見も知らぬ小男が、大きなアームチェアにチョコンと腰かけていた。

「あなたは？　……支店長が替わられたのですか」

良斎が不審顔に訊《たず》ねると、小男は椅子から立って、ニヤニヤ笑いながら、おじぎをした。

「非常に重大な用件で伺ったのです。じつは私はこういうものです」

と云って、名刺をさし出した。受け取って見ると、それにはギョッとするような肩書きが印刷してあった。

殺人請負会社専務取締役
須　原　正

読者はご存じの名前である。いつか影男が人工底なし沼の殺人技術を教えてやった、あの殺人会社の須原正であった。しかし、良斎はそういう不思議な会社の存在をまったく知らなかったので、こいつ精神病者ではないかと、びっくりして相手の顔を見つめた。

「いや、お驚きはごもっともです。いきなりこんな物騒《ぶっそう》な名刺を誰にでも出すわけじゃありません。銀行支店長の名を騙《かた》ったりして、あなたに追い帰されては困ると思いましてね。その予防策に、ちょっとお驚かせしたのです。しかし、この名刺はでたらめじゃありません。わたしは、こういう会社を経営しておるのです。多分あなたは、こんな事業に興味をお持ちになると思いますが……」

小男の須原は、いつかと同じ黒い服を着ていた。猿のような顔をした風采《ふうさい》のあがらぬ男だ。その猿の顔でニヤニヤ笑いながら云うのである。

「殺人請負会社というのは、つまり人殺しを引き受ける会社という意味ですか」

良斎はあきれた顔で聞き返した。ズバリとそんな名刺を出した大胆不敵さに、まだ納得が出来ないのだ。

「そうです。料金をいただいて、人殺しを請け負うというわけですよ」

ますます恐ろしいことを云う。やっぱり気ちがいではないのかしら。

「で、わたしがそういう会社に興味を持っているというのは？」

良斎はむずかしい顔をして、相手を睨みつけた。

「アハハハハ、それはもう、蛇《じゃ》の道はへびですよ。わたしは五日ばかり前の晩の、このお庭での出来事を、何もかも知っているのです。だからこそ、お伺いしたのですよ」

良斎は今度こそ、ほんとうにギョッとして、思わず顔色が変わった。しかし、さりげなく、

「ここの庭で、どんな事があったというのです？」

「いや、お隠しになることはありません。わたしはすっかり知っているのです。それに、他人に漏らすようなことは決してありません。わたしの会社としては、だいじな

財源ですからね。あなたは大きなお得意さまになられる方ですからね。しかし、ただこう申しても、ご信用がないかも知れません。では、わたしがどれほど知っているかということをお話しいたしましょう。

「あなたは奥さんと、奥さんの情人とを、庭の土の中へ生き埋めになさった。そして、首だけを土の上に出しておいて大きな鎌で、その二つの首を刈り取ろうとなすった。ところが、そこへ不思議な人物が現われた。黒い覆面をして、まっ黒なシャツのようなものを着たやつです。あなたはそいつに縛られてしまった。そいつは土に埋められていた二人を助け出して、どこかへ連れ去ってしまった。どうです。これだけ云えば、もうご信用下さるでしょうね」

良斎はそう云われても、まだ相手を信用する気になれなかったので、だまっていた。小男須原は喋りつづける。

「もう一つ、わたしはあなたのご存知ないことまで知っています。それは、あのとき、あなたをひどい目にあわせたまっ黒な怪物の正体です……」

「エッ、君はそれを知っているのですか？」

良斎は思わず聞き返した。須原は相手の驚きを見て、それ見たことかと、一層落ちつきはらって、

「あれは恐ろしい男です。名前も五つも六つも持っていて変幻自在《へんげんじざい》の奇術師です。自分では悪事を働きませんが、犯罪者をゆすって、その上前をはねるという、凄い男です。つまり世の中の裏側を探検して、莫大な金をもうけ、またそれを材料にして、一つの変名で小説まで書いているのです。まず天才でしょうかね。実はわたしの会社も、あの男の智恵を借りて仕事をしたことがあるのです。ちょっと残酷な復讐殺人でしたがね。あの男はその案を授けておきながら、こんな残酷なことはいやだと云って、われわれから離れて行きました。惜しいことに、真の悪人ではないのですね。しかし、われわれの会社としては、いろいろな意味で注意すべき人物ですから、できるだけ彼の情報を手に入れる努力をしているのです。あなたの事件に、彼が関係したことは、そういうわけで、われわれも知っているのですよ」

須原は何もかも正直にぶちまけて語ったが、むろんそれは、彼が善人だからではない。真の悪人というものは、この人ならば大丈夫という見通しをつけた場合は、まるでお人よしのように、隠しだてをしないものだ。こういう話し方をするからには、彼は川波良斎が、必ず会社の依頼人になるという確信を持っていたにちがいないのである。

良斎も商売上の取り引きにかけては、わかりの早いのを自慢にしているほどの男だから、ここまで聞けば、もう躊躇することはないと思った。須原という猿面《さるめん》の小男は、見かけによらぬ大胆不敵な悪党で、信頼するに足るという感じがして来た。

「それで、君が今日、わたしを訪ねて下さった意味は？」

わかり切ったことを、わざと訊ねて見た。

「この際、殺人請負業者にご用がおありだと思いましてね」

相手もすましている。

「そんなに易々《やすやす》とやれますか」

「相手によって、むろん難易《なんい》はあります。しかし、わたしどもの会社は、いまだかつて、途中で手を引いたことはありません。必ずなしとげるのです。しくじれば、われわれ自身のいのちにかかわるのですからね。また、万一われわれが逮捕《たいほ》せられるようなことがありましても、そして、たとえ死刑の宣告を受けようとも、決して依頼人の名は出しません。その保証がなければ、この商売は成りたちません。大枚の報酬をいただくのですから、それは当然のことですよ」

「大枚の報酬というのは、いったいどれほど……」

良斎は何気なく訊ねたが、その目に真剣な色がチラッときらめいた。

「それも場合によります。仕事の難易と依頼者の資産から割り出すのです」

「すると、わたしの場合は？」

たとえドアのそとで、家政婦が立ち聞きしていたとしても、二人の声は決して聞きとれないほどの低さであった。

「篠田ですか、美与子夫人ですか」

「両方です。そのほかにもう一人あります」

「あのまっ黒な怪物ですか」

「そうです。あいつは、いったい、なんという名前なんです」

「わたしにもわかりません。わたしが会ったときには佐川春泥という小説の方のペンネームを使っていましたが、その他に速水荘吉、鮎沢賢一郎、綿貫清二など、いろいろの名を持っています。住所もそれぞれ違いますし、名によって、顔つきまで変わってしまうのです。変装の名人です」

「そんなやつが、君の手におえますか。それに、その男は君の会社の顧問のようなことまでやった関係がある。それでもやっつけることが出来るのですか。商売上の徳義というものもあるでしょう」

それを聞くと、小男はニヤリと笑った。ふてぶてしい笑いだった。

「あいつは先方からわれわれを捨てて逃げたのです。今は何の縁故もありません。ああいうやつを敵に廻せば、大いに張り合いがあるというものですよ」

「それで報酬は？」

「三人ともこの世から消せばいいのでしょうね。そして、それがあなたにはっきりわかればいいのでしょうね。消し方についての特別なご注文はないのでしょうね。それによって報酬もちがって来るのです」

「注文をつけないとしたら？」

「あの黒い怪物だけは別です。普通の場合の数倍いただかなければなりません。最低二千万円ですね。ほかの二人は、三百万円ずつでよろしい。むろん仕事が成功して、その結果をあなたが確認したあとで、お払いになるのです。着手金などはいただきません」

「あとになって支払わない場合はどうなさる？」

「ハハハ、それは少しも心配しません。依頼者その人を消してしまうからです。つまり、いのちが担保《たんぽ》ですよ。どんな莫大《ばくだい》な報酬でも、いのちには替えられませんから、結局は支払うことになるのです。今までにもそういう例が幾つかあります。この事業は決して報酬を取りはぐる心配がないのです」

彼らのあいだの丸テーブルの上には、良斎がさっきからチビチビやっていたウィスキー瓶とグラスがあったが、良斎はそのとき、立って行って、飾り棚からもう一つグラスを出して来て、須原の前に置いた。

「一杯いかがです」

と瓶の口をとると、小男は舌なめずりをして、グラスを手にした。

「目がない方です。しかし、このグラスなら三杯ですね。それ以上はやりません。酔うからです。酔っては商談にまちがいがおこります」

「じゃ、乾杯しましょう」

二つのグラスがカチンとぶつかり合った。

「ご依頼しました。三人とも消して下さい。そして、その確証を見せて下さい。幾日ほどかかりますか」

「二人は一と月もあれば充分です。しかし、あの黒いやつは、その倍も見ておかなければなりません。まず全体で二カ月というところでしょうね」

「よろしい。それじゃ約束しましたよ」

良斎はそう云って、グイとウィスキーを飲みほすと、さも楽しそうに笑い出すのであった。

殺人前奏曲

篠田昌吉《しょうきち》と川波美与子の二人は、あの晩は覆面の男の麹町のアパートに一泊して、その翌日、百万円を預金通帳にしてもらって、それを受け取ると、黒覆面の世話で、その日のうちに、隅田区吾嬬町《すみだくあづまちょう》の小さなアパートに一間《ひま》を借りた。篠田青年はそれまで渋谷のアパートに住んで、丸の内《まるのうち》の東方鋼業に通勤していたのだが、そのアパートを引きはらって、行く先も告げず移転した。会社も無断でやめてしまった。

良斎の執念深い復讐を避けるためである。覆面の男は速水荘吉と名乗った。あの晩、川波邸から二、三丁はなれた町角に、自動車が待っていて、三人でそれに乗りこむと、男は覆面をとり、クッションの下から変装用の大カバンを引き出して、車内で背広を着た。覆面の怪物が立派な青年紳士に早替わりをしたのだ。そして、速水荘吉と名乗り、二人をひとまず麹町のアパートへ連れて行ったのだ。

吾嬬町のアパートへ引越して一週間ほどたった或る日、篠田昌吉が、びっこを引いて帰って来た。友達を訪ねての帰途、建築中のビルの下を通りかかったとき、突然、上から鉄筋の断片が落ちて来て、足先に当たったというのだ。

靴下を脱いで見ると、小指の辺が恐ろしく腫《は》れ上がって、紫色になっていた。

「ちょっとのちがいで助かった。若《も》しあれが頭に当たっていたら、死んでしまったかも知れない」

「で、それを落とした人は、わからなかったの？」

美与子が訊ねた。

「建築事務所へどなりこんでやったが、先方はあやまるばかりで、技師は、そんなものが人道へ落ちるはずがない。おかしい、おかしいと首をかしげているばかりさ」

さっそく、医者に見てもらったが、心配したほどのこともなく、十日もすれば癒《なお》るだろうと云って、手当てをしてくれた。でも、しばらくは靴もはけず、草履ばきで、びっこを引いて歩かなければならなかった。

そのびっこが治らないうちに、彼はまた外出した。ちょっと足ならしに、散歩するつもりのが、つい遠くまで行ってしまった。見なれない大通りだった。ステッキにすがってゆっくり歩いていると、向こうから一台の自動車が走って来た。余り交通のはげしくない通りなので、恐ろしいスピードを出している。

アッと思うまに、もう目の前に近づいていた。瞬間の出来事だったが、左へよければ、先方も左へ、右によければ、先方も右へ、こちらの逃げる方へ迫ってくるように思われ、道のまん中で、ドギマギしたが、咄嗟に心をきめて、相手にかまわず、一方へ駈け出した。足の痛みも忘れて走った。しかし、傷ついた足は、やはり思うままにならず、パッとステッキが飛んで、彼のからだは、アスファルトを叩きつけるように、ころがっていた。

自動車のタイヤは、彼のからだとスレスレのところを、唸りを生じて飛び去って行った。うしろの番号を見るひまも何もなかった。たちまち向こうの町角を曲がって、見えなくなってしまった。

幸い大したけがはなかったけれど、無理に走ったので、足の傷が痛み出した。アパートへ帰りつくのが、やっとだった。

「どうもおかしい。あの自動車は、僕の逃げる方へ追っかけて来た。僕を轢《ひ》き殺そうとしているような見幕だった。車には人相のわるい運転手が一人乗っているばかりだった。タクシーじゃない。ハイヤーか自家用車らしい」

篠田がそれを話すと、美与子も心配そうに、

「へんだわねえ。あなたが外へ出るたんびに、危ないことがおこるのだわ。ねえ、若しかしたら……」

「えッ、若しかしたら？」

「川波が、あたしたちがここに住んでいることを気づいたのじゃないかしら。そし

て、誰かにたのんで、あなたのいのちを、つけ狙っているんじゃないかしら。あの人、まるで気ちがいなんだから、何をするかわかりゃしないわ」

「まさか、このアパートを気づくはずはないよ。あの人にはまるで縁のない方角だもの。それに、元の僕のアパートにも、会社にも、ここのことは何も云ってないんだからね」

「でも、あたし、なんだか不安でしかたがない。この二、三日、買物に出るたびに、誰かに尾行されているような気がするのよ。ですから、時々、ヒョイと突然ふり返ってやるんだけど、べつに怪しい人は見当たらない。それでいて、絶えず誰かに監視されているように思われるの。あたし怖いわ」

毒チョコレート

「君は神経質だよ。まさか、このアパートを気づいてはいまい。恐らく偶然だ。ビクビクしているもんだから、そんな気がするんだよ」

必ずしも偶然とは思っていないのだけれど、昌吉はわざと呑気《のんき》らしく云って見せた。しかし、彼も良斎が殺人請負会社に依頼して、二人のいのちを取ろうとしていることまでは、想像もしていなかった。

「でも、あたしも気味のわるいことがあるのよ。ちょっとでもそとへ出ると、きっと誰かが、あたしをじっと見つめているような気がするの。歩けば、あとからついてくるのよ。で、不意にヒョイと振り向いてやるんだけど、いつでも向こうの方がすばやいらしいわ。パッとどこかへ隠れてしまうのよ」

美与子は、気味わるそうに、うしろを見た。

「それも気のせいかも知れないぜ。僕の場合と同じで、ハッキリしたことは何もないじゃないか」

「だから、怖いのよ。相手がハッキリわかってれば、速水さんに相談もできるんだけど。まるで幽霊みたいに正体を現わさないでしょう」

昌吉は、復讐の悪念《あくねん》に燃えた川波良斎の顔を思い出した。蛇のようにサーッと音を立てて、草むらを歩くという、あの男のことを思い出した。彼は立って行って、ソッと窓のガラス戸を細目にひらき、前の往来を見おろした。

自転車に乗ったご用聞きらしい小僧が通って行った。アパートの隣家の娘が盛装をして、どっかへ出かけて行くのが見えた。保険の勧誘員みたいな、鞄《かばん》をさげた脂《あぶら》っこい顔つきの中年男が、テクテクと通りすぎた。自転車のうしろに大きな金網の籠《かご》をつけた郵便配達が、アパートの前で自転車を降り、籠の中から幾つかの小包郵便を取り出して、下の入り口に姿を消した。どこにも、うろんな人影はなかった。電柱の蔭にも、向こう側の露地《ろじ》の中にも、人の隠れている様子はなかった。

「怪しいやつは、いないよ」

それが当然だという顔をして、もとの席に坐った。

「そうよ。あたしも、ときどき、そこから覗いて見るんだけれど、怪しい人はいないわ。それでいて、そとへ出ると、誰かが、あたしをじっと見ているのよ」

もしかしたら、その怪しいやつは、アパートのそとではなくて、中にいるのではないか。こうしている今も、ドアのそとの廊下で、じっと聴き耳を立てているのではないだろうか。ふと、そんなことを考えると、ゾーッと背中が寒くなった。

そのとき、コツコツと、ドアにノックが聞こえた。ちょうどそのドアのことを考えていたので、二人ともギョッとして、おびえた目を見合わせたが、ドアがひらいて顔を出したのは、アパートの主人の奥さんだった。四十五、六の愛想のよい奥さんが、ニコニコして、何か大きな小包をさし出した。

「これ、今来ましたのよ」

さっきの郵便配達が置いて行ったのにちがいない。

昌吉が受けとって、美与子に渡した。薄べったい大きな箱だ。差出人は速水荘吉となっている。気ちがい良斎の大鎌から二人を助けてくれた、あの人物だ。包みを解くと、きれいなチョコレートの大函が出て来た。二人が世を忍んで窮屈な思いをしているのを慰《なぐさ》める意味で贈ってくれたのであろうか。それにしては、何となく唐突な贈り物であった。

昌吉は蓋をとって、丸いチョコレートを一つつまんで、口へ持って行こうとした。

「アラ、ちょっと……」

美与子が、それを止めるようなしぐさをしながら、妙に喉につまったような声で云った。

「なぜ」と目で聞くと、

「気のせいでしょうか。なんだか変だわ。探偵小説のことを思い出したの。西洋の探偵小説に、毒入りチョコレートを贈って、人を殺す話があるでしょう。このあいだから、あんなことが、つづいたんだから、気になるのよ。このチョコレート、危ないと思うわ」

昌吉は笑い出した。

「ハハハハハ、君はほんとうに、どうかしているよ。速水さんは僕らを助けてくれた人じゃないか。その速水さんが、僕らを殺そうとするはずがないよ」

「だから、速水さんの名を騙って、あたしたちを油断させようとしたのかもわからないわ」

「じゃあ、これを送ったのは速水さんじゃないと云うの？」

昌吉も真剣な顔になった。

「速水さんに電話をかけて、たしかめて見るわ。それまで、たべないでね」

美与子は大急ぎで下の電話室へ降りて行ったが、しばらくすると、青ざめた顔で戻って来た。

「やっぱりそうだったわ。速水さん、送った覚えがないんですって。そして、アパートを替わる方がいいって云ってたわ。僕が別のアパートを探してあげるって」

二人は、しばらく顔見合わせて、だまっていた。良斎の恐ろしい顔が、すぐ近くに漂っているような気がした。

「でも、速水さんて人、よくわからないわね。わたしたちを助けてはくれたけれど、やっぱり悪人にはちがいないわ。良斎をゆすって、お金を取るために助けたようなもんだわ」

「そうだよ。僕もなんだか安心ができないような気がする。このチョコレートは、ほんとうは警察に届けたほうがいいんだがね」

「でも、そんなことしちゃ、速水さんが迷惑するでしょう。困ったわね。いのちを助けてくれた人が、まともな世渡《よわた》りをしていないなんて」

「それに、僕たちの方にも、弱味があるんだしね」

「あたし、このあいだから考えていることがあるのよ」

美与子の目に、妙な輝きが加わったので、昌吉は、ふしぎそうに、その顔を見つめた。

「明智小五郎《あけちこごろう》っていう私立探偵知ってるでしょう？　あの人ならば、警察じゃないんだから……」

「相談して見るというの？」

「ええ、このチョコレートも、あの人のところへ持って行って、分析してもらえばいいと思うわ」

「僕が行って見ようか」

「そうして下さる？　でも尾行される心配があるわ。よほど注意しないと」

「タクシーを幾つも乗りかえるんだよ。逆の方角へ行って、別の車に乗って、又、別の方角へ行くというふうに、何度も乗りかえて、尾行をまけばいい」

「そうね。じゃ、あなた行ってくれる？」

相談がまとまったので、美与子は下へ降りて行って、電話帳で明智探偵事務所を探して、電話をかけた。すると、明智は幸い在宅で、待っているからという返事だった。昌吉はチョコレートの函を新聞紙に包んで、出かけて行った。

二時間ほどして帰って来た。もう夜になっていた。

「大丈夫？」

美与子が心配そうに、彼の顔を見上げて、たずねた。

「尾行のことかい？」

「ええ」

「タクシーを乗りかえるたびに、充分あたりを見廻して、ほかに車のいないことを確かめたから、絶対にその心配はないと思う。だが、タクシー代はずいぶんかかったよ」

昌吉はそこに坐って、煙草をつけた。

「あのチョコレートには、やっぱり青酸化合物がはいっていた。明智さんが簡単な反応試験をやってくれた」

「まア、やっぱり……」

「君が注意してくれたので、いのち拾いをしたよ」

だが、美与子には、いのち拾いをしたということよりも、今後の恐怖の方が大きかった。

「で、明智さんは、なんておっしゃるの？」

「アパートを替わるのもわるくはないが、相手に見つからないように替わるのは、ちょっとむずかしいだろうと云うんだ。明智さんは速水さんのことも知ってたよ。あれは不思議な男だと云ってた。なんだか速水さんのことを、前から調べてるらしいんだよ。あの人は、やっぱり相当悪いことをしているんだね。それからね、明智さんは毒チョコレートを送ったり僕に自動車をぶっつけようとしたのは、川波良斎自身じゃない。第三者が介在《かいざい》していると云うんだよ。その第三者というのが、なんだか恐ろしいやつらしい。明智さんは、そいつに非常に興味を持っているように見えた」

「良斎がその男に頼んだのね」

「ウン、明智さんはそうらしいと云うんだ。なにかいろいろ知っている様子だが、僕にはハッキリしたことは云わなかった」

「で、あたしたちは、どうすればいいの？」

「なるべく外出しないようにしていろって云うんだ。速水さんがアパートをかわれというなら、かわってもいいが、引っこしのときは、充分気をつけるようにと云うんだ」

「それで？」

「どういう方法か知らないが、明智さんが僕らを守ってくれるというんだ。報酬なんかいらない。速水という男も良斎が頼んだもう一人の男も、非常に興味のある人物だから、進んで調べて見るというんだよ」

「それだけで大丈夫かしら？」

「僕が不安な顔をしているとね、明智さんは、絶えずあなた方の身辺を見守っているから、わたしに任せておけばいい。少しも心配することはないと、請け合ってくれた」

　二人は一応それで満足しておくほかはなかった。警察に届けられないとすれば、これ以上の方法は考えられないからだ。

　だが、そういううちにも、悪魔の触手はすでにして、この可憐なる恋人たちの身辺に迫っていたのである。

壁紙の下

それから三日ほどは、何事もなく過ぎ去った。二人は注意に注意をして、アパートにとじこもっていた。

四日目の午後、速水から電話がかかって来た。港区《みなとく》の麻布《あざぶ》に素人家《しろうとや》の離れ座敷を見つけたから案内する。一時間もしたら自分の自動車が迎いに行くから、それに乗って来るように、自分は先方で待っている。というのであった。むろん二人でいっしょに行くことにした。少しでも離れればなれになっているのは心細かったからだ。

やがて、キャディラックが表に着き、一人の運転手が速水の手紙を持って上がって来た。手紙には、一度家を見てから、改めて引っこせばいいのだから、荷物は持ってくるに及ばないと書いてあった。又、この運転手は長くわたしが使っていて、気心《きごころ》の知れたものだとも書いてあった。運転手は四十五、六に見える実直そうな男だった。服装もキチンとしていた。

二人は自動車に乗るとき、充分町の右ひだりを見廻したが、近くに別の自動車はいなかったし、怪しい人影もなかった。

車は隅田川《すみだがわ》を越して、浅草から上野へと走った。

「速水さんは、向こうに待っていらっしゃるのでしょうね」

美与子が確かめると、運転手はニコニコした顔で振り返って、

「向こうのご主人とお話があるといって、わたし一人でお迎いにあがったのです。まちがいなく向こうにいらっしゃいますよ」

と答えた。

五十分近くかかって、六本木《ろっぽんぎ》に程近い住宅街にとまった。門内に庭のある古い西洋館だった。車を降りて玄関をはいると、三十前後の背広を着た男が出て来て、「どうかこちらへ」と先に立った。

「速水さんはいらっしゃるのでしょうね」

「ハイ、あちらでお待ちになっています」

長い廊下を通って、奥まった一室に案内された。男は、

「しばらくお待ち下さい」と云って、ドアをしめて出て行ってしまった。

何となく異様な部屋であった。広さは六畳ぐらい。まん中に小さな丸テーブルと、粗末な椅子が二脚置いてあるばかりで、飾り棚も何もない殺風景《さっぷうけい》な小部屋だった。窓というものが一つもないので、昼間でも電燈がついていた。四方とも壁にかこまれていて、それにけばけばしい花模様の壁紙が貼りめぐらしてある。部屋全体はひどく古

めかしいのに、この壁紙だけが新しいのが、妙に不調和だった。いつまで待っても誰もやって来ない。さっきの男は、いったいどうしたのだろう。速水荘吉はどこにいるのだ。二人はだんだん不安になって来た。

昌吉がドアのところへ行って、ひらこうとした。だが、いくらノッブをまわし、ガチャガチャやっても、ドアはひらかない。

「そとから鍵がかかっている」

彼は美与子を振り返って呟いた。顔色がまっ青になっている。

「誰かいませんか。ここをあけて下さい。速水さんはどこにいるのです」

どなりながら、ドアを乱打した。しかし、何の反応もない。家の中はヒッソリと静まりかえっている。いよいよただ事ではない。

さては良斎のわなにはまったのかな。二人はどちらからともなく駈けよって、手を取り合った。

すると、そのとき、どこからともなく変な声がきこえて来た。

「気の毒だが、速水はここには来ていない。ちょっとあれの名を使って、君たちをおびき出したんだよ」

それは電気を通した声、つまりラウドスピーカーの声であった。昌吉は思わず天井を見まわした。ああ、あれだ。天井の一方の隅に細かい金網が張ってある。声はその拡声器から漏れてくるのだ。

「僕たちは速水さんに用事があって、やって来たんだ。ここに速水さんがいないとすれば、一刻もこんな部屋にいる必要はない。早く帰らせてくれたまえ」

昌吉は、無駄とは知りながら、ともかくも叫ばないではいられなかった。すると、その声が相手にきこえたと見えて、またラウドスピーカーから、ぶきみなしわがれ声が漏れて来る。

「そっちに用がなくても、こっちに大事な用があるんだ。苦労をしておびきよせた君たちを、帰してたまるものか」

「僕たちに何の用事があるんだ。そして、君はいったい何者だ」

こちらはもう慄《ふる》え上がっているのだけれど、虚勢を張って怒鳴り返す。

「おれは人殺しのブローカーだよ」

「えッ、なんだって？」

「人殺し請負業さ。わかったかね」

「それじゃ、きさま、川波良斎にたのまれたというのか」

「誰にたのまれたかは云えない。営業上の秘密だよ。いま川波良斎とかいったな。そんな人は知らないよ。聞いたこともないよ」

そのとき、美与子が昌吉の袖を引いた。ふりむくと、彼女のおびえた目が、ドアのがわの壁の天井に近いところを見つめている。昌吉もその視線を追った。今まで少しも気づかなかったが、その壁の上部に、一尺四方ぐらいの小さな窓があった。窓といっても通風《つうふう》のためのものではなくて、厚いガラス板がはめこんである。ひらかない窓だ。

その四角なガラスの向こうに、何かモヤモヤとうごめいていた。よく見ると、人間の顔であった。見知らぬ中年男の顔であった。それが薄気味わるくニヤニヤと笑っていた。昌吉はその顔を下から睨みつけて、

「オイ、君は僕たちをどうしようというのだ?」

すると、ガラスの向こうの男の口がモグモグ動いた。そして、見当ちがいのラウドスピーカーから、いやらしい、しわがれ声がきこえて来た。

「それが聞きたいかね。よろしい、聞かせてやろう。君たちはその部屋へはいるときに、ドアのところだけが、廊下の壁から深くくぼんでいるのを気づかなかったかね。壁からのくぼみが六、七寸もあるんだ。そのアーチのようになった内側は、ちかごろ塗りかえたように、漆喰《しっくい》が新しくなっているのを見なかったかね。

「この部屋はね、つい一《ひ》と月《つき》ほど前までは、そのドアのそとも壁になっていたのさ。わかるかね。ドアのそとの壁のくぼみ一ぱいに煉瓦《れんが》を積んで、漆喰でかためて、廊下の壁と見分けがつかぬようになっていたのさ。つまり、そとから見たのでは、こんなところに部屋があることは、少しもわからなかったのだよ。ハハハハハ、まあ、ゆっくり考えて見るがいい。それが何を意味するかをね」

そして、ガラスのそとの顔が消えると、その四角な窓がまっ暗になってしまった。蓋をしめたらしい。

昌吉はもう一度ドアにぶつかって行った。勢いをつけて走って行って、肩で突き破ろうとした。しかしドアはびくともしない。よほど頑丈な板で出来ているらしい。

彼はあきらめてグッタリと椅子にかけた。美与子もその前の椅子にかけていた。二人はだまって目を見交《みか》わすばかりだった。

「さっきの電話は、たしかに速水さんの声だったのかい？」

「ええ、速水さんとそっくりだったわ。でも、そうじゃなかったのね。誰かが速水さんの声を真似てたんだわ」

二人は速水の筆蹟を知らなかったけれど、あの運転手が持って来た手紙も、速水の筆ぐせが真似てあったのかも知れない。なんという悪がしこい悪魔だ。

あいつはさっき「おれは殺人ブローカーだ」と云った。気ちがい良斎が頼んだのにきまっている。だが、こんな部屋にとじこめて、どうする気なのだろう。二人が餓死にするのを待つのだろうか。それとも……。

あいつは変なことを云った。ドアのそとに煉瓦が積んであったと云った。それはどういう意味なのだ。餓え死によりも、もっと恐ろしいことではないのか。

ああ、残念だ。ピストルさえあったらなあ。たまをドアの錠にぶちこめば、わけなくひらくのだが、せめてナイフでもあれば、錠を破ることが出来るかも知れないのだが、それさえ持っていない。

昌吉はまたイライラと立ち上がって、部屋のまわりをグルグル歩いた。そして、けばけばしい花模様の壁紙を叩きまわった。壁紙が何かを隠しているかも知れない。もしやその下に、秘密の出入り口でもあるのではないかという空頼《そらだの》みからだ。

その壁紙はひどく不完全な貼り方なので、叩いたり、引っかいたりしているうちに、その一カ所が破れた。紙の下には白い壁があった。その表面に縦横に傷がついている。そのよごれを隠すために、壁紙を貼ったのかも知れない。

「オヤッ！」

昌吉は、壁紙の破れた個所を見つめた。縦横の掻き傷は落書《らくが》きの文字であることがわかった。

「ここは人殺しの」

と読まれた。誰かが爪で壁に字を書いておいたのだ。昌吉は急いで壁紙をもっと大きくはがして見た。そこにはこんな恐ろしい言葉がほりつけてあった。

ここは人殺しの部屋だ。おれはこれほどの恨みをうける覚えはない。あいつはおれを人殺し会社の手に渡した。おれはいま殺されようとしているのだ。

この部屋には先客があったのだ。そして、苦しまぎれに、こんな落書きを残して行ったのだ。まだほかにも書いてあるかも知れない。昌吉は手当たり次第に壁紙をはがしはじめた。すると、あった、あった。また別の言葉がほりつけてあった。

ドアのそとに妙な音がしている、もう一時間もつづいている。恐ろしい。

人殺しの専門家が、おれを殺す準備に忙殺されているのだ。ドアのそとへ煉瓦を積んで、コンクリートでかためているのだ。あれが完成したら、この部屋は完全に密閉される。空気が通わなくなる。おれは餓え死にかと思っていたが、窒息《ちっそく》だった。人殺しのやつは、おれを窒息させるつもりなんだ。

ああ、そうだったのか、煉瓦積みは、そういう意味だったのか。昌吉は急いでドアの前に行って、耳をすました。まだ聞こえない。煉瓦積みの作業はまだはじまっていない。だが、やがてはじまるのだ。そして、二人は、この先客と同じ運命におちいるのだ。

そうとわかると、もっと落書きが見たかった。まだ書いてあるにちがいない。また壁紙破りをつづけた。美与子も、さっきの落書きを読んでいた。そして、昌吉といっしょになって、壁紙を破りはじめた。糊《のり》がよくついていないので、はがすのはわけもなかった。

「ここ、ここ！」

美与子が指さすところを見ると、また別の文字があった。

ガラス窓から、あいつが覗いた。今までは人殺し会社のやつだったが、煉瓦積みがおわって、いよいよおれの最期が近づくと、とうとう、あいつが顔を出した。おれを殺させようとしている張本人だ。復讐にひんまがった醜悪な顔。人間の顔が、あんなにもみにくくなるものだろうか。

その横手をはがすと、つづきの言葉があった。二人は顔をくっつけるようにして、息もつかず、それを読んだ。

あいつの怨みのありったけを並べやあがった。そして、最後に恐ろしい宣告をした。ガスだ。毒ガスだ。おれは浅はかにも、一度は餓死を想像し、二度目には窒息を想像したが、やつの刑罰はそんな生やさしいものではなかった。この部屋のどこかに、毒ガスの吹き出す口があるのだ。あいつは、その毒ガスの中で、おれが気ちがい踊りを踊るのを、ガラス窓から見物してやると、ぬかしやあがった。道理で、この部屋には、電燈がついているのだ。おれのためじゃない。そとから覗いて楽しむためなんだ。

二人は手の届くかぎり、四方の壁紙を破った。壁という壁がボロで覆われたような醜い姿になった。二人は壁に顔をつけるようにして、落書きを探し廻った。

ああ、ここにもあった。爪《つめ》書《が》きの文字は、ひどく乱れて読みにくくなっていた。

ああ、音がする。シューシューと、かすかな音がする。ガスが漏れているのだ。部屋の隅の床に近いところに鉛管がひらいている。そこから黄色い毒煙が吹き出しているのだ。それが蛇のように床を這って、おれの方へ近づいて来る。ああもう逃げられない。黄色い蛇が、足を這い上がる。

「ここよ、ここよ」

美与子が、泣き声で叫んだ。そこには、見るも無残なたどたどしい字で、断末魔の一句がしるしてあった。

もうだめだ。黄色い煙は部屋一ぱいになってしまった。苦しい。くるしい。たすけてくれ。

その最後の行《ぎょう》は、もうほとんど文字の形をなしていなかった。もがき苦しむ爪のあとにすぎなかった。

昌吉と美与子は、ひしと抱き合って、部屋の隅に立っていた。そして、どんなかすかな音も聞きもらすまいと、耳をすましていた。いまにもドアのそとに、煉瓦積みの作業がはじまるのではないかと思うと、生きた空もないのだ。

そのとき。どこかで音がした。ドアのそとらしい。コツコツとつづいている。ああ、いよいよ煉瓦積みがはじまったのであろうか。

だが、そうではなかった。スーッとドアがひらいた。何者かがはいって来た。それはさっき、二人をここに運んで来た自動車の運転手であった。大きな新聞紙の包みを小脇にかかえていた。

彼はニヤニヤ笑いながら、無言のまま、二人のほうへ近よって来た。こちらは一層ひしと抱き合って、ジリジリと部屋の隅へ、あとじさりして行くばかりだった。

消えうせた部屋

それから少したって、部屋のそとでは煉瓦積み作業がはじまっていた。さっきの運転手が、上衣《うわぎ》を脱いで、ミックスしたセメントを鏝《こて》ですくいながら、一つ一つ煉瓦を積み上げていた。

「やあ、ご苦労、ご苦労、なかなかはかどったね。うまいもんだ。煉瓦職人をやったことでもあるのかい」

殺人請負会社の専務取締役、小男の須原がチョコチョコとやって来て、声をかけた。

「へへへへへ、ご冗談でしょう。こう見えたって、子供からのヤクザですよ。煉瓦なんかいじくるのは、今がはじめてですよ。しかし、人のやっているのを見たことはある。見よう見まねってやつですね」

この運転手は、須原の手下の斎木《さいき》という男であった。よほど信任を得ているらしい。

「おれも手つだうよ。君は鏝の方をやってくれ。おれは煉瓦を並べるから」

「オッケー」

職人が二人になると、見る見る仕事がはかどって行った。

「だが、中のやつら、どうしてる。ばかに静かじゃないか」

「さっき専務さんが覗いたあとでね、やつら、すっかり壁紙をはがして、あれを読んじゃったんですよ。まるで幽霊みたいな顔してましたぜ。二人が抱き合って、すみっこに、うずくまってまさあ」

「壁の落書きというやつは、なかなか利目《ききめ》があるね。やつら、耳をすまして煉瓦積みの音を聞いてるだろうな。落書きでチャンと暗示があたえてあるんだから、まさか聞き漏らすことはあるまい」

「ウフフ、地獄ですねえ、鼠捕りにかかった鼠みたいに、心臓をドキドキさせてるこってしょう。ですが、専務さん、依頼者はもう来ているんですかい？」

「ウン、さっきから応接間に来ている。今まで僕が応対していたんだ。これが出来上がったら呼ぶつもりだよ」

「ずいぶん執念深いもんですねえ。だが、ああいうお客がなくちゃ、会社の経営は成り立ちませんからね」

彼らは、室内には聞き取れぬほどの小声で、ボソボソ話し合いながら、せっせと仕事をつづけていたが、間もなくドアの部分のくぼみが煉瓦で一ぱいになった。あとはそと側に、廊下の壁と同じ漆喰を塗ればよいのだ。

「じゃ君、漆喰の方をはじめてくれ。僕は依頼者を呼んでくるからね」

小男の須原は、そう云いのこして、廊下の向こうへ立ち去ったが、やがて、依頼者川波良斎と肩を並べて戻って来た。

「いよいよ密閉されました。まるで金庫の中へとじこめたようなもんですよ」

「で、その覗き窓というのは、どれです」

「このキャタツにおのり下さい。ホラ、あの窓です。蓋を上にひらくと、中に厚いガラスがはめこんであります。八分《はちぶ》（約二・四センチメートル）も厚味のある防弾ガラスですから、中からピストルをうっても、突きぬけるようなことはありません。少しも危険はありませんよ」

気ちがい良斎は、舌なめずりをしてキャタツの上にのぼり、窓の蓋をひらいて、中をのぞきこんだ。

「オヤッ、誰もいないようだが」

ちょっと見たのでは、無人の部屋のようであったが、あちこち視線を動かしていると、

「アッ、いる、いる。こちら側の壁にもたれて、うずくまっているので、顔が見えない、服の裾と足が見えてるばかりだ。……オイッ、美与子、篠田、わしの声がわかるか」

だが、部屋の中の二人は、何も答えなかった。壁の落書きで、こういうことが起こるのをチャンと予知していたので、今さら驚くこともないのだ。

「オイ、お前たち、ドアのそとに煉瓦の壁が出来たのを知ってるだろうな。ここは気《き》密《みつ》の部屋になったのだぞ。だから、ほうっておいても窒息するのだが、それではお待ちどおだ。ガスだよ。黄色い毒ガスが、この部屋一ぱいになる。その中で、お前たちは悶《もだ》え死ぬのだ。これも自業自得《じごうじとく》というものだぞ。わしの恨みのほどがわかったか。どうだ。ワハハハハハハ、ふるえているな。ホラ、耳をすまして、よく聞くがいい。どこかでシューシューという音がするだろう。鉛管から毒ガスが吹き出しているのだ。お前たち、いくら強情にだまりこんでいても、今に見ろ、毒ガスの苦しさに、気ちがい踊りを踊るのだ。……さア、ガスを、ガスを」

と須原を見おろして催促する。

「もうネジをあけました。ガスは吹き出していますよ」

「そうか。もう吹き出しているのか。ウン、ウン、黄色い毒蛇が床を這い出した。美与子、怖いか。今こそお前の断末魔だぞ。ウフフフフフ、ブルブルふるえているな。ざまあ見ろ。いくら篠田にとりすがったって、そいつはお前を助ける力なんぞありゃしない。わあ、ガラスの前まで黄色いけむりが這い上がって来たぞ。もう部屋の中は毒ガスで一ぱいだ。ハッキリ見えなくなった。美与子、篠田、どこにいるんだ。気ちがい踊りをはじめたか、アッ、チラチラ見える。踊っている。踊っている。ワハハハハハ、わしは二度復讐をとげたんだぞ。一度は土の中にうずめて獄門のさらし首にしてやった。今度は黄色い毒蛇だ。ガスの中の気ちがい踊りだ。速水とかいうやつのお蔭で、わしは二度の楽しみを味わったと云うもんだ。ワハハハハハ、ワハハハハハハ」

あやうくキャタツの上からころがり落ちそうになった。須原が素早く駈けよって、助けおろした。

「わが社の仕事ぶりがわかりましたか。まずこういった具合です。ごらんなさい。ドアの前の煉瓦は、すっかり漆喰で塗りつぶされました。これが乾けば、廊下の壁と見わけがつかなくなるのです」

須原は得意らしく、そこを指さした。運転手が、やっと仕上げの鏝を置いたところである。

「あとは、あの窓を塗りつぶすだけです。君、すぐに窓の方にかかってくれたまえ」

云われて運転手は、漆喰のバケツと鏝を持って、今まで良斎が使っていたキャタツの上へのぼって行く。

「どうです。二人の死骸だけでなく、部屋そのものを抹殺してしまうのです。この建物の中から、一つの部屋が消えうせてしまうのです。これがわれわれのやり口です。思い切ってずばぬけた着想、これが最も安全な道です。ビクビクして、こまかいことを考えていたら、かえって失敗します。つまり世間の意表を突くというやつですね。

「この計画のために、わたしはこの家全体を買い入れたのです。そして、今後は決して人に売ったり貸したりはしません。わたしの別宅として使うのです。ですから、この消えうせた部屋の秘密は永久に保たれるわけですよ。

「それから、ご安心のために、もう一つ説明しておきますが、今日の仕事は、わたしと、この運転手をつとめた男と、二人だけでやったのです。われわれの会社には、わたしのほかに二人の重役がおりますが、一人は女ですし、こういう仕事には不向きなのです。むろん今日の仕事は知らせてあります。しかし直接関係はしなかったのです。人間関係としても、この秘密は決して漏れることはありません。

「この男ですか？　むろん運転手が専門じゃありません。わが社創立当時からの幹部社員です。斎木というのですが、曲馬団出身の冒険児で、わたしの第一の腹心です。一生面倒を見てやるつもりです。斎木の方でも、わたしからは生涯はなれないと云っております。ですから若《も》しこの事件がバレるとすれば、川波さん、あなたの口からですよ。くれぐれも注意して下さい。お互いのいのちにかかわることですからね」

須原の長い注意がすむと、良斎は感に堪えて、

「フーン、おそれいった。さすがはその道の専門家だね。死骸を隠すために一軒の邸宅を買い入れて、その中の一室を消してしまうとは、思い切った手段だ。ずいぶん資本もかかるわけだね。しかし、まだ一人残ってますぞ。速水とかいう怪人物だ。あれは今日の二人とはちがって、よほど手ごわいだろうからね」

「手ごわいだけに面白いですよ。いよいよ次はあいつの番です。まあ見ていて下さい。斬新《ざんしん》な手口をお目にかけますよ。……ごらんなさい。これでもう、あとかたもなく、一つの部屋が消えうせました」

斎木という男は、もうすっかり窓を塗りつぶして、脚立《きゃたつ》を降りて来た。ドアも覗き窓も消えて、そこには廊下の壁があるばかりだった。

「建物の中の部屋部屋の内のりを計って合計した長さを、建物の外側の長さから引くと、壁の厚さの合計が出ます。それを壁の数で割れば、平均の壁の厚さが出るわけです。この建物をそうして計算して見ますと、壁の厚さの平均が恐ろしく厚いものになるでしょう。なぜといって、今塗りつぶしたこの部屋が、やはり壁として計算されるからです。これが昔から秘密の部屋を探し出す手段なのです。わたしはそれをよく知っています。ですから、そういう計算をするような人間は、決してこの家に入れま

せんよ。しっかりした執事を置いて、わたしの留守中も間違いのないように計らいます。その点は、わたしをお信じ下さい」

こうして、川波良斎は、その目的を達し、満足して引き上げて行った。

海上の密談

影男は小説家佐川春泥として小説執筆のための風変わりな書斎を建築したばかりであった。影男は東京にも地方にも多くの家を持っていたが、世田谷区の蘆花公園《ろかこうえん》の近くにも樹木の多い広い地所と、隠居所風のささやかな日本建ての家があった。その庭の林の中に、十坪ほどの赤煉瓦の書斎を建てた。

尖り帽子《とんがぼうし》のようなスレートぶきの屋根も出来上がり、完成もまぢかに見えた。青々とした大樹にとりかこまれた、奇妙な赤煉瓦の建物は、いかにもうつりがよくて、大昔の西洋の風景画を見るような感じだった。

影男の佐川春泥は、厚手の縞《しま》セビロに、十九世紀のフランスの詩人がつけていたように大型のリボンのような黒い蝶ネクタイを、胸にフワフワとさせていた。

彼は出来上がった書斎の家具などを、さも楽しそうに見廻ったあとで、母屋の玄関前に置いてあった自動車を、自分で運転して、遠く隅田川の川口に向かった。

午後二時ごろ、霊岸島《れいがんじま》の魚仙《ぎょせん》という舟宿に着いた。座敷に通ると、そこに約束しておいた殺人会社専務の須原正が待っていた。ちょっと一口やってから、ボートを頼んだ。船頭を雇うのは具合がわるいし、二人とも和船は漕げなかったので、ボートを借り出してもらったのだ。

影男は、殺人会社の仕事はもうごめんだと思っていたが、須原から執拗に呼び出しの手紙が来た。影男の本拠の一つであるアパートへ、数回手紙が来て、留守中の机の上に積み上げてあった。

影男は或る理由から、それに応じることにした。極秘の話だというので、電話で打ち合わせて、海の上で話し合うことにした。

小男の須原は力がないので、影男の方がオールをあやつって、ボートをお台場《だいば》の方に向けた。

「遠くへ行くこともない。このへんでいいでしょう」

影男はオールを横にして、漕ぐのをやめた。ボートは波のまにまに漂っている。天気がよく、風がないので、海は湖水のように静かだ。はるかに数艘《すうそう》の釣り舟が見えるくらいのもので、彼らは広い海面にたった二人ぽっちだった。

「いつかは観覧車の空の上で密談しましたが、あれよりも、この方が一層安全ですね。海上の密談とはいい思いつきだ」

小男の須原が晴ればれとしたあたりを見廻しながら、ニヤニヤして云った。

「そのかわり、命のやりとりにも、絶好の場所ですね。須原さん、あなた泳ぎができますか？」

影男の佐川春泥が、これもニヤニヤして、気味のわるいことを云い出した。

「できますとも、三里ぐらいは平気ですよ。あなたは？」

「青年時代に東京湾を横断したことがあります。すると、お互いに溺死させられる心配は、まずないわけですね？」

「次に兇器ですか？」

「そう。なにかお持ちですか」

「これを持ってますよ」

小男はそう云って、ポケットから黒っぽい小型のピストルを出して、手の平の上でヒョイヒョイと躍らせて見せた。そして、またニヤリとする。

「ウフフ、お互いに護身の道具は忘れませんねえ。実は僕も持っているのですよ」

影男もポケットから、それを出して見せた。全く同形のコルトである。

「フフン、さすがですね。二五口径《こうけい》のコルトでしょう。すっかり同じだ。握りに馬の跳ねてる模様が浮き彫りになってますね。ドレ、見せてごらんなさい」

お互いに取り替えっこをして、見比べたが、すっかり同じ型のピストルであることがわかった。

「というわけですか」

小男はニヤリとして、相手の顔を見た。

「というわけですな」

影男も笑い返した。

「そこで、兇器でも五分五分というわけですね」

「実に公平です。打ち合えば、どちらが早く火を吹くかだが、素早さではひけをとりませんよ」

「では、こんなものは、ポケットに収めておきましょう。今日は決闘をやりに来たのではありませんからね」

二人はお互いのピストルを取り返して、もとのポケットに入れた。

「ところで、今日は、また一つ、あなたの知恵が借りたいのですがね。この前の『底なし沼』のトリックは実にすばらしかった。もう一度だけ、ああいうのを考えていただきたいのですよ」

小男の須原が、ご機嫌とりの猫なで声で云った。

「それはわかってますよ。そのほかに用事があるはずはない。しかしね、僕はこの前の底なし沼で懲《こ》りたのです。あまり残酷で、どうもあと味がわるい。それで、実はあなたがたから逃げていたのですが、今度は、ちょっと相談に乗って見ようかなと云う気が起こった。ちょっとわけがあってね」

影男も愛想がよかった。

「では、さっそく用件にとりかかりますがね。或る富豪から、一人の青年紳士をやっつけてくれと頼まれたのです。これには相当の報酬が出ます。ですから、あなたの立案料も、今度は五百万円まで奮発《ふんぱつ》しますよ。そのかわり、会社の方へ絶対に疑いのかからないような、飛びきりの名案を一つ考えていただきたいのです」

ボートはユラユラと快適に揺れていた。風はなく、空は青々と晴れて、暖かい陽光がサンサンと降りそそいでいた。そのボートの中の二人は、にこやかに笑いかわしながら、のんびりと、とりとめもない世間話でもしているように見えた。

「よろしい。取っておきの名案をさし上げましょう。それにしても立案料が五百万円とは奮発しましたね。あなたの受け取る報酬はその何倍ですか」

影男が、やっぱり笑いながら、皮肉に云った。

「どういたしまして、せいぜい二倍ですよ。今度の件は、相手がしたたかなものなので、余程慎重にやらないと危ないのです。だから、立案料に半分出そうというわけです」

須原はぬけぬけと嘘をついた。読者も知るように、川波良斎への要求額は二千万円であった。つまり、影男を抹殺する代金が二千万円だった。なんということだ。このずぶとい小男は、これから殺そうと思っている当人に、その殺人方法を立案させようというわけなのである。

危ない、危ない。さすがの影男も、そこまでは気がつくまい。いくらなんでも、自分を殺そうとしているやつが、その殺し方を自分に教わりに来るとは、考えも及ばないであろう。

「あなたは今、取っておきの名案があるとおっしゃいましたね。それを一つご伝授願いたい。さだめし、すばらしい名案でしょうな」

小男は両手をこすり合わせて、舌なめずりをした。

「僕の名案というのは、密室ですよ」

「え、密室？」

「探偵小説の方で有名な、あの秘密の殺人というやつです」

「フン、フン、わかります。わかります。それで？」

「つまり、その部屋の内部から完全な締りが出来ていて、犯人の逃げ出す隙間が絶対にない。それにもかかわらず、その部屋には、被害者の死体だけが残されて、犯人の姿は見えないというやつですね。古来いろいろな犯人が、この密室の新手《あらて》を考えた。百種に近い方法がある。しかし、僕の秘蔵しているのは、いまだかつて誰も考えたことのない新手です。五百万円では安いもんだ。しかし、教えてあげますよ。なんとなく、あんたが好きになったからだ」

「ありがとう、ありがとう。ぜひ教えて下さい。恩に着ますよ」

小男の顔が、まるで好々爺《こうこうや》のように笑みくずれた。

「それにはね、ちょうど今、僕は煉瓦建ての書斎を建てている。これがもう二、三日で出来る。それを提供しますよ。むろん一時お貸しするだけだが、殺人の現場となっては、あとは使えない。この建築費が三百万円かかっている。これは実費として別途支出ですよ。いいでしょうね」

「三百万円！　すると、合わせて八百万円のお礼ということになりますね。それは、ちと高い。もっと安い建物はありませんか」

「アハハハハハ、家を買う話じゃない。その僕の書斎でなければ、うまく行かないのです。説明すれば、すぐわかるんだが、まず報酬を先にもらわなくてはね。僕の売り物は形の無い智恵なんだから、それを先に話してしまっては、取り引きにならない。今日でなくてもよろしい。報酬の用意をしていただきたい」

「それはもう、ちゃんと用意して居ります。あなたがそう云われることは、わかっていましたのでね。しかし、こちらは五百万円ときめていたのだから、それだけの小切手しかありませんが」

小男はそう云いながら、内ポケットから、大きな札入れを出して一枚の小切手を抜き出した。

「これです。僕の振り出しじゃありません。大銀行から都内の支店宛ての小切手だから、間違いのあろうはずはない。取りあえずこれだけお渡ししますから、その名案というやつを聞かせて下さい。残金の三百万は、実行に着手する前に必ずお払いしますよ」

影男はその小切手を受け取って、ちょっと調べてから、内ポケットに収めた。

「よろしい。あんたを信用して、伝授することにしましょう。断わっておくが、密室というものの利点はですね、情況判断からして、どんなに疑わしい人物があっても、それを処罰することができない。密室の謎が解けるまではどうすることも出来ないという点にある。だから、絶対に解くことのできない密室さえ構成すれば、それは完全犯罪になるのです。わかりましたか。しかも、僕の考えているやつは、犯罪史上に全く類のない新手で、絶対に解けない密室なのです。それはね、こういう方法なのです……」

影男はそれから二十分ほど話しつづけた。

小男須原はそれを謹聴《きんちょう》していたが、すっかり聞き終わると、ハタと膝を叩いて、

「フーン、なるほど考えましたね。いかにも斬新奇抜《ざんしんきばつ》の名トリックですよ。これなら、どんな名探偵だって、わかりっこありませんよ。有難う。ところで、それはいつ実行しますかな」

「もう建物は出来上がっているんです。早い方がよろしい」

「で、そのあなたの煉瓦建ての書斎はどこにあるのです」

「世田谷区のはずれの蘆花公園のそばですよ」

「一度、下検分《したけんぶん》をしておきたいものですね」

「よろしい。それでは明後日の夜八時頃がいいな。世田谷の僕のうちをたずねて下さい。その頃には書斎の家具などもはいっているでしょう」

と云って、自宅への道順を教えた。

「では、そういうことにしましょう。いや、お蔭で、わしも安心しました。やっぱりあんたの智恵袋は大したもんだ。そういう名案があろうとは思わなかったですよ」

須原は褒め上げながら、心中ではペロリと舌を出していた。この男は自分が殺されるのも知らないで、完全犯罪の手段を教えてくれた。さすがの智恵者も一杯喰ったな。おれの方が役者が一枚上だわいと、ほくそえんでいた。

須原はすでに篠田昌吉と、川波美与子を毒煙でたおして、その死体を小部屋の中に塗りこめてしまっていた。この方は首尾よく目的を果たした。残る影男は、とても手におえまいと思ったが、逆手《ぎゃくて》を用いて、犠牲者自身に、殺人方法の智恵を借りて見たら、その意表外の度胸が、まんまと成功して、相手は少しもそれに気がつかず、うまい方法を教えてくれた。やっこさんも存外あまいもんだな。

須原は小さなからだが、はち切れるほどの自信で、その日は一《ひ》と先《ま》ず帰ることにした。ボートを舟宿に戻して、又一杯やったあとで、明後日を約して別れた。

影男はこの小男のために、うまくしてやられたのであろうか。裏には裏のある曲者同士、影男のほうにだって、どんな秘策が用意されていまいものでもない。この悪智《わるぢ》恵比《えくら》べ、最後の勝利を得るものは、両者のいずれであろうか。

お前が被害者だ

　それから二日後の午後八時、須原は約束通り、蘆花公園に近い影男の隠れ家を訪ねた。影男は母屋の日本間の方へ須原を上げて、チャブ台の上に出してあったウィスキーを勧めた。

　玄関へも主人自ら出迎えた。いつまでたっても、女中も書生も現われない。うちじゅうがシーンと静まり返って、まるで空家にでもいるような感じだ。

「だれもいないのですか」

　つい訊ねてみないではいられなかった。

「僕がここに滞在するときには、召使を連れて来るのですが、今夜はそういうものもいないほうがいいと思ったので、僕一人でやって来て、君を待っていたのですよ」

　二人はウィスキーをチビチビやりながら、しばらく話したあとで、いよいよ庭の煉瓦造りの書斎を検分することになった。

「このあいだのお話で、理窟はよくわかっているのだが、やっぱり実地に当たって、見ておきませんとね」

　小男の須原はそう云って立ち上がった。

二人は懐中電燈を持って、まっ暗な庭へ出て行った。林のような木立の中を歩いて、その奥にある奇妙な煉瓦建てに近づいた。

それから三十分ほど、影男は建物の内そとを歩きまわって、詳しく説明した。

「よくわかりましたよ。実に奇抜なトリックだ。これなら大丈夫です。きっとうまくやって見せますよ」

須原は一切を了解して、ホクホクしている。

検分をすませると、もう九時になっていた。二人は欝蒼《うっそう》と茂った林の中を、母屋の方へ引っ返しはじめた。あたり一帯は淋しい場所なので、街燈は遠くに立っているばかりだし、自動車の警笛も聞こえず、まるで山の中でも歩いているような気持だった。

「なんだか変だな。今まで、僕はそれを一度も聞いていない」

影男の佐川春泥が、何か思い出したように呟くのが聞こえた。

「え、なんです。なんとおっしゃった？」

「その人は、いったい、どういう人物なんだね」

「その人って？」

「君の会社が依頼されている人物、つまり殺される人物さ」

「ああ、そのことですか。わしも云うのを忘れてましたがね。実に恐ろしい相手です。悪智恵にかけては、まず天下無敵でしょうね。その男は、幾つも名前を持ってましてね。まるで想像もつかないような別人に化けて、悪事を働いている。まあ悪質なユスリですね。不正な金儲けがうまいこと驚くばかりです。それに、実にすばしっこくてね、まだ一度もつかまったことがないというやつです。あんた、そいつは小説家にさえ化けるんですよ」

　小男の須原は、闇の中でクスクス笑った。

「なんだって、それじゃ、まるで僕とそっくりじゃないか」

　影男は、びっくりしたように立ち止まった。

「そう云えば、なるほど、そっくりですね。不思議なこともあるもんだ」

「で、名前はなんというんだ」

「いろんな名があるんですよ。速水荘吉、綿貫清二……それから佐川春泥……」

　それを聞くと、影男がパッと飛びのいて身構えをした。

「それが、君が殺そうとしている男か」

「そうですよ。今度の事件の被害者というのは、お前さんなのさ」

　云うかと思うと、須原はポケットからピストルを出して構えていた。

「オイッ、おれを殺すと後悔するぞッ、恐ろしいことがおこるぞッ」

影男は、ジリジリとあとずさりしながら、叱りつけるように叫んだ。

「ワハハハ、おどかしたって駄目だよ。お前さん、自分が殺されるとも知らないで、おれに完全犯罪のやり方を教えてくれたじゃないか。おれのたくらみを、少しも気づかなかったじゃないか。何の用意が出来ているものか。さア、覚悟しろッ」

空気を裂くような鋭い音がしたかと思うと、影男のからだが、地上にドッと倒れていた。

須原はピストルを構えたまま、じっと見ていたが、影男は少しも動かない。一発で息が絶えたのであろうか。

須原は懐中電燈を点じて、死体に近づいて行ったが、電燈の丸い光があおむきに倒れた影男の顔を照らすと、思わず「ウーッ」と唸って、あとずさりした。ピストルのたまは顔面に当たって、顔一面がドロドロした赤い液体で覆われていたからだ。

しばらくためらっていたが、光を顔に当てないようにして、また近づいて行った。そして、死体のそばにしゃがんで、胸に手を当てて見た。鼓動はとまっていた。念のために右の手くびをおさえて見たが、そこにも脈はまったくなかった。

「あっけないもんだなあ。さすがの悪党も、これでお陀仏《だぶつ》か。ウフフフ、じゃあ、これから、君のおさしずに従って、絶対に処罰されない手段にとりかかることにするよ」

須原は死体はそのままにしておいて、母屋に引き返し、どこかへ電話をかけた。そして、勝手元から、一枚のゴザを探し出すと、それを持って、林の中へはいって行った。死体を動かすまで、それをかぶせて、蔽い隠しておくためである。

それから十分ほどして、一人の男が母屋の玄関へはいって来た。殺人会社の重役の一人が、近くに待機して、須原の電話を待っていたのだ。その男は四十ぐらいの、痩せて背の高い男で、わざと労働者のような服装をしていた。

須原はその男を出迎えて、しばらくささやき合ったあとで、二人づれで、まっ暗な庭の林の中へ消えて行った。密室構成の仕事をはじめるためだ。それから、二人は煉瓦建ての書斎のあたりで、夜明け近くまで、何かゴトゴトと、しきりに働いていた。

密室の謎

須原が影男を射殺した翌々日の昼頃、京王電車の蘆花公園駅に近い交番へ、妙な爺さんが駈け込んで来た。

「たいへんです。わしの主人が殺されました」

日に焼けた皺《しわ》だらけの顔に、白い口ひげと白い顎《あご》ひげを生やしている。服は二、三十年前に流行したような、つんつるてんの黒い背広。汚れたワイシャツは着ているが、ネクタイもしていない。子供のように小柄な、しなびたような爺さんだ。

交番の警官は、爺さんの姿をジロジロ見ながら、疑わしそうに聞き返した。

「殺されたって、どこでだ。そして、君の主人というのは、いったいどこの誰なんだ」

「主人は烏山町《からすやまちょう》××番地の佐川春泥という小説家です。わしは、そこに長年使われている谷口《たにぐち》というものです。主人は変わりもので、庭の林の中に、煉瓦建ての書斎を作って、その中で仕事を始めたんじゃが、それが、おとといから、書斎を出てこんのです。

「主人は、今も云う通りの変わりものじゃから、書斎へはいったら、飯も食わんで、一日じゅうとじこもっていることがよくある。そこで、わしも昨日一日はほうっておいたが、今朝になっても出てこん。十時になっても、十一時になっても出てこん。これはどうも変だと思ったので、書斎の裏の窓に梯子をかけて覗いて見た。すると、どうじゃ、主人はジュウタンの上に、ぶっ倒れている。うつぶせに倒れているんじゃが、その顔に血が流れている様子じゃ。いつまで見ていても、身動きもせん、死んでいますのじゃ。

「わしは、書斎の中へはいって、確かめようと思った。ところが、入口のドアに中から鍵がかかっている。頑丈な戸じゃから、ぶちやぶることもでけん。窓はたった一つしかなくて、それには鉄格子がはまっている。わしの力ではどうにもなりませんのじゃ。急いで見に来てください」

爺さんの説明を聞くと、交番の警官も、もう疑わなかった。すぐに電話で本署に連絡しておいて、爺さんと一緒に現場にかけつける。少しおくれて、所轄警察の署長自ら数名の係り官をつれて、自動車でやって来た。

広い庭の林のような木立にかこまれて、古風な煉瓦建てがポツンと立っていた。尖り帽子のようなスレートぶきの屋根、窓というものが、たった一つしかなく、それに鉄格子《てつごうし》がはめてある。まるで牢獄のような不思議な建物だ。広さは十坪ぐらいであろうか。

正面のたった一つの出入口のドアには、中から鍵がかかっているので、署長や係り官も、爺さんが裏側の高い窓にかけておいた梯子をのぼって、その窓から内部を覗いてみた。爺さんの云う通り一人の男が、うつぶせに倒れている。その恰好が、死んでいるとしか思えない。

窓から正面のドアを見ると、これはまた何という厳重な戸締りであろう。内側に幅の広い鉄の閂《かんぬき》がガッシリとかかっている。これでは合鍵《あいかぎ》があったとしても、とてもドアをひらくことは出来ない。

窓の鉄格子を破った方が早いかもしれぬと、よく調べて見たが、これが又、ひどく頑丈に出来ていて、どうすることも出来ない。また正面の入口の前に戻って、警官たちが、体当たりでドアを破ろうとして見たが、これも全く見込みがないことがわかった。厚い板戸で、要所要所には、鉄板がうちつけてある。

「まだ建って間もないようだね」

署長が谷口爺さんに訊ねる。

「ハイ、まだ使いはじめてから三、四日にしかなりません。それに、もうこんなことが起こるというのは、方角がわるかったのじゃ。わしがいくらとめても、主人は耳にもかけず、とうとう建ててしまった。見るがいい。案の定この始末じゃ」

爺さんは、ぶつくさと不遠慮にこぼして見せる。

「君は、ここの主人に長く使われているのかね」

「ハイ、十年の余になります。わしの主人は不思議な人で、幾つも名を持っておりましてね、住まいも方々にあるのです」

「主人の職業は？」

「それが、わしにも、とんとわかりませんのじゃ。まあお金持ちの坊ちゃんですからね。ずいぶん贅沢《ぜいたく》な暮らしをして、遊び廻っている。そうかと思うと、何か書きものをすると見えて、そのためにこんな書斎を建てましたのじゃ」

「フン、よほど変わった人だね。この建物だってそうだ。窓はあんな小さいのが一つしかなくて、部屋の中はまっ暗だし、入り口のドアのこの厳重な締りはどうだ。いったい、どういうわけで、こんな用心をするのだ。この中には、何かよほど大事なものでも置いてあるのかね」

「わしもよくは知らんが、大事なものなんて、何もありゃしない。本が少しばかり置いてあるだけです。この戸締りを厳重にしたのは、そういうことではない。主人は勉強している時に誰かがはいってくるのが、おそろしくきらいじゃった。だから、鍵をかけただけでは気がすまないので、でっかい閂までつけさせたのです。わしには主人の気持はわかりません。何かを怖がっていたようでもある。主人には敵が多かったらしいからね。いや、わしは知らんが、主人が時々そんなことを云っていた。敵が多いから用心しなくちゃ、とね」

「窓の鉄格子もそのためにとりつけたというわけだね」

「そんなこってしょう」

爺さんはそれ以上何も知らなかったので、ともかくドアを破って室内を調べることにした。

署長は部下に命じて仕事師を呼んでこさせた。若い仕事師は大きな(注8)掛矢《かけや》をかついでやって来た。この掛矢でドアがこわされ、署長たちは室内を調べることができた。

被害者はピストルで顔面をやられ、顔じゅうがまっ赤に染まっていた。死体は動かさないで、室内が隈《くま》なく調べられた。ドアの鍵は中からかけられ、閂も完全にかかっていた。鍵は机の上に置いてあった。ただ一つの窓の縦横に組んだ鉄棒は、深く窓枠のコンクリートの中にはめこんであって、少しの異常も認められなかった。鉄格子の内側にガラス戸が密閉され、掛け金がかかっていた。壁は厚い煉瓦積みで、室内の側には漆喰が塗られ、楢《なら》の腰板がうちつけてあった。天井にも床にも、怪しむべき個所は全くなかった。完全無欠の密室である。

そうしているところへ、本署から通報をうけた警視庁の捜査課と鑑識課の人たちが自動車で到着した。

室内の再調べが行われ、室内外の写真がとられた。鑑識課の医員が被害者を検診した上、ひとまず母屋の方へ運んだ。

被害者はピストルでやられているのに、室内にはそのピストルが発見されず、室外からピストルを打ちこむ可能性も全くなかった。唯一の窓にはガラス戸が密閉され、そのガラスには何の傷あともないのだ。すると、犯人は室内で被害者を撃ったと考えるほかはないのだが、その犯人はどこから出て行ったのか。そういう隙間はどこにもなかった。

鑑識課の係り員は、密室構成の知識を持っていた。ドアの鍵穴を通して行われる、種々のトリックにも通暁《つうぎょう》していた。ところが、調べてみると、この建物のドアには、そういうトリックを行うことが、絶対に出来ないことがわかって来た。

普通のドアは、外側からも同じ鍵で開閉できるように、鍵穴はドアを貫通しているものだが、ここのドアは特別の構造になっていた。内側からの鍵穴と外側からの鍵穴が、別々に出来ていて、両方とも、ドアを貫通せず、先の方がふさがっていた。鍵そのものも、内側のと外側のと全く形がちがっていた。これは変わり者の被害者が、合鍵で、外から勝手にドアをあけられることを恐れたのと、もう一つは、鍵穴から覗かれるのを防ぐために、こういう内外別々の鍵穴という構造を考えついたものであろう。

ドアのトリックは、鍵穴ばかりでなく、ドアの下部の隙間がなくては出来ないのだが、ここのドアにはそういう隙間もなかった。ドアの上下左右とも、ピッタリ外枠《そとわく》に喰いこむように出来ていて、細い絹糸を通すほどの隙間さえないのだ。

人々はただ顔見合わせるばかりだった。いくら考えても、この密室の謎を解くことは出来なかった。そこで、ともかく被害者を病院に送って解剖することにした。致命傷は顔面から頭部の貫通銃《かんつうじゅうそう》創とわかっていても、こういう異様な事件では、一応解剖の手続きをする慣例であった。

やがて、救急車が呼ばれ、死体が運び出されたが、それと引きちがいに、一人の妙な男が、一同の集まっている庭の方へ、ノコノコとはいって来た。目がねをかけ、濃い口髭のある三十五、六歳の立派な紳士だ。被害者の友人が、何も知らないで訪ねて来たのかも知れないと思ったので、一人の警官が、その方に近づいて声をかけた。

「どなたですか。今、重大な事件がおこって、ごらんの通り、とりこんでいるのですが」

「わたしはこの近所に住んでいる、松下東作《まつしたとうさく》というものです。職業は弁護士です。このご主人とは知り合いでも何でもありません。実はさっき、作蔵《さくぞう》という出入りの仕事師が、わしのうちへやって来て、殺人事件のことを話して行ったのです。あなた方に頼まれて、掛矢でドアを破ったあの男ですよ。あれの話によると、被害者の倒れていた部屋が、内側から完全に締りが出来ていて、犯人の逃げた方法がわからないということですね。つまり密室事件というわけでしょう。それについて、ちょっと、わたしの考えをお耳に入れたいと思いましたのでね」

それを聞いた警官は、向こうへ行って警視庁のおもだった人々や、所轄警察の署長などに、松下氏の来意を伝えたが、立派な紳士だし、職業が弁護士だというので、ともかく話を聞いてみようと云うことになった。

「どういうお話があるのでしょうか」

署長が松下氏に近づいて訊ねた。他の警察官たちも、そこへ集まって来た。その中に佐川春泥の召使だという谷口爺さんもまじっていた。

松下という紳士は、一同の作った円陣のまん中に立って、まるで講演でもするような、気取った調子で話しはじめた。

「僕は密室の犯罪というものを、日頃からいささか研究しているのです。作蔵の話によって、その事件の密室が、どういうものであるかも詳しくわかっております。そこで、この密室の謎について、ご参考までに、僕の意見を申しあげて見たいと思って、実はわざわざ出向いて来たわけです。

「この建物は、ドアに仕掛けるトリックは全く不可能な構造であること、又、窓にも完全な鉄格子がはまっていて、何ら策をほどこす余地のないこともわかっております。すると、犯人はいったいどこから外に出ることが出来たか。これが与えられた問題ですね。

「ところが、アメリカに、ドアにも窓にも関係なく密室を作ることを考えた犯人があります。それは屋根です。屋根の横木を、ジャッキの力で上にあげて、そこに人間一人出入りできる隙間を作るのです。そして、出たあとは元の通りにしておくのですから、ちょっと気がつきません。密室トリックには、こういう新手があるのですね」

それを聞くと、警視庁鑑識課の主《おも》だった一人が、思わず口をはさんだ。

「ところが、あの書斎の天井は白い漆喰で塗りかためてあるのですよ。漆喰をこわさないでは絶対に出入り出来ない。そして、その漆喰には少しもこわれたあとがないのです」

松下と云う紳士は、少しも騒がず、それを受けて、

「わかりました。しかし、僕はこの事件の犯人が、屋根から出入りしたと申したわけではありません。こういう奇抜な例もあるということを、お話ししたまでです。屋根と云えば、もっと奇抜な手を使った犯人が日本にあります。つい五、六年前のことです。山形県の田舎で、小さな家の屋根にロープをかけて、その家の上に太い枝を張っている大きな樫《かし》の木に、幾つも万力《まんりき》をつけ、屋根全体を上に持ち上げて、その隙間か

ら逃げ出し、屋根は又もとのようにしておくという、気ちがいめいたことをやった犯人がありました。

「ところが、これも四、五年前のことですが、今度はアメリカに、それに上越《うえこ》す突飛なトリックを考えついたやつがあるのです。その男は、或る原っぱで人を殺しました。そして、それを不可能な犯罪に見せかけるために、という意味は、そうすれば犯人の物理的なアリバイが成り立つわけですからね。そのために、その原っぱの死体の上に、一晩《ひとばん》のうちに一軒の家を建てたのです。ドアにも窓にも、中から鍵をかけておいて、それから板壁をうちつけたのです。そうすれば密室の謎が出来上がります。犯人はドアや窓からではなくて、壁から出入りしたのです。そして、外側から板壁を打ちつけたのです。まさか、人を殺しておいてから、その上に家を建てるなんて、誰も想像しませんからね。いかがです、この話は今度の事件のご参考にはなりませんか」

そのとき、警官たちの中にまじって、この話を聞いていた谷口爺さんが、コソコソと、どこかへ立ち去ろうとしたが、松下紳士は目早《めばや》くそれを見つけて、声をかけた。

「その白ひげのお爺さん。あなたはここのうちの人でしょう。あとでちょっとお話があります。どこへも行かないで、もうしばらく僕の話を聞いていてくれませんか」

そのひと言で、立ち去りそうにした爺さんが釘《くぎ》づけになってしまった。爺さんは気まずいにが笑いをして、元の場所に戻った。

「人を殺してから、家を建てる。この着想は実に面白いと思う。ここの煉瓦建ての離れ家は、聞けば、ごく最近出来上がったということです。皆さんは建築が完成してから、殺人が行われたとお考えになっている。まことにもっともなお考えです。人は全部建築が出来てからでなければ、そこに住まないのが普通ですからね。

「ところが、それを逆にしてみたらどうでしょう。犯罪者のトリックというものは、いつも常識の逆を行って、人の虚を突くものです。つまり常識の盲点《もうてん》を利用するわけですね。今度の殺人は、建物が完成するかしないかの、きわどいときに行われました。もしトリックを弄する余地ありとすれば、そここそあるべきです。

「僕は見ていたわけではありませんから、どこをどうしたという具体的なことは云えません。ただ原理を申しあげるにすぎないのです。あの離れ家の壁が全部出来上がらないうちに、ドアや窓を完成したと仮定します。そして、ドアには中から鍵をかけ、閂をおろし、窓には鉄格子をはめ、ガラス戸に掛け金をかける。しかし、まだ壁には人間の出入り出来るほどの穴があいているのです。その穴から犯人が逃げ出して、そとから煉瓦で、その穴をふさいでしまう。これも一つの着想《ちゃくそう》です。建築の方式にない順序ですから、人の意表を突くのです」

そのとき、またさっきの鑑識課員が、口をモゴモゴやって、何か云い出しそうなふうに見えたので、紳士はそれを手で制して、

「あなたのおっしゃろうとしていることはわかります。それをこれからお話しするのです。今申しあげた方法は、今度の場合には当てはまりません。なぜと云って、壁は煉瓦だけでなくて、室内の側には、煉瓦の上から漆喰が塗ってありますし、又、板の腰張りがあります。犯人がそとに出てからこういう内側の細工をすることは、とても出来ません。ですから、今度の場合には、この方法は除外しなければならないのです。

「では、ほかにどんな方法があるのか、実に簡単な方法があるのです。煉瓦職人でも左官屋でも構いません。それを一人だけ残しておいて、殺人のあとで仕事をさせるのです。どこの仕事か――。窓の鉄格子をはめる仕事です。おわかりですか。鉄格子をはめる前に殺人をやるのです。そして犯人は窓から逃げ出す。そのとき窓のガラス戸の掛け金はまだかかっておりません。

「それから、どうするのか。犯人は職人に死体を見せては大変なので、逃げ出す前にシーツのようなものを、死体の上にかぶせておきます。そして、そのシーツのどこかに太い糸を結びつけて、その糸のはじを、窓のそとから手をのばせば摑めるような個

所に、ちょっと結んでおくのです。ガラス戸の掛け金に結びつけても構いません。「さて、窓から出たら、ガラス戸をしめて、それから職人を呼んで鉄格子をはめさせるのです。聞けば、格子の鉄棒は一本ずつセメントの中に深く埋めてあるということですから、そのセメント塗りの仕事をやるわけですね。そして、鉄格子が完成して、職人が帰ったあとで、そとから窓のガラス戸をひらき、さっきの糸のはじをひっぱって、シーツを外へ引き出してしまう。それから、ガラス戸の掛け金を上にあげておいて、静かに戸をしめてから、掛金《かけがね》の外側を強く叩くと、掛金がその響きで受け金の中に落ちて、戸締りが出来るというわけです。乾燥剤を入れたセメントを使えば、一日で乾きます。そして、二、三日たってから事件を起こせば、建物全体が新しいのですから、どこが最後に仕上げられたか見分けられるものではありません。これなら、どこにも不合理なところはありますまい。いかがです。これはただ一例ですが、こういう方法も可能だということを、申し上げたかったのです。

「それから、もう一つだけ申しそえることがあります。今仮定したのは、室内で殺人をやって、犯人がそとへ逃げる場合ですが、その逆も考え得るということです。あらかじめ屋外で殺人をやっておいて、工事の進行のちょうど適当なときに、職人が帰ったあとで、その死体を、今の例で云えば、窓から室内に持ちこむという方法です。この場合も、ほかの点は、すべて前と同じ順序なのです。

「僕の申し上げたいことは、これだけです。では、皆さん、失礼します」

松下という紳士は、そこで、丁寧に一礼すると、あっけにとられている人々のあいだを、くぐるようにして、門の方へ歩いて行った。

門を出ると、一丁ほど向こうを、つんつるてんの黒背広を着た、谷口爺さんが、チョコチョコと小走りに歩いて行くのが見えた。爺さんは、いつのまにか、庭の人々のあいだから逃げ出していたのだ。

松下紳士は、駈けるようにして、そのあとを追い、たちまち爺さんに近づいて行った。

「やっぱり逃げ出しましたね。あれほど僕が云っておいたのに」

うしろから、声をかけられて、爺さんはギョッとしたように振り返った。

「オヤ、あなたは、さっきのお方」

「しらばっくれても駄目だよ。折角の密室トリックも、すっかり種が割れてしまったんだからね」

紳士の言葉が俄かにぞんざいになった。

「と、云いますと？」

爺さんはキョトンとしている。

「ハハハハハ、お芝居はうまいもんだね。だがね、さっきの死体がにせものだってことは、もう今頃、病院でバレてるころだぜ」

「え、え、なんとおっしゃる。あの死体がにせもの……」

爺さんは、ほんとうにびっくりした様子だ。

「ハハハハハ、おどろいているな。オイ、爺さん、もうそのひげを取ったらどうだ」

「え、このひげを？」

まだしらばくれようとするのを、紳士はいきなり爺さんに飛びかかって、白い口ひげと顎ひげを、むしりとってしまった。すると、その下から現われたのは、意外にも、殺人会社専務、須原正の泣き出しそうなしかめ面であった。

「須原君、さすがの君も、まんまとしくじったね」

だが、須原には、この紳士が何者だか、まだ判断がつかなかった。

「で、あんたは、あんたは、いったい誰です？」

哀れな声で訊ねた。

「わからないかね。僕だよ。この口ひげと目がねがないものと思って、よく見てごらん。ホラ、ね。ウフフフフ」

裏の裏

「あんた変装していなさるのか。はてな、どうもよくわからんが……」

小男の須原は、まぶしそうに、目をパチパチやっている。

「ハハハハハ、わからないかね、ホラ、おれだよ」

弁護士は、そう云って、目がねをはずし、口ひげを取り去って、ヌッと顔をつき出して見せた。

「ヤ、ヤ、あんたは佐川春泥!? これはどうしたというのだ」

須原は、狐に化かされでもしたような顔つきで、茫然と、相手を見つめるばかりであった。

「どっかでゆっくり話をしよう。おれの方じゃ、まだ貰うものがあるんだからね」

影男の佐川春泥は、発案料の残金三百万円を、まだ取り上げようとしているのだ。

「よろしい。わしのほうでも、聞きたいことがある。ああ、あすこに神社の森がある。あの中で話そう。こういう話は家《うち》の中じゃあぶないからね」

すぐそばに、神社の深い森があった。二人は、まるで仲よしの友達のように、肩をならべて、その森の中へ、はいっていった。

「このへんがよかろう。君もかけたまえ」

小男の須原が、大きな樫の木の根に腰かけると、影男も向きあって腰をおろした。

「いったい、これはどうしたわけだ。残念ながら、わしにはまだわからないよ。まんまと一杯くわされたね」

須原がふしぎそうな顔で云うと、影男はニヤニヤ笑いながら、説明をはじめた。

「東京港のボートの中で、お互いにピストルを見せあったね。君が二五口径のコルトを持っていることは、前から知っていた。それで、おれも同じコルトを手に入れたが、それが全く同じ型かどうかを、あのとき確かめたのだよ。そして、この間の晩、君がたずねて来たとき、ソッと君のポケットのピストルとすり替えておいたのだ」

「えッ、すりかえた？　いつのまに？　これはおどろいた。君は奇術師だ」

「奇術師だよ。おれのような世渡りには、奇術が何より大切だからね。専門家について習ったものだ。そういうわけで、君のポケットへ、すべりこませておいたピストルの最初の一発は空弾《からだま》だった。あとは実弾だが、おれは一発で死ぬつもりだったから、それでよかったのだ。君があとになってピストルを調べても、残っているのは皆実弾だから、まさか最初の一発だけが空弾だったとは、気がつくまいからね」

小男須原の顔に驚嘆の色が現われた。

「おそろしい度胸だ。わしがもし二発目を撃ったら、君はほんとうに死んでいたのだぜ」

「ハハハハハ、そこが心理学さ。一発で相手が倒れて、動かなくなったら、二発目は撃たないものだ。犯人は音を立てることを、ひどく恐れるからね。

「君はおれのすり替えておいたピストルで、おれを撃った。君が撃つだろうということは、ちゃんとわかっていた。だから、おれは芝居の血のりを用意しておいてね、君がピストルを撃つと、すぐに倒れながら、自分の顔に血のりを塗りつけて、ピストルが顔に中《あた》ったように見せかけた」

そこまで聞いても、須原には、まだ合点がいかなかった。

「ちょっと待ってくれ。それはおかしいよ。わしの目の前で倒れたのは、たしかに君だった。ところが、わしはあのとき、心臓にさわって見たし、手首の脈もとったが、どちらも完全にとまっていた。わしはぬかりなく確かめたつもりだ。それが生き返るなんて、考えられないことだ」

「あれも奇術さ」

「えッ、奇術で脈がとまるのか」

「心臓をとめるのはむずかしい。だから、おれはシャツの中に、胸の形をしたプラスチックの板を当てておいたのだ。そうすれば、さわっても鼓動《こどう》は感じない。手首の方はプラスチックをかぶせるわけにはいかない。これは昔から奇術師のやっている方法を用いた。わきの下にピンポンの球より少し大きいぐらいの固いゴム玉をはさんで、腕の内側の動脈にあてがって、グッとしめつけているんだ。そうすると、そこから先の手の脈はとまってしまう。ちょっとのあいだ脈をとめて見せるなんて、わけのないことだよ」

「ウーン、そんな手があるとは知らなかった。さすがに君は『影男』だよ。で、わしが君の死骸にムシロをかぶせておいて、仲間へ電話をかけているあいだに、君はノコノコ起き上がって、別の本物の死体と入れかわったってわけか」

「君のたくらみは、海の上でピストルを見せあったときから、ちゃんとわかっていたので、医科大学の実験用の死体の中から、おれに近い年配、背恰好のものを盗み出させ、煉瓦の書斎のそばの木の茂みの中へ隠しておいた。この死体の方は、ほんとうに顔を傷つけて、血だらけにして、それに、おれの服を着せておいたので、君はうまくごまかされたのだよ」

須原はいよいよ感に堪《た》えた顔つきであった。

「君みたいな奇術師にあっちゃあ、かなわない。そもそものはじめから、わしはやられていたんだね。わしの方では、犠牲となる君自身に完全犯罪の計画を立てさせ、その君の計画で君を殺そうという、思いきった手を考えついたんだが、君は早くもそれを察して、裏の裏の手段を用意していた。わしの方が底が浅かったことを認めるよ。だが、わしはまだ負けたわけじゃない。裏の裏には、またその裏があるかもしれないからね」

小男の須原が、顔じゅうを皺だらけにして、ニヤニヤと笑った。

影男はその表情を見て、「しまった」と思った。思わずポケットに手をやったが、ピストルは持っていなかった。立ち上がろうとしたが、もうおそかった。うしろから、頑丈な腕がニューッと頸に巻きついて来た。木の蔭に、もう一人の敵が隠れていたのだ。

それを見ると、須原も前から飛びかかって来た。小男の須原はたいしたこともなかったが、うしろの敵はおそろしい力を持っていた。鋼鉄のような腕を持っていた。

影男は、全身の力をふるって、頸に巻きついた腕を、もぎはなし、すばやく立ち上がった。それから五分ばかり、烈しい死闘がつづいた。

敵は二人、味方は一人、それに、新しく現われたやつが、恐ろしく強いので、さすがの影男も、とうとう組み伏せられてしまった。うしろにねじあげられた両の手首に、細引きがグルグル巻きついて来た。それから、両方の足首にも。そして、ご丁寧に、猿轡まではめられてしまった。

「ハハハハハ、君にも似合わない油断だったね。まさかこの森の中に伏兵《ふくへい》がいようとは、思いもおよばなかっただろう。これで、つまるところ、わしの勝ちというわけだね」

小男は息を切らしながら、毒口を叩いた。

もう一人の男は、影男は知らなかったけれども、昌吉と美与子の二人を、小部屋の中に塗りこめたとき、ドアのそとの煉瓦積みをやった、あの斎木という運転手であった。

「さア、急いで、車まで運ぼう」

小男のさしずで、二人がかりで影男を抱え、森の奥深くはいって行った。そして、神社の境内を囲む生垣の破れから、道路に出ると、そこに一台の自動車《くるま》が待っていた。影男はその後部席に押しこまれ、須原がとなりに腰かけて監視役をつとめた。運転手は前部席にはいって、ハンドルを握った。車はゆっくりと辷り出した。

徐行させながら、運転手はうしろを振り向いて殺人会社専務取締役の須原に話しかけた。

「専務さん。実はちょっと心配なことがあるんです。こいつを車にのせるのを急いだので、今までだまっていましたが、大敵が現われたのですよ」

「えッ、大敵とは？」

須原は驚いて、運転手の横顔を見つめた。

「こいつに聞かれても構わないでしょうね。猿轡はめたけれど、耳はきこえるんだから」

「構わないとも、こいつは、もう逃がしっこないからね。間もなく、この世をおさらばするやつだ。何を聞かせたって、構やしない」

須原は、今度こそ、余程の自信があるらしい。

「それじゃ云いますがね、明智小五郎のやつが、われわれの事業を感づきやがったのですよ」

「えッ、明智小五郎が？」

「僕はここへ来るまで、六本木の事務所にいたんですが、専務さんが出かけられて間もなく、変な電話がかかって来たんです。相手はだれだかわかりません。明智小五郎が感づいたから注意しろという警告です。からかいかもしれません。しかし用心に越したことはありませんからね。六本木のうちへはいるのは、よくあたりを調べてからにした方がいいでしょう」

「そうか。それがほんとうだとすると、薄気味のわるい話だな。明智が動き出せば、そのうしろには警視庁がいる。そんなことになったら一大事だぞ。で、ほかの二人の重役は、それを知っているのか」

「符牒電話《ふちょうでんわ》で知らせておきました。お二人さんは、もう今ごろは、安全地帯へ逃げ出していますぜ」

須原は腕組みをしてだまりこんでしまった。

運転手も正面を向いて自動車の速度を増した。

「よし、この辺でとめろ。君は降りて、ちょっと、家の近くを見て来てくれ」

六本木にはいると、須原がさしずを与えた。運転手は、車をとめて、一人で降りて行ったが、しばらくすると、真剣な顔つきになって、帰って来た。

「いけません。うちの裏表に、五、六人はりこんでいやあがる。刑事かどうかわかりませんが、とにかく、われわれの帰るのを、待ち伏せにしているのはたしかですよ」

「そうか、それじゃ、品川《しながわ》の事務所へやれ。御殿山《ごてんやま》の家だ」

車は再び走り出した。御殿山にも殺人会社の事務所があるものと見える。事務所というのは、つまり、彼らの隠れがなのだが、この調子では、そういう隠れがを方々《ほうぼう》に持っているらしい。それほどの用意がなくては、殺人会社などという大それた事業は出来ないのであろう。

御殿山の近くまで走ると、又、車をとめて、運転手だけが物見に出かけて行ったが、間もなく、顔色をかえて、走り戻って来た。

「だめだ。ここにも張りこんでいやあがる。こんどはどこにしましょう」

「尾久だ」

須原は一こと云ったきり、だまりこんでしまった。車は矢のように走った。品川から尾久までは相当の距離であった。尾久の隠れがに近づくころには、もうあたりが薄暗くなっていた。

驚いたことには、尾久の隠れがにも、見張りがついていた。

小男須原の顔には、四方から追いつめられた野獣の相貌が現われて来た。

車はさらに、三カ所の隠れがに走ったが、どこにも、手まわしよく見張りの者がついていた。これはもう、私立探偵単独の行動ではない。警視庁も力を合わせているのだ。

右に左に逃げまどっていた野獣が、遂に逃げ場を失ったように、須原たちの自動車は世田谷区の、とある街道に立往生《たちおうじょう》をしてしまった。

須原は長いあいだ考えこんでいた。この分《ぶん》では、もう非常線が張られているかも知れない。東京から外へ出ようとするのは危険だ。といって、都内の大道路でも、いつ検問を受けないとも限らない。早く、どこかへ隠れなければならぬ。

須原はとうとう兜を脱いだ。こういう場合には何よりも鋭い智恵が頼みだからである。彼は後部席の隅にグッタリとなっている影男の肩を、ソッとつついて、話しかけた。

「様子は君も聞いていただろう。わしがつかまれば、君も同罪だ。君はわしの仕事を手伝ったばかりじゃない。君自身でも、ずいぶん悪事を働いている。つかまったら、当分日の目を見ることは出来まい。だからね、物は相談だ。隠れ場所を教えてくれ。明智の手も、警視庁の手も、絶対に届かぬような、安全な隠れ場所を教えてくれ。教えてくれる気なら、猿轡をといてやるが、どうだ」

それを聞くと、影男が深くうなずいて見せたので、すぐ猿轡を解いてやった。

「また仲直りか」

影男は口が利けるようになると、直ちに皮肉の一矢《いっし》を放《はな》った。

「ウン、仕方がない。お互いの利害が一致すれば、一時休戦だ。とにかく、今は君もわしも、身の安全を計らなければならない。こういう場合、いつも名案を持っているのは、君の方だ。お互いのために、一つ智恵をしぼってくれ」

「窮余《きゅうよ》の講和というわけか。君もずいぶん勝手なやつだな。まあいい、それほどに云うなら、一つ名案をさずけてやろう。影男は融通無碍《ゆうづうむげ》、窮するということを知らない人間だからな」

「たのむ、たのむ。こうなれば、君の智恵にすがるばかりだ」

「それじゃあ、この細引きを解いてくれ。からだの自由が利かなきゃ、名案も浮かばないよ」

「ウン、解いてやる。だが、だいじょうぶだろうな。わしを裏切って、逃げ出す気じゃないだろうな」

「そんなに疑うなら、よしたらいいだろう。おれの方から頼んだわけじゃない」

「わかった、わかった。それじゃあ、解いてやる。そのかわり、もし逃げようとすれば、わしもやけくそだ。ピストルをぶっぱなすよ。ホラ、これだ。今度は空弾じゃないぞ」

須原は例のコルトを見せておいて、細引きを解いてやった。

影男は、自由になった両手をさすりながら、

「ここはどこだ」

「下高井戸《しもたかいど》の近くだよ」

運転手が、ふりかえって答えた。

「荻窪《おぎくぼ》まで、どれほどかかる?」

「十五、六分だな」

「よし、荻窪だ。荻窪から青梅《おうめ》街道を少し行ったところだ。その前に電話をかける。公衆電話があったら、とめてくれ」

車は走り出した。西の空の夕焼けが、だんだん薄らいで街燈の光が目立ちはじめていた。

じきに公衆電話のボックスがあった。影男は、ポケットの中でピストルを構えた須原に、つき添われて、車を降り、ボックスにはいった。

「うまい具合だ。隠れ場所が見つかったぞ。これから、君に面白いものを見せてやる」

影男は、やがて、ボックスを出ると、ニヤニヤ笑いながら、そんなことを云った。

再び車は矢のように走り出した。国鉄の線路をこえて、青梅街道に出ると、影男が右、左と、さしずをした。そしてとまったのは、高いコンクリート塀でかこまれた、大きな屋敷の門前であった。電話で知らせてあったためか、車がとまると、アラベスクのすかし模様の鉄の門扉が、音もなく一ぱいにひらいた。車はその中へ辷りこんで行った。すると、門扉は静かに、再びとざされた。

艶樹《えんじゅ》の森

門内に車をとめて、三人が降りると、どこからか、黒ビロードのシャツとズボンを着けた男が、影のように浮き出して来て、影男と何か囁《ささや》き交わしたかと思うと、そのまま先に立って、裏庭の方へ廻って行った。

そこには森のように木が茂っていた。そして、大きな池が黒く見える水をたたえていた。黒い男の手まねで、三人はその池の岸に立ちどまった。影男は、これから何が起こるかを、よく知っていたけれども、須原と部下の運転手は、はじめてここに来たのだから、一種異様の不安を感じないではいられなかった。

「妙なところへ来たが、これからどうなるんだね」

須原が影男の耳に口をつけるようにして、心配そうに囁いた。

「この池の中へ隠れるんだよ」

影男は、自分自身の経験を思い出して、心の中でクスクス笑いながら、わざと思わせぶりな答え方をした。

「えッ、なんだって？　この池へはいるのかい」

「ウン、はいるのだよ。水の中へもぐるんだよ。ウフフフフ、だが安心したまえ、直接もぐるんじゃない。それにはうまい方法があるんだ。今にわかるよ。まあ見ていたまえ」

みなだまりこんでいた。広い邸宅ばかりの淋しい場所だし、この庭そのものが、森林のように広いので、何の物音も聞こえて来ない。夕闇は刻々《こくこく》に迫り、一つの燈火も見えず、あたりはもう見分けられぬほどの暗さになっていた。闇と静寂とが、異常な別世界を感じさせた。

黒い池の表面が、かすかにゆれているように見えたが、突然、そこから棒のようなものが現われて来た。棒の先がキセルの雁首のように曲がっている。ペリスコープだ。それが三フィートほども伸びると、池水《いけみず》はさらに烈しくゆれ動いて、直径三フィートもある、まっ黒な円筒形のものが、池中の怪獣のように、ヌーッと巨大な頭をもちあげて来た。

鉄の円筒が水上二フィートほどで静止すると、その上部の円形の蓋が静かにひらき、その中から、鉄梯子がスルスルとのびて、池の岸に懸けられた。

「じゃあ、どうか」

黒ビロードの男が、囁くように云って、まっ先にその梯子をわたり、円筒の中へもぐりこんで行った。

「あの中へはいるんだ。これが別世界への入口だよ。別世界へはいってしまえば、もうこの世とは縁が切れるのだ。絶対の安全地帯だよ。さア、おれについてくるんだ」

影男は須原と運転手に、そう云って、梯子をわたりはじめた。二人はそのあとにつづく。

鉄の円筒の内側には、まっ竪《たて》の梯子がついていた。一人ずつそれを伝い降りて、円筒の底に立った。挟い場所なのでからだをくっつけ合っている。

影男は経験ずみだが、須原と運転手は、はじめてなので、まっくらな円筒の底にとじこめられ、これからどうなることかと、異様の不安に襲われないではいられなかった。

どこかでモーターの音がして、円筒がユラユラと揺れたかと思うと、なんだか目がくらむような気がした。ちょうどエレベーターの下降する感じだった。

円筒が池の底へ静かに沈下しているのだ。円筒が再び静止すると、目の前の鉄の壁に、竪に糸を張ったような銀色の光がさし、それが見る見る太くなって行く。円筒の壁の一部がドアになっていて、それがひらいている。向こう側の電燈が、ドアがひらくにつれて、さしこんでくるのだ。

池の底では円筒が二重になっていて、出入口も二重ドアなので、決して水が浸入するようなことはない。人々が円筒を出ると、二重ドアは自然にしまって行く。

「こちらへ」

黒ビロードの男が先に立って、地底の洞窟を奥へ進んで、岩肌と見わけのつかぬ一枚のドアをひらくと、そこに接客用の小部屋があり、椅子やテーブルが置いてあった。

「これはようこそ。お電話がありましたので、お待ち申しておりました」

丸々と肥った色白の顔に、チョビひげのある紳士が、椅子から立ち上がって、西洋流のゼスチュアで挨拶した。

「僕は二度目ですが、この二人は、はじめてです。例の極楽《ごくらく》を見せてやりたいと思いましてね」

影男が二人を引き合わせて、みなが席につくと、案内役をつとめた黒ビロードの男が、一礼して立ち去ろうとするので、影男はこれを呼びとめた。

「僕らの乗って来た自動車は、ガレージに入れておいて下さい。門の外から見られないようにね」

男はうなずいて、又一礼して引きさがって行く。

「ところで、規則に従って、先《ま》ず観覧料をお支払いします。前の通りでよろしいですね」

「ハイ、さようで」

色白のチョビひげ男は、もみ手をして答える。

影男は、ポケットから小切手帳と万年筆を取り出し、百五十万円の金額を書き入れて、さし出しながら、

「僕の小切手ですが、まちがいはありません。もうお馴染《なじみ》になっているんだから、ご信用願えるでしょうね」

「もちろんでございます。あなたさまの莫大《ばくだい》なご収入については、わたくしどもの方でも、よく承知いたしておりますので」

チョビひげはちょっとウインクをして、ニヤリと異様に笑って見せた。

「では、三人いっしょに、奥へ行ってもよろしいですか」

「もちろんでございます。ですが、ちょっとお断わりしておきますが、あなたさまが、この前ごらんになりました景色は、ガラリ一変いたしておりますよ。この前は海でございましたが、今度は森でございます。艶樹の森と申しまして、別様の風景を作

り上げたのでございます。それから、第二のパノラマ世界もまた、すっかり変わっております。それは荒涼たるこの世のはてでございます。そこへ行く通路は……いや、これは説明いたしますまい。艶樹の森をさまよっておいでになれば、自然と、そのもう一つの別世界に出られるようになっております。……では、どうか廊下を奥へお進みいただきます。案内のものは、この前と同じように、途中までお出迎えしておりますから」

チョビひげに送り出されて、三人はトンネルのような洞窟の中を、奥の方へ進んで行った。どこかに隠し明かりがついていると見えて、洞窟のゴツゴツした岩肌が、ぼんやりと見えてくる。

しばらく行くと、洞窟の奥から、まっ白なものが現われて来た。この前と同じ全裸の美女である。三人はこの裸女の案内で、岩屋の湯にはいり、着更えをすませた。すべて前のときと同じである。三人のうち、斎木運転手だけは、なぜか湯にはいらないで着替えだけにした。着更えたのは、例のピッタリと身についた黒ビロードのシャツとズボンである。

それから三人は、例のまっ暗な洞窟の中へ、はいっていった。トンネルはだんだん狭くなり、ついには四つん這いにならなければ、通れないほどになった。そして、やがて行きどまりだ。だが、影男は経験済みなので、迷わなかった。じっと待っていると、正面の岩がスーッと横に動いてそこにポッカリ通路がひらいた。

ひらいた岩の向こうに、急な登りの階段があった。それを登って行くと、そこに不思議な世界がひらけていた。

三人が這い出した穴は、目の届く限り果てしも知らぬ大森林のまんなかであった。

ここは地上ではない。むろん地底世界のつづきなのだ。地底にこんな大森林があるはずはない。むろん、この世界の経営者の巧みな目くらましにちがいない。この前には、地底に無限の大洋がひろがっていた。それはパノラマ原理の応用であった。この大森林も、おそらく、それに似た幻術なのであろう。

だが、この森は地上では見ることの出来ない、不思議な森であった。そこの巨樹《きょじゅ》たちも、いかなる植物学者も目にしたことのない、異様の妖樹《ようじゅ》であった。

その二《ふ》た抱《かか》えもある太い幹は、白、桃色、又は狐色の複雑な曲線に覆われ、それが絶え間なく、ムクムクとうごめいていた。うごめく樹幹の上には、巨大な棕櫚《しゅろ》の葉のようなものが、空を隠して繁茂していた。

森の中には生暖《なまあたた》かく甘い芳香が、むせ返るように漂っていた。それは若い女性の肉体から発散する香気であった。

三人は手近《てぢ》かの一樹の幹に近づいて、こわごわそれを観察した。その幹は裸女の肉体の密集から成り立っていた。おそらく中心に一本の堅い棒が立っているのであろう。その棒の頂上から棕櫚の葉が四方にひろがっているのであろう。だが、幹は生きて動いている。棒の下から頂上まで、裸女がそれに取りすがって、折り重なり、ひしめきあっているのだ。そして、うごめく白と桃色と狐色の幹が出来上がっているのだ。からだとからだとが、すき間なく密着し、重なり合っているので、全体が、なまめかしい曲線を持つ一本の太い柱になっている。古代印度《インド》の石窟《せっくつ》の柱には、これに似た彫刻がきざまれていた。しかし、あれは動かぬ石の彫刻。ここのは、生きてうごめく肉の彫刻である。

よく見ると、一人の女のわきの下にはさまれ、別の女の顔が、こちらを向いて、にこやかに笑いかけていた。一人の女のゆたかなお尻の下に、別の女の乳房が震えていた。腕と腕とがねじれ、足と足とがからまり、ある腕や足は、肉の枝となって、横ざまに伸び、ふりみだした黒髪は、巨木にまといつく蔦葛《つたかずら》とも見えて、それらが、つとめて静止してはいるのだが、若い生きもののことだから、ムクムクと、絶えずどこかが動いている。

それがただ一本の幹ならば、さして驚くこともないのだが、何百何千本、同じような裸女の巨木が目もはるかに、無限の彼方までつづいている。こんなことが果たしてあり得るのであろうか。

一本の木に十数人としても、数百本、数千本となっては、ほとんど数えきれない裸女を動員しなければならない。この地底世界に、それほどの巨資《きょし》があるのであろうか。この前にチョビひげが云っていたのでは、地底世界の女の数は百人ぐらいのはずであった。そのくらいの人数で、この見る限り裸女で埋まっている森林が出来上がるはずはない。

やっぱりパノラマの原理で、遠方の木は壁画にすぎないのであろうか。だが、それにしては、遙か彼方の小さく見える木々までも、みな生《せい》あるもののごとくうごめいているのは、どうしたわけであろう。

三人は余りの妖異《ようい》に、物云うことも忘れて、フラフラと、裸女の幹から幹へと、さまよって行った。彼らの右ひだりを、白、桃色、狐色の、あらゆる曲線が、送りまた迎えた。顔を外向けにしているのは、ごくまれであったが、その顔は皆、三人の旅行者に、みだらな微笑《ほほえ》みを送った。顔のまわりには、ふくよかな腰、腹、乳、肩、尻、腿、腕が、ひしひしと取りかこんで、微妙に蠕動《ぜんどう》していた。或る肌は白く滑らかに、或る肌は桃色に上気し、或る肌はにおやかに汗ばんでいた。

「オヤッ、見たまえ、あっちから、黒ビロードの見物人がやって来るぜ」

須原が、地底にはいってから、はじめて口をきいた。

見ると、向こうの樹間に、チラチラと、黒い人影が見える。やっぱり三人づれで、こちらへやってくる。

「アッ、あっちにもいる」

その方を見ると、そこにも同じような三人づれ。

「ごらんなさい。うしろからもやってくる」

運転手の声に、ふり返ると、後方の樹間に、やっぱり三人の黒い人影。

「ヤ、あすこにも！」

「オヤ、こちらからも！」

三人はグルグルまわりながら、四方を眺めまわしたが、四方八方の立木の彼方に、無数の黒い人影が、ちらついていることがわかって来た。それればかりではない。二十メートルほどのところに立っている三人の黒衣のはるか向こうに、また同じような人影がちらつき、そのまた向こうの、かすんで見わけられぬほどの遠方にも、小さな人影が見えている。四方八方その通りなのだから、この森の中にいる黒ビロードの見物人は、ほとんど数えきれないほどの数である。

いよいよ、ただごとではない。こちらが気でも狂ったのではないか。恐ろしい夢を見ているのではないか。

「アハハハハハ」

突然、影男が笑い出した。ほかの二人はギョッとして、その顔を見つめる。

「わかった。手品の種がわかったよ。鏡だ。鏡が四方に張りつめてあるんだ。いや、四方じゃない。ここは八角形の部屋で、八方が鏡になっているんだ。だから本物の女体の木は十本ぐらいで、あとは鏡に写ったその影なんだ。八面の鏡に反射し、逆反射《ぎゃくはんしゃ》するので、無限に遠くまでつづいているように見えるんだ。黒ビロードの見物もその通り、本物はわれわれ三人きりだが、それが八方の鏡に写って、あんなに多勢に見えるんだ。

「地上世界の見世物で、こんなことをやれば、すぐに種がわかってしまうが、地底の洞窟という好条件がある。それに照明が実にうまくできている。そこへもってきて、女ばかりで出来た木の幹という、ずばぬけた着想だ。ヒョイとここへ入られた見物は、どぎもを抜かれて、つい、目もくらもうじゃないか」

手品の種がわかっても、目の前の不思議な眺めは、少しも魅力を失わなかった。ともかくも、何十人という本物の裸体の娘が、巨木の幹の代理をつとめているのだ。その一つ一つにちがった肌の色、肉のふくらみ、曲線の交錯、サイレンのようにみだらな笑顔、それらの細部を見つくすまでは、男心を飽きさせることはないのだ。

そのとき、どこからともなく、おどろおどろしく太鼓の音が聞こえて来た。怪談作家ブラックウッドが、アマゾン川の流域の無人の境で聞いたという、あの別世界の音響のように、所在不明の太鼓の音が響いて来た。

三人は慄然《りつぜん》として立ちどまり、互いの目を覗き合った。

太鼓についで、静かに起こる弦楽の音、十数張のヴァイオリンのかなでる、この世のものならぬ妖異のしらべ。それにつれて、裸女の森林をゆるがす大音響が湧き上がった。美しく、雄大きわまる女声の四部合唱。木々の幹なる裸女どもが、口を揃えて歌っているのだ。その歌声は洞窟にこだまし、八方の鏡にはねかえされて、不思議な共鳴を起こし、無限の彼方までつづく大森林全体が、歌に包まれ、歌に揺れているように感じられた。

耳を聾する歌声は、或いは低く、或いは高く、いつまでもつづいた。そのリズムに取りまかれ、リズムに身も浮き上がり、三人のからだが、徐々に、調子を合わせて動揺しはじめたのも無理ではなかった。

ピッタリ身についた黒ビロードのメフィストたちは、しなやかに手を振り、静かにステップを踏んで、うた歌う裸女どもの幹から幹へと、身ぶりおかしく、めぐりはじめた。

めぐりめぐれば、次々と笑いかける、愛らしい目、におやかな唇。木の枝になぞらえて、バレーのように高々とあげた裸女の足、裸女の手も、歌声に合わせて、ゆるやかに律動《りつどう》していた。その中を、踊りながらめぐり歩く黒ビロードのメフィストは、ゆらぐ裸女の手に触れ、足に触れ、肩を撫で、乳房をかすめ、はては、うた歌う唇にさえ触れるのであった。

「ヤ、あれはなんだ?」

須原の頓狂《とんきょう》な声に、指さす方を一《ひ》と目《め》見ると、さすがの影男も、アッと声を呑んで、立ちすくんでしまった。

妖異な森には妖異のけだものが棲んでいた。彼方の樹間に現われたのは、裸女の幹と同様、一見しては何ともえたいの知れぬ怪獣であった。

前にも、横にも、うしろにも、美しい人間の顔がついていた。そして十本の腕、十本の足、巨大な桃色の怪獣が、その十本の足をムカデのように動かして、こちらへ近づいてくるではないか。

前後左右の五つの顔は、赤い唇で歌を歌い、十本の手は、なよなよと、それに合わせて拍子をとり、十本の足も、巧みにステップを踏んでいる。それは五人の裸女が、からだを異様に組み合わせ、ねじり合わせて、一匹の艶《なま》かしい巨獣となったものであった。

洞窟にはいってから二時間余り、黒いメフィストは、時を忘れ、追われている身を忘れ、地上の一切の煩《わずら》いを忘れ、艶樹の森と、地底世界をどよもす音楽と、歌声と、踊り狂う五面《めん》十脚《きゃく》の美しい怪獣とに、果てしもなく酔いしれていたが、ふと気がつくと、またしても、ただならぬ奇怪事が起こっていた。

八方の鏡に写る黒ビロードの人影が、刻一刻、その数を増して行くかに感じられた。はじめのうちは誰も気づかなかったが、こうも人数がふえて来ては、もう気づかぬわけにはいかぬ。影男が先《ま》ず立ちどまり、つづいて須原が立ちどまった。

「これはどうしたことだ。おれの目が酔っぱらっているのか。それとも、またしても何か地底の魔術がはじまったのか」

「わしの目もどうかしている。鏡の影が倍になった。いや、三倍四倍になった。見ろ、木の幹のすきまというすきまは黒い人間で一ぱいじゃないか。おかしいぞ。ホラ、わしは今手をあげた。だが、手をあげないやつが一ぱいいる。わしらの影じゃない。別の人間がはいって来たのか？」

二人は手を上げ足を上げて、八方の鏡を見廻した。手足をあげている影は、全体のほんの一部分にすぎない。やっぱり、別の黒ビロードがはいって来たのだ。一人や二人ではない。五人、十人と、新米の客がつめかけて来たのであろう。

音楽も歌声も、少しも途切れないでつづいていた。耳を聾する音響が、彼らの思考力を昏迷《こんめい》させたのであろうか。

いや、そうではない。鏡の影とは見えぬ実物の黒ビロードが、前から、うしろから、右から左から、二人の方へ近づいて来るのが、ハッキリ認められた。その近づきかたが、ただごとではない。賊を包囲した警官隊が、包囲の環《わ》をジリジリとせばめて来るあの感じであった。しかも、その包囲陣は少なくとも十人を下らないように見えた。

二人はもう身動きが出来なかった。いまわしい予感がヒシヒシと迫って来た。だが、音楽と歌声は最高潮《さいこうちょう》に達していた。木々の裸女たちのゆらめきも、物狂わしくなっていた。ワーン、ワーンという響きに八方の鏡もゆらぎ、洞窟そのものも揺れ動いているかと感じられた。

その大音響が、一瞬にしてピタリととまった。裸女どもも、人形のように静止した。何かただならぬ鋭い物音が聞こえたからである。それは銃声であった。ピストルの音であった。そのあとの余りの静けさに、耳鳴りだけがジーンと残っていた。

ハッとして見廻すと、四方から迫った黒ビロードの人々の手に、ことごとくピストルが構えられていた。実物は七、八人だが、八方の鏡に写る何百何千人。そのおびただしい黒衣の人々が、百千の銃口を、こちらに向けておびやかしているのだ。

「手を上げろ」

まっ先に進んだ一人が、死の静寂を破って怒鳴った。

影男も須原も、すなおに両手を高く上げた。妖異な環境と、見事な不意打ちが、さしもの悪党どもを、一刹那、無力にしてしまったのだ。

「殺人請負会社専務、須原正、通称影男、速水清二を逮捕する」

それは警官の声であった。どうしてこの地底世界へ、警官がはいりこんで来たのか。そんなことは不可能ではないか。第一、警察官がピッタリ身についた黒ビロードのシャツなど着ているというのは、考えられないことだ。

「君たちは、いったい誰です」

「僕は警視庁捜査一課第一係長の中村《なかむら》警部だ。逮捕状もちゃんと用意している」

黒ビロードの人は、そう云って、二人の前に一枚の紙片を差し出して見せた。一見して正規の逮捕状であることがわかった。

これはいったい、どうしたことだ。地底世界の経営者が内通したのだろうか。あのチョビひげが、友誼《ゆうぎ》にそむいて、警察に知らせたのであろうか。そんなことはあり得ない。この地下装置による不当営利事業を、その筋に知られたら、彼も重い処罰を受けるはずではないか。彼ではない。彼が内通するはずはない。では、いったい誰の仕《し》業《わざ》か？

「オイ須原君、君の部下の運転手はどこへ行ったのだ。その辺に見えないじゃないか」

影男が、恐ろしい顔で須原を睨みつけた。

「ウン、わしも、さっきから、それが気になっていたのだ。オーイ、斎木、斎木はいないか」

その呼び声に、うしろの方から、黒衣の人々をおしわけて、運転手の斎木が顔を出した。そして、両手をさし上げている二人の滑稽な姿を見ると、驚く様子もなく、ニッコリと笑って見せた。

「お二人とも、もう年貢《ねんぐ》の納めどきですよ」

腹心《ふくしん》の部下と信じきっていた斎木が、思いもよらぬセリフを口にしたので、小男の須原は、アッと仰天《ぎょうてん》した。顔は紫色になり、瞼《まぶた》から飛び出さんばかりの目で、喰い入るように相手を睨みつけた。

明智小五郎

「オイ、斎木、なにを云ってるのだ。きさま、気でもちがったのかッ」

小男の須原が、満面《まんめん》に怒気《どき》を含んで、どなりつけた。

「気がちがったのじゃない。君の方で、とんでもない思いちがいをしていたんだよ」

斎木運転手は、社長にむかって、ぞんざいな口をきいた。そして、そばの刑事たちに、ちょっと目くばせすると、二人の警官が、それぞれ、影男と須原のからだをしらべて、兇器の類を隠し持っていないことを確かめた。

「思いちがいだって？」

須原が、目をむき出して、一種異様の渋面《じゅうめん》を作った。

「僕を斎木だと思いこんでいたのがさ」

「えッそれじゃ、君は斎木じゃないのか」

そのとき、斎木と呼ばれる男が、片手で、自分の頭の毛をつかむと、力まかせに、それをひきむいてしまった。カツラだった。その下から、あぶらけのない、モジャモジャ頭が、あらわれた。

彼は、今度は両手で自分の顔を覆って、しばらく何かやっていたかと思うと、ツルリと、その手をなでおろした。すると、その下から、斎木とよく似ているけれども、しかし、どこか全くちがった顔があらわれた。

影男はその顔を知っていた。新聞や雑誌の写真で見たことがある。モジャモジャ頭が、目じるしだった。

「アッ、君はもしや……」

「私立探偵の明智というものだよ」

相好《そうごう》の変わった運転手が、ニコニコ笑っていた。あたりが、シーンと静まりかえった。影男も須原も、急には物が云えなかった。

やっとして、須原が、ふしぎにたえぬ顔つきで、口を切った。さすがに彼は、一瞬の狼狽《ろうばい》から、もう落ちつきを取り戻していた。

「フン、あんたが音に聞く明智先生ですかい。お見それしました。だが、いったい、いつのまに？　……変装の名人とは聞いていたが」

「六本木の毒ガスと塗りこめ事件の少し前からね。斎木がどこか僕と似ているのをさいわい、僕は斎木を或る場所に監禁して、こっちが斎木になりすまし、君の忠実な部下となった。そして、たった今まで、忠勤をぬきんでていたというわけだよ」

明智はやっぱりニコニコ笑っていた。

「ハハハハハ、これはおかしい。すると、君は人殺しの手伝いをしたわけだね。篠田昌吉と川波美与子を毒ガスで殺して、部屋の中へ塗りこめたとき、君はレンガ積みまでやったじゃないか。ガスのネジをあけたのも君だ」

「それが大変な思いちがいだというのさ」

「えッ、なんだって？」

「ガスのネジをひらいたり、煉瓦を積んだりしたときには、二人はもう、あの部屋にはいなかったのだよ」

「バカなことを。おれたちは、絶えずドアのそとで見はっていた。出入り口は、あのドアのほかには絶対になかった」

「見張ってはいたさ。君と僕と替わりあってね」

「えッ、替わりあって？」

「二人をあの部屋にとじこめて、君はのぞき窓から、しばらくからかっていた。いやがらせを云っていた。それから、川波良斎を迎えに行った。あとの見張りは、この僕に任せておいてね」

小男の須原の目が、一層とび出した。そして、ウーンと云ったまま、二の句がつげなかった。

「あのすきに、僕は部屋にはいって、二人をにがした。二人は廊下の窓から出て、木のかげを伝って裏口へまわった。そこに僕の部下が待ちうけていた」

「いや、ちがう。そんなはずはない。良斎をつれて来て、のぞきまどから、のぞかせたとき、良斎が二人の姿を見ている。見なければ、あいつが承知するはずはない」

「そこに、ちょっとカラクリがあったんだよ。まあ手品だね。僕はズボンとスカートと二足の靴を、新聞紙に包んで、あの廊下の物置部屋に隠しておいた。それと同じ物置部屋にあった古服なんかをもってあの部屋にはいった。そして、二人に、ズボンとスカートと靴をぬがせ、僕の用意しておいたのと、はきかえさせて、逃がしたのだ。残った二人のズボンとスカートと靴で、古服なんかを芯《しん》に入れて、人間の下半身をこしらえた。それを、のぞき窓の下の壁際にならべて置いた。真上《まうえ》の窓からのぞくと、壁ぎわの上半身は見えないから、二人が絶望して、壁にもたれて、足をなげ出していると信じてしまったのだ」

「ちくしょう！　やりやがったな」

須原が、じだんだを踏むようにして、頓狂な声をたてた。

影男は興味深くそれを傍観していた。すべて彼には初耳であった。昌吉と美与子が助けられたことを、このとき初めて知り、名探偵の手際を、ヤンヤと褒めてやりたいような気持だった。小男須原の狼狽は小気味がよかった。

それにしても、ここは名探偵と犯罪者の対決の場として、何という異常な背景であったろう。ウジャウジャとひしめく、無数の肉体のまっただ中で、探偵理論が語られているのだ。兇悪殺人があばかれているのだ。

裸女たちは、黒衣の警官隊の侵入におそれをなして、過半はもう木の幹からおりて、明智と二人の犯人のまわりに、むらがり立っていた。この場を逃げ出したい恐怖心よりも、彼女らの性格として、ふてぶてしい好奇心が勝ちを占めた。なにか見世物でものぞくように、三人のまわりにむらがって、ふしぎな問答に聴き耳を立てていた。

明智は話しつづけた。

「すべては斎木の信用にかかっていた。君は腹心の部下として斎木を信頼しきっていた。それがなければ、僕のトリックは成功しなかっただろう。君の信用を、さらに強めるために、僕はここにいる佐川君、それとも速水君かね。この人物を森の中で襲って、とりこにした。それから、自動車を運転して、東京のいたる所にある君の根城《ねじろ》をまわりあるいた。だが、その根城のことごとくに、警察の見張りがついていると云ったのは、やっぱり僕のトリックだった。あれはみんなウソなのだ。君は斎木としての僕を信頼しきっていたので、そのウソを見やぶることが出来なかった。

「なぜ、そんなウソを云ったか。窮余の一策として、君が佐川君の智恵を借りるのを待っていたのだ。佐川君が僕たちを、どこへ連れて行くかそれが知りたかったのだ。すると、こういう面白い地底の世界を見せてくれた。そして、ここでまたふしぎな犯罪者を発見することが出来た。

「三人が三人とも、さすがの僕も今までに出会ったこともない、飛びきりの異常犯罪者だった。一人は殺人請負会社の社長、一人はこの世の裏を探しまわって恐喝を常習とする影男、一人は地底にパノラマ王国を築いて、それを営業とする怪人物、僕は一石にして巨大な三鳥《ちょう》を得た。すばらしい獲物だったよ。ハハハハハ」

明智はそのときはじめて、心からのように、大きく笑った。その軽やかな、はずむような哄笑が、裸女群の頭上を漂って、八角の鏡の壁に反響した。

するとと影男が、これもニコニコ笑いながら、一歩明智に近づいて、口を切った。

「それにしても、明智先生は、この地底の世界へは、はじめて来られたのでしょう。それで、どうして、こんなに手早く警察と連絡できたのでしょうか。これにも何か手品の種があるのですかね」

「それは種があるんだよ」

明智はまるで親しい友達にでも話しかけるような口調であった。

「君は僕の少年助手に小林という子供のいることを知っているだろうか。その小林が、僕たちの乗って来た自動車の、うしろのトランクの中に隠れていたのだよ。僕が隠しておいたのだよ。それはいつだというのか？　君をしばるまえに、あの神社の森のそばでさ。

「ここのうちの門をはいってから、小林はソッとトランクから抜け出して、近くの電話で、警視庁の中村警部に、場所を知らせた。中村君は部下をつれて、このうちにかけつけ、堀のまわりに待機していた。

「一方、僕の地底世界で、ちょっと荒療治をやった。さっき、しばらくのあいだ、僕は君たちのそばを離れたね。君たちが艶樹と艶獣《えんじゅう》を鑑賞しているあいだに、僕は一《ひ》と仕事《しごと》やったのだ。

「君たちに気づかれないように、もとの道を引き返して、入口に近い事務室で、主人のチョビひげを、手ごめにして、泥を吐かせた。地底世界の様子が、あらましわかった。ここには八人の男が使われていた。その八人を、次々と事務室に呼んで、次々としばり上げてしまったのだ。僕はこう見えても腕力に自信がある。一人と一人なら、どんな猛者《もさ》にも、ひげをとるものじゃない。

「それから、チョビひげを脅迫して、池のシリンダーを浮き上がらせ、待機していた十人の警官を、地底世界に引き入れた。そして、八人の男の黒ビロードをぬがせて、中村警部と七人の部下に、それを着せた。この艶樹の森へ、黒衣の警官が侵入してきたのは、そういう次第なのさ。残る二人の警官は、事務室に縛り上げてあるチョビひげと八人の男を、見張っているのだよ。

「ここでは詳しく話しているひまはないが、僕が君たちの秘密をにぎったのは、山際良子の口からだよ。佐川君のあまたあるガールフレンドの一人だ。あの子は久しく君のところへ顔を見せないだろう？　それは僕が手中《しゅちゅう》のものにしたからさ。と云っても、恋人にしたわけじゃない。僕の熱意にほだされて、悪人の手先から足を洗ったのさ。そして、彼女の知っているだけのことを、僕に話してくれた。だから、僕は君の旧悪を、あらかた知っている。川波良斎の復讐事件には、僕自身とびこんでいったんだから、知ってるのは当たりまえだが、そのほかに、春木元侯爵夫人らの依頼を受けて、小林という艶歌師を古井戸に埋めた事件、須原君の殺人会社の依頼で、世田谷の毛利という富豪の愛人を、人造の底無し沼におとしいれる案をさずけた事件など、幾つも確証を握っている。

「君のことを調べていると、須原君の殺人会社のこともわかって来た。君たち二人が、時に味方になり、時に敵となって、もつれ合ってきた関係も、明らかになった。それから僕は須原君の腹心の部下、斎木に化けて、殺人会社の一員となったので、恐るべき請負会社の過去の悪行《あくぎょう》の数々を調べあげることが出来た。

「そこで僕は君たち二人を、一挙に撲滅《ぼくめつ》する計画を立てた。そして、その計画は見事に成就したばかりか、全く僕の知らなかったこの地底魔境という、思わぬ収穫さえあった」

明智が語り終わるころには、影男と須原は、ソッと目くばせをして、少しずつ、少しずつ、あとじさりをはじめていた。もう三メートルも、明智とのあいだがひらいた。二人は、そうして、裸女の群衆の中へ、まじりこもうとしているかに見えた。

明智は、それを見ても、なぜか平然としていた。予期していたことだとでもいうように、見て見ぬふりをしていた。

「アッ、明智君、あいつら、にげるつもりだぞッ」

中村警部が、そばによって明智の腕をつついた。だが、もうおそかった。二人の犯人は、群がる裸女の中に、突入していた。白と桃色と狐色の肉団の密集の中を、鏡の壁に近づこうとしていた。八人の黒衣が、それを追って、裸女の海を泳いだ。だが、なかなか近づくことは出来ない。もうピストルも物の役にたたなかった。撃てば女たちを傷つけるに決まっているからだ。

八角形の鏡の部屋は、今や沸きたぎる人肉の坩堝《るつぼ》と化した。鏡の影を合わせて、幾千人の裸女と黒衣が、乱れ、もつれ、泡立ち、ゆらいだ。百千の口からほとばしる悲鳴は、阿鼻叫喚《あびきょうかん》の地獄であった。

影男と須原とは、この混乱の中を、ようやく一方の鏡の壁に達していた。彼らは手をつなぎあって、ギラギラ光る壁づたいに走った。その行手に立ちふさがる女体は、次々と顚倒《てんとう》し、足を空《そら》ざまにして悲鳴をあげた。

この鏡の壁をつたって、一周すれば、どこかに、別のパノラマ世界への出口があるだろう。二人は期せずして、それを考えたのだ。チョビひげの説明のなかに、チラと、そんな口ぶりがあったのを、忘れなかったのだ。別のパノラマ世界へはいれば、そこには又、別の逃亡の手段がないとは限らない。チョビひげは、そこをこの世の果てだと云った。追いつめられた極悪犯人の逃げるところは、もうこの世の果てのほかにはないのだ。

鏡をつたって走っていると、鏡の内側にも、外側にも、無数のひしめく肉体があった。それが押し合い、押し返し、はねのけ、つかみ合い、うめき、叫び、泣き、わめいていた。

角を一つ、二つ、三つ、四つ、二人は執念深く、鏡から離れなかった。そして、手の届くかぎりの鏡の面を押し試みた。隠し戸はないかと、叩き、蹴り、からだごとぶっつかって見た。

「アッ、ここだッ！」

影男が、頓狂なこえを立てた。鏡板の一部が、グラッとゆれて、そこにポッカリと黒い口がひらいた。二人は手をつないで、その中へまろび入った。すると、鏡の隠し戸は、また元のように、ピタッと、とざされてしまった。誰も追ってくるものはなかった。二人はやっと別世界にはいることができたのだ。そこにはもう、女共の悲鳴も警官の怒号も聞こえなかった。それは死の国であった。

この世の果て

明智小五郎は中村警部やその部下とともに、地底世界の入口に近い、いわゆる事務室に戻っていた。

そこには、この世界の持ち主のチョビひげ紳士と、八人の男が、手足をしばられて、うずくまり、それを二人の警官が監視していた。

「地底王国のご主人、二人の犯人は、もう一つのパノラマ王国へ逃げこんだ。あの鏡の壁に、隠し戸があったのだね」

明智がチョビひげの前に行って、たずねると、彼はうしろ手にしばられた上半身をおこして、恨めしそうな顔で、こちらを見上げた。

「そうですよ。でも、ご見物衆《けんぶつしゅう》はあの隠し戸からはいるまでに、気を失うのです。気を失ったところを、ソッと運んでおいて、パッと目をひらくと、そこに全く別の世界があるというのが、最も効果的ですからね。それには、わたしが工夫した、麻酔《ますい》ガスを用います。艶樹の森を充分鑑賞なさったころに、美しい魔女が、見物衆にまといつきながら、パイプのネジをひらいて、その鼻先に麻酔ガスを吹きかけるのです。

「ですから、あのお二人が、正気のまま、鏡の隠し戸をひらいて、別の世界へ、はいられたとすれば、折角の趣向がぶちこわしですよ。それでは、二つの世界が連続してしまいます」

チョビひげは、捉われの身でも、お喋りのくせはやまなかった。

「君はさっき、その別の世界は、この世の果てだと云ったね。そこはどんな景色なのだね」

「全くのこの世の果てですよ。荒涼たる岩ばかりの無限の大渓谷《だいけいこく》です。地球の果てです」

「ここには、その二つの世界のほかに、まだ何かあるんじゃないか」

「ありません。二つの世界で、わたしの地底王国は一ぱいですよ」

「で、そこから、そとの抜け道はないだろうね」

「あるものですか。そとへの出口は、池の中のシリンダーただ一つですよ。ですから、あなた方は、ここにがんばってれば、絶対に二人を逃がす心配はありません」

「僕も、そうにちがいないと思って、わざと二人を見のがしておいたんだがね。それで、この世の果ての世界では、どんなことが起こるんだね」

「美しい天女の雲が、舞いさがってくるのです。しかし、誰かが、機械を動かさなければ、そういうことはおこりませんよ」

「そして、最後に、やはり麻酔ガスで眠らせるのかね」

「そうですよ。一つの世界ごとに、一度ずつ眠らせるのです。それも、機械を動かさなければ、ガスは吹き出しません」

「で、君はその機械を動かせるだろうね」

「もちろんですよ。わたしが設計した機械ですもの」

「よろしい。それじゃ、縄をといてやるから、その機械を動かしてくれたまえ。もっとも、僕が絶えず君につきそっているという条件だよ」

「承知しました。それじゃ、早く縄をといて下さい……。ところで、このわたしは、いったい、どうなるのですかね。やっぱりひっぱられるのですか。わたしは何も悪いことはしていないのですよ。人を殺したわけじゃなし、物を盗んだわけじゃなし、自分の財産で、自分の地所の下に穴を掘らせて、その中に、雄大な別世界を造りあげたというばかりですよ。若《も》し罪があるとすれば、無届け営業ぐらいのものだと思いますがね」

「多分、大した罪にはならないだろう。しかし、一応取り調べられることは、まぬがれまいよ。君が少しも悪事を働いていないかどうかは、調べて見なければ、わからないのだからね」

だが、チョビひげは、「恋人誘拐引受け業者」なのだ。「殺人請負業」ほどではないにしても、決して刑罰をのがれられるものではない。

縄をとかれたチョビひげは、明智につき添われながら、急なのぼり坂の岩のトンネルを幾まがりして、いわゆる機械室についた。

大きな歯車が嚙みあって、太い芯棒《しんぼう》にワイヤーがまきついている。どこかエレベーターの機械に似た装置である。一方には、たくさんのスイッチがついた配電盤がある。そのスイッチの操作をしていればよいのらしい。

機械室のそとは、床一面に厚ガラス板がはってある。ところどころ、つぎ目があるけれど、その一枚一枚が六尺四方もあるような大きなガラス板だ。

「この下に、この世の果てがあるのですよ。ホラ、あすこに二尺四方ほどの、すき通ったところがあるでしょう。あすこから、下の世界が見えるのです。このガラスはね、下側は一面の鏡ですが、あのすいて見えるところだけ、上からのぞけるようになっているのですよ。下から見ては、ほかの部分と少しも変わりのない鏡ですがね、上からのぞくために、ああいうすき通った個所が作ってあるのです」

そこから見おろすと、黒々とした岩の裂け目が、巨大な井戸のように、底も見えぬほど、深くえぐられていた。それが上部から俯瞰《ふかん》したこの世の果てであった。

肉体の雲

影男と須原の両人は、まっくらな岩穴の中を、しばらく行くと、パッと眼界がひらけた。そして、そこに恐ろしい景色があった。

両側には、切り立った黒い岩山が、無限の空にそびえていた。地球の中心にとどくかと思われるほどの、深い岩の裂け目であった。渓谷にはちがいない。だが、渓谷と呼ぶには余りに恐ろしい景色だった。世界のいかなる渓谷にも、これほど異様に物凄い場所はないにちがいない。

二人の犯罪者は、岩の割れ目の底の二匹の蟻のように、そこに佇《たたず》んでいた。両側の断崖は、その高さ何百メートルとも知れなかった。その遙か遙かの切れ目に、夜の空があった。星が美しく瞬《またた》いていた。

「あれはほんとうの空だろうか。そして、ここは、そんなに深い地の底なのだろうか」

小男須原はこの壮絶な風景に接して、悪心を忘れ、貪慾《どんよく》を忘れ、ひたすら震えおののいているかに見えた。

「そんなはずはない。僕たちが夢を見ているのでなければ、ここは、やっぱり洞窟の中なのだ。これもきっとパノラマふうの目くらましだよ。おそらく、天井に鏡が張りつめてあるのだ。それに写って、この谷の深さが倍に見えるのだ。いや、岩の作り方による錯覚で、何倍にも見えるのだ。星は豆電球かもしれない。それとも鏡の面へ、どこかから投映しているのかもしれない」

影男は、奇術師の性格を持っていたので、あくまで奇術ふうに解釈した。

二人はそこのくら闇にうずくまって、茫然として遙かの岩の裂け目を見上げていた。この不思議な景色が、しばらく現実を忘れさせ、彼らを夢幻の境に誘った。私立探偵とか、警察官とかいうものは、なにかしら遠い昔の夢のように感じられた。

遙かの岩の裂け目が、徐々に明るくなっていた。瞬く星が一つ一つ消えて行った。そして、裂け目の空が、まず紫になり、エビ茶色になり、次に鮮かな朱色に染まった。夜が明けたのだ。朝日の光は断崖の上部までさしこみ、でこぼこの岩肌を、朱と紫のだんだらぞめにした。しかし日の光は、この谷底までは届かなかった。遙かの上部を照らしているばかりであった。

朱色がだんだんあせて行くと、空は真珠のような乳色に変わった。谷底までも、ほのかに白んで来た。そして、それが、いつ移るともなく、水色から濃紺《のうこん》に変じて行って、一点の雲もない紺碧《こんぺき》の空となった。

ほのかに風の渡る音が聞こえて来た。そして、その風に送られるように、裂け目の一方から、桃色がかった、ふしぎな形の白い雲が現われ、静かに裂け目の上を流れて行く。

「アッ、あれは雲じゃない。美しいはだかの女だ。数人の女たちが、手を組み足を組んで、一団の白い雲となって、横ざまに流れているのだ」

「羽衣《はごろも》をぬいだ天女のむれだ。女神の一団が天空を漂っているのだ」

女人の雲は、漂いながら、忽ちにしてその色彩を変えて行った。桃色となり、オレンジとなり、草色となり、紫となり、青となり、赤となり、或いは半面は緑、半面は臙脂《えんじ》の異様な色彩となり、虹の五色に変化した。

その女人雲《にょにんぐも》は、動くと見えて、動かなかった。いつまでも岩の裂け目の、遥かの空に漂っていた。

「何か巧みな工夫で、下から見えぬように、ロープかなんかで、吊っているのだな」

影男はチラッと現実的なことを考えた。

紺碧の空が、ドス黒く曇って来た。そこに現われた一点の深紅《しんく》の色が見る見る拡がって行った。拡がると共に、それは雄大なヒダを作って、カーテンのようにさがって来た。夢の中の緋色《ひいろ》であった。その緋色のカーテンが、ウネウネと曲線をなして、空一面を覆いつくし、いつまでも、下へ下へと垂れてくるように見えた。

「君、あれは北極のオーロラだよ。何かの絵で見たオーロラとそっくりだよ」

緋色の光のカーテンは、横ざまに流れる天女の雲を覆って垂れさがって来た。覆われても透明なカーテンだから、女人雲のなまめかしい姿は、緋色の紗《さ》に隔てられたように、ありありと見えている。

「アッ、君、あの雲は、谷の中へおりてくる。だんだん、こちらへ近づいてくる」

ほんとうに、そのなまめかしい天女の雲は、少しずつ、少しずつ下降していた。もう緋色の光のカーテンをはずれて、その複雑な曲線は桃色に輝いて見えた。

雲そのものの下降とは別に、七人の女体が、それぞれに優美な身動きをするたびに、絶え間なく雲の形が変わった。

それはもう断崖のなかほどまで下降していた。断崖の岩肌は、まっ黒な蔭になっているのに、天女の雲だけが、自ら光を発するかのように、乳色と桃色に輝いていた。それがもう、目を圧するばかりに、二人の犯罪者の頭上に迫っているのだ。

そのとき、どこからともなく、かすかに異様な音楽が聞こえて来た。梢《こずえ》を吹く風の音のようでもあった。谷川のせせらぎのようでもあった。肉声とも、管楽とも、弦楽とも聞き分けられなかった。そのどれかのようでもあり、全部のようでもあった。悠《ゆう》久《きゅう》なる古里《ふるさと》を恋うる音色《ねいろ》であった。それには神と死と恋との音調がまじっていた。

それと同時に、谷底の二人のそばの岩のすきまから、ほのかに青い煙が漂い出していた。立ち昇らない煙であった。重く地底を這う煙であった。うずくまっている二人の、腰にたゆたい、胸にただよい、ついに顔を覆いはじめた。不思議に甘い匂いがあった。彼らはその煙に酩酊《めいてい》を感じた。

いつのまにか、天女の雲は頭上五メートルに迫っていた。眼界一ぱいに拡がる巨大なる桃色の雲となっていた。肉体の雲は、裸女のあらゆる陰影を刻んで、ふくれ、くぼみ、もつれ、からまって、うごめきうごめき下降しつづけた。

その不思議な美しさは、何ものにも比べることが出来なかった。瞠目《どうもく》すべき悪夢の中の妖異であった。七つの顔が巨大な花と笑っていた。十四の乳房が、七つの桃型に輝く尻が、十四のなめらかな肩が、腕が、腿が……つややかに、産毛《うぶげ》を見せて光っていた。やがて、頭上三メートル、二メートル、一人一人の裸女が、シネラマの巨人となった。もはや雲の全体を見ることは出来なかった。僅かにその一部分、一人か二人の巨像を見上げるばかりであった。

耳には天上の楽《がく》の音《ね》があった。鼻にむせかえる香料と女人の肌の匂いがあった。目には深いくぼみを持つ豊満な肉塊《にくかい》があった。肉塊は二人の上に、のしかかって来た。もう一人の全身をさえ見ることが出来なかった。それは巨大なる女体の一部分であった。あぶらづいた筋肉と産毛の林であった。

二人は肉塊の圧迫に堪えかねて、徐々に首をちぢめ、遂には、谷底の岩の上に仰臥《ぎょうが》してしまった。その顔の上に、はち切れんばかりにつややかな肉塊が迫って来た。皮膚が接触した。スベスベした冷たい肌ざわりだった。顔の上をピッタリと、弾力のある肉塊が蓋してしまった。眼界がまっ暗になる一刹那まえ、そこに顕微鏡的な女体の皮膚があった。巨大な毛穴、ギラギラ光る鱗型の角質。

女体の圧迫に窒息したのではない。その前に、岩のすきまから這い出した、あのうす青い煙におかされていた。二人の犯罪者は、谷底に降下した天女の雲におしつぶされ、その下敷きとなって、意識を失ってしまった。

影男のまっ暗な心眼の中を、あらゆる過去の映像が、めまぐるしく駈けめぐった。

「ウ、ウ……、もっと、もっと、ふんづけてくれい。ふんづけて、ふみ殺してくれい」

……美女の足は、ダブダブと肥え太った獅子男のからだじゅうを、まるで臼の中の餅を踏むように踏みつづける。そのたびに、男の口から、けだものの咆哮に似た、恐ろしいうめき声がほとばしった。……足ばかりではない。男の顔の上へ、二つの丸いだんだら染めのお尻が、はずみをつけて落ちて行き、そのまま男の顔を蓋してしまった。

……女が足を抜こうとして、一方の足に力を入れると、その足が更に深く吸いこまれた。もがけばもがくほど、グングン足がはまりこんで行く。……もう腿まで没していた。スカートがフワリと、水に浮いたように、泥の上に開いている。彼女は美しい女の一寸法師に見えた。スカートが浮いているので、腿から上だけの人間のように見えた。……もう胸まで沈んでいた。もう首まで沈んでいた。首のまわりを、スカートが、石地蔵の涎《よだれ》かけのように取りまいていた。徐々に、徐々に、口、鼻、眼と沈んで行った。眼が沈むときが最も恐ろしかった。……もうかみの毛も隠れ、さし上げた両手だけが残っていた。それが白い二匹の小動物のように、地上をもがいていた。凄惨な踊りを踊っていた。

……最後に手首だけが地上に残り、五本の足の蟹のように、泥の上を這いまわった。その手首も消えさると、しばらくは砂まじりの泥の表面が、ブクブクと泡立っていたが、やがて、それも、何事もなかったように、静まり返ってしまった。

……その山には無数の目と、無数の唇と、無数の手と足とがあることがわかってきた。顔の上に太腿が重なり、滑らかな恰好のよいお尻が無数に露出していた。それは幾千幾万とも知れぬ裸女を積み重ねた、生きた人肉の山であった。

……彼は女体の山をのぼった。二つの女体がちょっと身動きしたかと思うと、そのあいだに溝が出来、彼の足がその溝にはまった。それと同時に、あたりの女体が、グラグラとゆれ動き、溝はいよいよ大きく口をひらいて、彼のからだは、人肉の底無し沼に没して行った。前後、左右、上下のあらゆる面にすべっこくて柔らかい裸女の曲面がつらなっていた。彼の黒ビロードのからだは、それらの弾力ある曲面に押しつぶされながら、底知れぬ深味へと、吸いこまれて行った。脂粉と、芳香と、甘い触感の底へ、深く深く吸いこまれて行った。

……音楽も踊りも狂暴の絶頂に達した。

……白い女体は、こけつまろびつ逃げ廻り、寸隙を見ては、疾風のように男に飛びかかって行った。二本の短剣は空中に斬り結び、稲妻のようにギラギラとひらめき、男体、女体ともに、腕にも、乳房にも、腰にも、尻にも、腿にも、全身のあらゆる個所に、無数の赤い傷がつき、そこから流れ出す鮮やかな血潮が、舞踊につれて、或いは斜めに、或いは横に、或いは縦に、流れ流れて、美しい網目をつくり、二人の全身を覆いつくしてしまった。

……樹木にかこまれた十坪ほどの空き地、そこに生えているのは二、三寸の短い雑草ばかりだったが、そのあいだに、二つの丸い大きな石ころがころがっていた。その石ころが、生きもののように、かすかに動いていた。石ころには目と鼻と口とがあった。一つは男の顔、一つは女の顔をしていた。二つの首は一間《けん》ほどへだてて向かいあっていた。不思議な地上の獄門であった。切断された二つの首が、そこにさらしものになっているのかと思われたが、よく見るとそうではなかった。それは生埋めであった。姦夫姦婦を裸にして、庭に埋ずめたのであった。

からだが恐ろしくゆれていた。地震にちがいないとおもった。逃げようとしたが、足が動かなかった。

「助けてくれ……」

死にものぐるいに叫んだ。パッと目がひらいた。それは地震ではなくて、車がゆれているのだった。グッタリと、うしろに凭《もた》れかけていたからだを起こした。すぐ前に三人の制服警官が並んで腰かけていた。そのまん中のは、見覚えのある中村警部だった。皆腰にピストルをさげていた。

広い車だった。両側に堅い長椅子があって、三人ずつ、向かいあっていた。手が痛い。見ると、手錠がはまっていた。

右となりに、チョコンと腰かけている男にも見覚えがあった。殺人会社の専務、須原だった。彼も手錠をはめられていた。左どなりの、まるまっちい色白の男も知っていた。チョビひげを生やしていた。地底パノラマ王国の持ち主だ。彼も手錠をはめられていた。

「ハハア、これは罪人護送のバスだな」

影男は夢からさめたように、やっとそこへ気づいて、となりの小男須原と目を見合わせた。須原はニヤッと笑った。こちらもニヤッと笑って見せた。

「気がついたようだね。君たちは谷底で睡《ねむ》っていた。車まで運ぶのに、ずいぶん骨が折れたよ」

中村警部が柔和な顔で云った。

「で、僕たちは、これから、警視庁に行くんですか」

「そうだよ。君たちも、もう年貢の納めどきだからね」

鉄棒のはまった小さな窓のむこうに、運転手の制服巡査の背中が見えていた。普通のバスのような窓がないので、街を見ることはできなかった。お互いに顔見合わせているほかはなかった。

三人の犯罪者は、殺風景な留置室を頭に描いていた。それから刑務所の光景が浮かんで来た。影男とチョビひげはそれ以上のことは考えなかったが、小男の須原だけは、絞首台《こうしゅだい》を幻想していた。ブランとさがった、あのいやなかたちが、彼の心臓のあたりをフワフワ漂っていた。考えて見ると、二十数名の委託殺人をやっている。死刑はまぬがれないな。共同経営者の二人の重役も、むろん同罪だろう。彼らも、じきにつかまるにきまっている。

稀代《きたい》の異常犯罪者三人三様の思いをのせて、バスはもう、警視庁の赤煉瓦の見えるお堀端《ほりばた》にさしかかっていた。

（『面白倶楽部』昭和三十年一月号より十二月号）

注1　木賃宿
　ドヤ街は日雇い労働者の多くの住む街。木賃宿は食事のつかない安宿。

注2　お茶の水渓谷
　お茶の水を流れる神田川の谷のこと。

注3　男ボーイ
　男性の給仕。

注4　二かわ目
　二重まぶた。

注5　モジリ外套
　和服の上に着るためのコート。

注6　電蓄
　電気式蓄音機。レコードプレーヤーのこと。
注7　お景物
　景品。添え物。
注8　掛矢
　大型の木づち。木製ハンマー。

『影男』解説

落合教幸

「影男」は江戸川乱歩のいわゆる「通俗長編」の最後の作品と言えるだろう。昭和四年の「蜘蛛男」から始まったこの路線が、昭和三十年のこの「影男」につながっている。

大正末から昭和初期にかけて、多くの短篇小説の傑作を発表していった乱歩だったが、長編となると思うような作品が書けず、昭和二年には休筆をするに至る。

一年半ほどで復帰した乱歩は、しばらくして「生きるとは妥協すること」という心境に至り、大衆向けの娯楽雑誌に長編小説を連載することを了承する。

そうして「蜘蛛男」や「魔術師」「黄金仮面」といった小説が書かれた。黒岩涙香やモーリス・ルブランを混ぜ合わせたものを狙ったというこれらの「通俗長編」は、乱歩自身の評価はともかく、多くの読者に歓迎され、乱歩の名は広く知られるようになった。読者の反応も良く、出版社からは思うままに書くことを許されていたので、その後も乱歩は「黒蜥蜴」「人間豹」など、多くの作品を生み出していく。こうした状況が「暗黒

昭和29年10月10日　(2)

これからは書くよ

江戸川乱歩氏還暦の祝い

子供にも大人にもなじみ深い江戸川乱歩氏が還暦をむかえるという。終戦以来幻影城にとじこもって通信を断ってきた乱歩氏が、ついに筆をとる時がきたのだ。探偵小説ファンがまちにまった"江戸川乱歩"のペンネームがみられる日も間近かに近かい。いち日池袋三丁目の乱歩氏宅に同氏の近況を書いてみた。

【写真はお孫さんの憲太郎君をひざに有名な土蔵の書斎の前で】

[illegible]

昭和29年10月、執筆の意気込みを語る乱歩　(『貼雑年譜』より)

星」「地獄の道化師」などを書いた昭和十四、五年まで続いた。

　戦時中の活動休止期間を経て、終戦直後から乱歩は探偵小説界の立て直しに乗り出していく。大量の海外作品を読んだ蓄積をもとにして評論・随筆を書き、『宝石』などの雑誌にかかわることで、探偵小説界を盛り上げていこうとした。

　しかしこの時期に乱歩自身が書いたのは評論・随筆であり、小説を書くことはなかった。戦後の乱歩が小説に復帰したのはまず少年物で、「青銅の魔人」を『少年』に連載する（昭和二十四年一月〜十二月）。少年物はその後も「虎の牙（地底の魔術王）」（昭和二十五年）「透明怪人」（昭和二十六年）と続いていった。そして短篇「断崖」（『報知新聞』昭和二十五年三月一日〜十二日）、ロジャー・スカーレット「エンジェル家の殺人」の翻案「三角館の恐怖」（『面白倶楽部』昭和二十六年一月〜十二月）、連作「畸形の天女」（『宝石』昭和二十八年十月）など、いくつかの作品を書く。

　本格的に小説執筆に入ることになったのは、還暦を迎える昭和二十九年のことだった。昭和二十九年十月、乱歩還暦祝賀会が開かれる。それに合わせていくつかの雑誌が乱歩還暦記念号を刊行している。『別冊宝石』は松野一夫の描く乱歩の肖像画を表紙として、探偵作家など多くの関係者の文章を集めた。そして乱歩の「化人幻戯」の第一回が掲載されたのである。

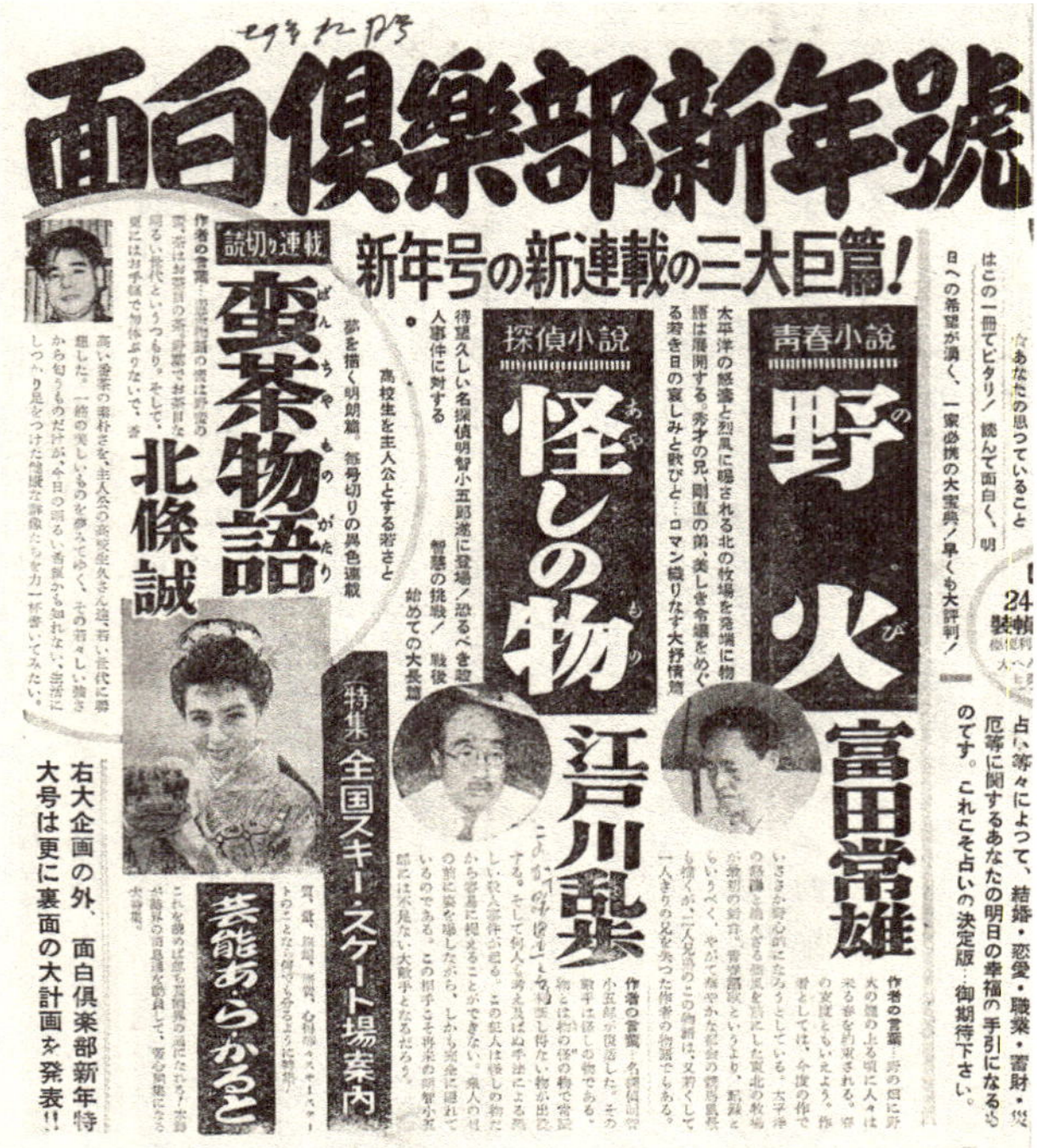

面白倶樂部新年號

☆あなたの思つていることはこの一冊でピタリ！ 読んで面白く、明日への希望が湧く、一家必携の大宝典！早くも大評判！

占い等々によつて、結婚・恋愛・職業・蓄財・災厄等に関するあなたの明日の幸福の手引になるものです。これこそ占いの決定版…御期待下さい。

新年号の新連載の三大巨篇！

青春小説
野《の》火《び》
富田常雄
太平洋の怒濤と烈風に曝される北の牧場を発端に物語は展開する。秀才の兄、剛直の弟、美しき令嬢をめぐる若き日の哀しみと歓びと…ロマン織りなす大抒情篇

探偵小説
怪《あや》しの物《もの》
江戸川乱歩
待望久しい名探偵明智小五郎遂に登場！恐るべき殺人事件に対する智慧の挑戦！ 戦後始めての大長篇

読切り連載
蛮《ばん》茶《ちや》物《もの》語《がたり》
北條誠
高校生を主人公とする若さと夢を描く明朗篇。毎号切りの異色連載

特集 全国スキー・スケート場案内

芸能あ・ら・かると

右大企画の外、面白倶楽部新年特大号は更に裏面の大計画を発表!!

『面白倶楽部』予告。当初は「怪しの物」というタイトルだった。
（『貼雑年譜』より）

続く昭和三十年は、『探偵小説四十年』で「小説を書いた一年」とされた年である。乱歩には何度か集中的に執筆をおこなった時期があるのだが、これがその最後となった。

この年の小説は、『宝石』に第二回以降の連載を続けた「化人幻戯」(一月〜十月)、『面白倶楽部』の「影男」(一月〜十二月)のほか、書き下ろし長篇「十字路」(講談社、十月)、短篇「月と手袋」(『オール読物』四月)「防空壕」(『文芸』七月)、さらに少年物「海底の魔術師」(『少年』一月〜十二月)「灰色の巨人」(『少年クラブ』一月〜十二月)「探偵少年(黄金の虎)」(『読売新聞』九月十二日〜十二月二十九日)、唯一の時代小説で連作の第一回「大江戸怪物団」(『面白倶楽部』七月増刊)であった。

乱歩にとって少年物の執筆が苦にならなかったことは、その後も晩年まで執筆を続けていったことなどからもわかるのだが、それ以外にもこれほどの量をこなしていたことは驚異的である。

現在、立教大学に寄託されている乱歩資料の中に、この年の創作ノートがある。このノートには、「化人幻戯」を中心とした昭和三十年の小説のことが書かれている。もちろん「化人幻戯」については多くのページが使用され、苦心したことがうかがわれるのだが、それ以外の作品にも気を配っていたことがわかる。

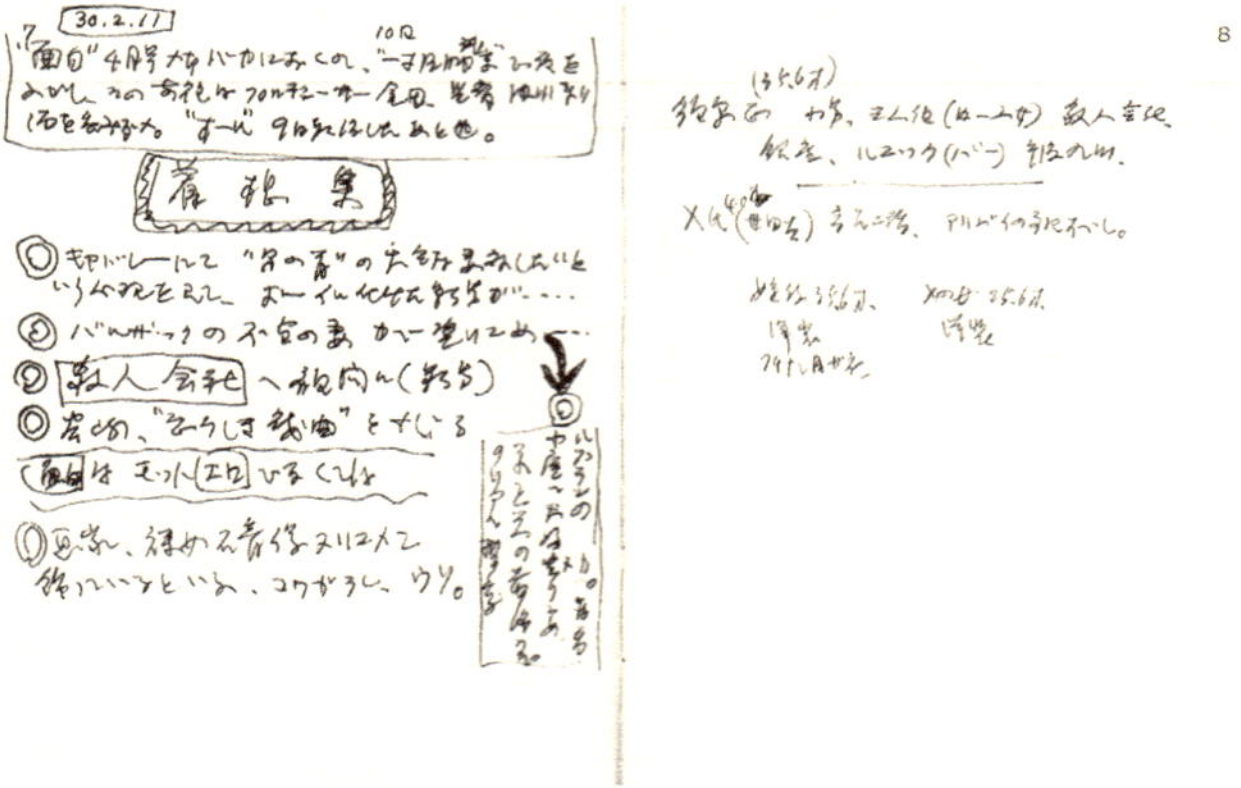

昭和30年の創作ノートから（『大衆文化』第15号掲載）

「影男」については、着想がいくつか書かれたページがある。これには、「[面白]はモットー[エロ]でなくては」というように、掲載誌『面白倶楽部』を意識した記述や、「ルブラン」「谷崎」といった他作家の作品を利用しようとした部分も見ることができる。

乱歩は自作解説で、「この『影男』は、筋に一貫性がなく、場当たりの思いつきで、ごく通俗に、私の好きな幻想を追ったもので、昔の『パノラマ島奇談』や『大暗室』などに書いたものの二番煎じにすぎなかった。しかし、それだけに、この年の三つの長篇のうちでは、私の体臭の最も濃厚なものにはちがいないのである」と書いている。

つまり、過去のいくつもの乱歩作品が、この「影男」で使用されていると考えることができるのである。この小説の中には、乱歩自身が挙げた「パノラマ島奇談」「大暗室」だけでなく、「猟奇の果」「悪魔の紋章」などにも近い場面を見ることができる。また、「密室の謎」の章で松下弁護士によって語られる言葉は、乱歩の評論集『続・幻影城』の「類別トリック集成」「犯人が現場に出入りした痕跡についてのトリック」で書かれているものが、ほぼそのままのかたちで利用されている。

この小説は明智小五郎の登場する物語ではあるが、活躍する場面はあまり多くはない。影男と呼ばれる犯罪者佐川春泥と、犯罪請負会社との闘いを軸に描いた、いわばピカレスク小説のようになっている。

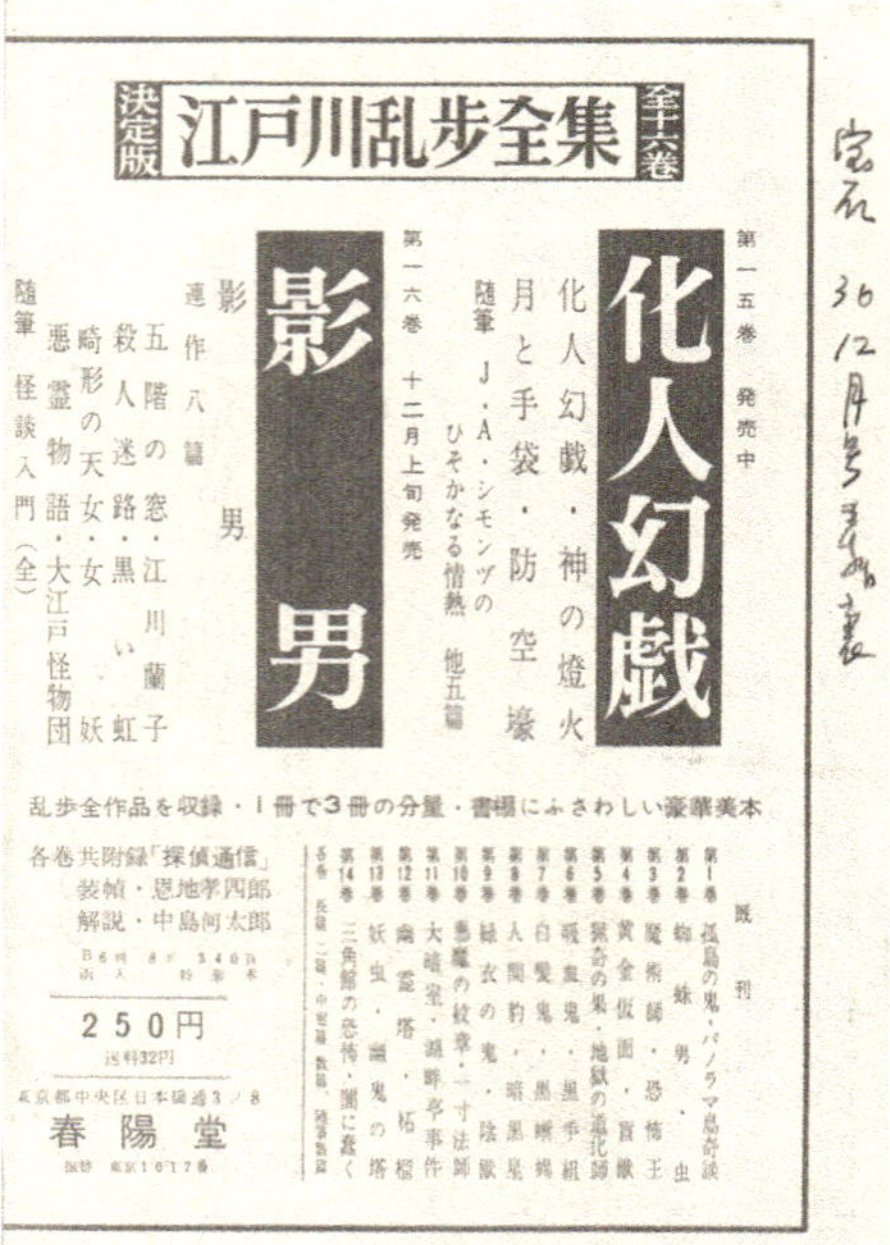

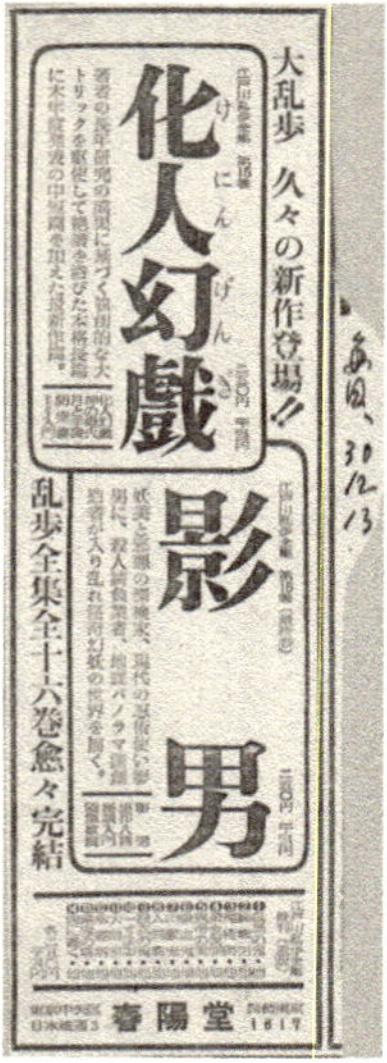

「影男」「化人幻戯」広告（『貼雑年譜』より）

乱歩は「場当たりの思いつきで」書いたとしているが、それによって乱歩の好んだ場面が次々とあらわれることになり、読者を魅了する作品になっていると言えるのではないか。

監修／落合教幸
協力／平井憲太郎
　　立教大学江戸川乱歩記念大衆文化研究センター

本書は、『江戸川乱歩全集』（春陽堂版　昭和29年～昭和30年刊）収録作品を底本としました。旧仮名づかいで書かれたものは、なるべく新仮名づかいに改め、筆者の筆癖はそのままにしました。漢字は変更すると作品の雰囲気を損ねる字は正字体を採用しました。難読と思われる語句には、編集部が適宜、振り仮名を付けました。

本文中には、今日の観点からみると差別的、不適切な表現がありますが、作品発表当時の時代的背景、作品自体のもつ文学性、また筆者がすでに故人であるという事情を鑑み、おおむね底本のとおりとしました。

説明が必要と思われる語句には、作品の最終頁に注釈を付しました。


（編集部）

江戸川乱歩文庫
影男《かげおとこ》
著　者　江《え》戸《ど》川《がわ》乱《らん》歩《ぽ》

2018年9月30日　初版第1刷　発行

発行所　株式会社　春陽堂書店
103-0027　東京都中央区日本橋3-4-16
編集部　電話03-3271-0051

発行者　伊藤良則

印刷・製本　株式会社マツモト

乱丁・落丁本は、ご面倒ですが小社営業部宛ご返送ください。
送料小社負担にてお取替えいたします。
ISBN978-4-394-30162-2 C0193